普 通 高 等 教 育 "十 二 五" 规 划 教 材

教育部高等学校轻工与食品学科教学指导委员会推荐教材

食品分析实验

第二版

王启军　主　编

戚穗坚　吴晓萍　副主编

张水华　主　审

化学工业出版社
·北京·

图书在版编目（CIP）数据

食品分析实验/王启军主编．—2 版．—北京：化学工业出版
社，2010.11

普通高等教育"十二五"规划教材　教育部高等学校轻工
与食品学科教学指导委员会推荐教材

ISBN 978-7-122-09570-1

Ⅰ．食…　Ⅱ．王…　Ⅲ．①食品分析-高等学校-教材②食品
检验-高等学校-教材　Ⅳ．TS207.3

中国版本图书馆 CIP 数据核字（2010）第 189815 号

责任编辑：赵玉清　　　　　　　　文字编辑：张春娥
责任校对：边　涛　　　　　　　　装帧设计：尹琳琳

出版发行：化学工业出版社（北京市东城区青年湖南街 13 号　邮政编码 100011）
印　　刷：北京云浩印刷有限责任公司
装　　订：三河市宇新装订厂
787mm×1092mm　1/16　印张 11　字数 267 千字　2011 年 2 月北京第 2 版第 1 次印刷

购书咨询：010-64518888（传真：010-64519686）　　售后服务：010-64518899
网　　址：http://www.cip.com.cn
凡购买本书，如有缺损质量问题，本社销售中心负责调换。

定　　价：19.00 元

第二版前言

近年来在国内外出现的食品安全事件，特别是我国曾发生的重大食品安全事件严重损害了消费者的生命健康，侵犯了公民的人身财产安全权，使食品行业在国内外遭遇到很大的信任危机，在一段时间内也严重影响了我国食品领域的国际贸易。同时，这也反映了目前社会上有较多的食品行业从业人员缺乏应有的职业道德，要求我们一方面要加强食品安全重要性的教育及普及，另一方面也要加强食品安全的监督与管理。为了应对该形势发展的需要，我们于 2010 年对"普通高等教育'十五'国家级规划教材"——《食品分析》在原书的基础上进行了修订再版，对原书中较陈旧的内容进行了删减，同时引入了近年来食品领域出现的新概念及新技术等。

《食品分析实验》作为"普通高等教育'十五'国家级规划教材"——《食品分析》的配套教材，自出版以来，受到学生及教师的广泛好评，并于 2009 年 5 月份被定为教育部高等学校轻工与食品学科教学指导委员会推荐教材。为了更好地服务于读者，同时也是为了适应近年来食品领域发展的需要，配合社会加强食品安全教育，在继续保持第一版教材实用精炼的特色上，该书还主要在 5 方面进行了改版。第一，添加了原书中疏漏的内容，也删减了陈旧的内容；第二，部分实验推出了相应的视频，便于读者更好地理解和掌握实验技能；第三，增大了食品中有害物质检测的比重；第四，增加了"保健食品中功能成分的检测"及"掺伪食品的检测"两章内容，使的知识层次更加完善；第五，书中的检测技术兼顾基础技能及前沿检测技术。

本书可供高等学校轻工食品类、食品质量与安全、商品检验、农副产品加工以及粮油加工等专业或方向作为《食品分析》课程的配套教材，也可供食品卫生检验、食品质量监督以及其他各类食品企业等单位的有关技术人员参考。

参加本书编写的人员有：王启军、高建华、戚穗坚、杨继国、李铁（华南理工大学）；吴晓萍、蒋志红（广东海洋大学）和任仙娥（广西工学院）。其中，由王启军任主编，戚穗坚、吴晓萍任副主编。全书由张水华教授主审。

本书在编写过程中得到了许多同仁的支持和帮助，特别是化学工业出版社编辑对该书的编写提出了诸多宝贵的意见，在此一并致谢。

限于编者的水平及时间关系，书中的不妥及错误之处在所难免，恳请读者批评指正。

编者

2010. 10

第一版前言

《食品分析实验》作为"普通高等教育'十五'国家级规划教材"——《食品分析》的配套用书，在许多同行老师和专家的关心和帮助下，在化工出版社的大力支持下，终于出版发行。《食品分析实验》过去一直由各校自行编印讲义，到目前为止，尚未见有正式出版的实验教材。自《食品分析》教材出版后，我们感到有必要出版一本与之配套的实验教材，因为《食品分析》是一门实践性很强的课程，实验教学是其中重要的环节之一。

本教材主要是在我校《食品分析实验》多年讲义的基础上扩展补充而成，其中许多内容也是长期的教学实践经验总结。教材中大量引用了最新国家标准中的检测方法，有较强的实用性和先进性。鉴于各校的实验条件和仪器设备配置的差异，本实验教材中既有经典、实用的常规实验方法，也有较先进的仪器分析方法，供各校根据自己的实际情况和教学大纲要求选开其中的实验。在《食品分析》课程教学结构中，实验部分一般占一个学分（32 学时左右）。

本书可供高等学校轻工食品类，食品质量与安全，商品检验，农副产品加工，粮油加工等专业作为《食品分析》课程的配套，也可供食品卫生检验，食品质量监督，各类食品企业等单位的有关技术人员参考。

本书由张水华任主编，参加编写的有：张水华（第一、二、七、八章）；高建华（第二、三、四、六章）；林福兰（第三、四、五、八章）；王启军，任仙娥（第六章）。

本书在编写过程中得到了许多同志的支持和帮助，华南理工大学轻工与食品学院的罗文和杨丽为本书的文字、图表处理做了许多工作，在此一并致谢。

限于编者的水平及时间关系，书中的不妥及错误之处，恳请读者批评指正。

编者
2005 年 8 月

目　录

第一章　食品分析实验的基本知识

第一节　食品分析实验室的基本要求

食品分析实验室是食品分析课程教学中实践教学的重要场所，除了应达到一般教学实验室所应具备的基本要求之外，还应满足食品分析所具备的一些特殊要求。

一、食品分析实验室的实验教学条件要求

根据专业实验教学的特点，食品分析实验室除了从事食品分析实验教学之外，还应能具备从事以现行国家标准以及地方、行业、企业等标准规定的检验方法对食品的质量、安全进行分析评价，并且承担科研、课外科技创新活动以及综合性、设计性实验等任务。按照教学需要，应将实验室分设为化学分析室、若干功能仪器分析室、药品室以及预备室等。

1. 化学分析室

① 化学分析室应具备采光良好、排风好，上下水通畅，具有容纳一次可满足 15～30 人实验教学的场地，每个学生应独立占有一套基本仪器设备，实验台桌可以是单边的也可以是双边的，每人所占实验台桌宽度不小于 600mm、长度不小于 1000mm，两实验台桌之间的距离不应小于 1300mm。

② 化学分析室内应设有充足的洗水池和水龙头，并设有通风橱（柜）、排气扇和各种电源插座。

2. 精密仪器室

仪器室可根据仪器的功能以及精密程度设立若干功能室，例如气相色谱室、高压液相色谱室、光学分析仪器室、原子吸收仪器室等。要求具有防震、防潮、防腐蚀、防尘和防有害、易燃、易爆气体等特点。温度应保持在 15～30℃，湿度在 65%～75%。仪器台应稳固，具有稳压的独立电源。

二、食品分析实验室的管理

食品分析实验室应配备有专职的实验人员，负责实验室的日常管理和教学实验的开出。

① 实验管理人员应具有相应的学历和职称，熟悉业务范围内的试剂药品和仪器设备的性能、使用和维护等知识；能开出教学大纲要求的全部实验；并能指导学生的课外科技创新活动实验。

② 实验室应有完善的规章制度，包括"实验室工作守则"、"实验室安全、防火、卫生守则"、"实验室物质管理规定"、"仪器使用说明"等，并有相应的责任人和管理条例。

③ 实验室应逐步实行对单位内开放、对全体学生开放以及对社会开放，不断提高综合使用效率，使成为教学、科研、实习的重要人才培养基地。

第二节　实验室安全及防护知识

实验室的安全是头等大事，凡进入实验室工作的人员，包括教师、实验员、学生等，都

必须有高度的安全意识，严格遵守操作规程和规章制度，保持高度警惕，以避免事故发生。

一、实验室危险性种类

1. 易燃、易爆危险

实验室内往往存有易燃和易爆化学危险品、高压气体钢瓶、低温液化气瓶等，另外，实验室还经常进行高压灭菌、蒸馏、浓缩等操作，如果没有遵守安全操作规定或是操作不当，则有可能导致安全事故发生。

2. 有毒气体危险

在食品分析实验中，经常使用到各种有机溶剂，有些试剂是具有挥发性的有毒、有害试剂，另外，实验过程中也可能产生有毒气体和腐蚀性气体，如不注意，均可能引起中毒。

3. 机械伤害危险

分析实验中经常涉及安装玻璃仪器、连接管道、接触运转中的设备等因素，操作者疏忽大意或思想不集中是导致事故发生的主要原因。

4. 触电危险

实验室经常接触电气设备，必须时刻注意用电安全。

5. 其他危险

涉及放射性、微波辐射、电磁、电场的工作场所应有适当的防护措施，以防止对人造成伤害或污染环境。

二、实验室通用安全守则

为保障实验室人身及设备仪器安全，遵守下列安全守则是必要的。

1. 实验室人员必须熟悉仪器、设备的性能和使用方法，按规定要求进行操作。

2. 凡进行有危险性的实验，实验人员应先检查防护措施，确证防护妥当后，才可进行操作。实验过程中操作人员不得擅自离开，实验完成后立即做好清理工作，并作出记录。

3. 凡涉及有毒或有刺激性气体发生的实验，均应在通风橱内进行，并做好个人防护，不得把头部伸进通风橱内。

4. 凡接触或使用腐蚀和刺激性药品，如强酸、强碱、氨水、过氧化氢、冰醋酸等，取用时尽可能佩戴橡皮手套和防护眼镜，瓶口不要直接对着人，禁用裸手直接拿取上述物品。开启有毒气体容器时应戴防毒面具。

5. 不使用无标签（或标志）容器盛放的试剂、试样。

6. 实验中产生的有毒、有害废液、废物应集中处理，不得任意排放或流入下水道。酸、碱或有毒物品溅落时，应及时清理及除毒。

7. 严格遵守安全用电规程，不使用绝缘不良或接地不良的电气设备，不准擅自拆修电器。

8. 安装可能发生破裂的玻璃仪器时，要用布巾包裹。往玻璃管上套橡皮管时，管口应烧圆滑，并用水或甘油润滑，防止玻璃管破裂伤手。

9. 实验完毕，实验人员应养成洗手离开的习惯。实验室内禁止吸烟和存放食物、食具（食品感官鉴评实验室例外）。

10. 实验室应配备消防器材，实验人员要熟悉其使用方法并掌握有关灭火知识。

11. 实验结束，人员离开前要检查水、电、燃气和门窗，确保安全，并作好登记。

三、常见的实验室事故急救和处理

1. 实验室灭火

实验室发生火灾危险的可能性很大，万一发生火灾，切忌惊慌失措，在拨打 119 报警电话的同时，如能在火灾发生的初期采取适当措施，可以将损失大大减小。实验室灭火的原则是：移去或隔绝燃料的来源，隔绝空气（氧气）、降低温度。对不同物质引起的火灾，应采取不同的扑救方法。

① 防止火势蔓延，首先切断电源，熄灭所有加热设备，快速移去附近的可燃物质，关闭通风装置，减少空气流通。

② 立即扑灭火焰，设法隔绝空气，使温度下降到可燃物的着火点以下。

③ 火势较大时，可用灭火器扑救。常用的灭火器有：二氧化碳灭火器，用以扑救电器、油类和酸类火灾，不能扑救钾、钠、镁、铝等物质火灾；泡沫灭火器，适用于有机溶剂、油类着火，不宜扑救电器火灾；干粉灭火器，适用于扑灭油类、有机物、遇水燃烧物质的火灾；1211 灭火器，适用于扑救油类、有机溶剂、精密仪器、文物档案等火灾。

水是最常用的灭火物质，但在下列情况下应注意：能与水发生剧烈作用的物质失火时，不能用水灭火；比水轻，不溶于水的易燃与可燃液体着火时，不能用水灭火；电气设备及电线着火时，首先用四氯化碳灭火剂灭火，电源切断后才能用水扑救。严禁在未切断电源前用水或泡沫灭火剂扑救。

2. 化学物质中毒及灼伤的急救

（1）有毒气体的中毒　　常见的有毒气体有氯气、硫化氢、氮氧化物、一氧化碳等。一旦发生中毒，要立即离开现场，将中毒者转移至空气新鲜处，报警或送医院急救。

（2）强酸、强碱灼伤　　受到硫酸、盐酸、硝酸伤害时，应立即用大量水冲洗，然后用 2％的小苏打水冲洗患部；受到 NaOH、KOH 溶液伤害时，迅速用大量水冲洗，再用 2％稀醋酸或 2％硼酸充分洗涤伤处。遇有衣服粘连在皮肤上，切忌撕开或揭开，以防破坏皮肤组织，先大量冲水后再送医院由医生处理。

3. 触电的急救

遇到人身触电事故时，必须保持冷静，立即拉下电闸断电，或用木棍将电源线拨离触电者。千万不要徒手或在脚底无绝缘体的情况下去拉触电者。如人在高处，要防止切断电源后把人摔伤。脱离电源后，检查伤员呼吸和心跳情况，若呼吸停止，要立即进行人工呼吸，并报警呼救。

第三节　常用试剂配制与标定

一、试剂

食品理化检验使用的试剂除特别注明外，一般为分析纯试剂。乙醇除特别注明外，系指 95％的乙醇。实验用水除特别注明外，均符合 GB/T 6682 规定的二级水规格或蒸馏水。常用的酸碱试剂有盐酸、硫酸、硝酸、磷酸及氨水等，如果没有指明浓度，即为市售的浓盐酸、浓硫酸、浓硝酸、浓磷酸及浓氨水等。常用的市售酸碱试剂见表 1-1。

二、物质浓度的表示

混合物中或溶液中某物质的含量通常有以下几种表示方法，可用于试剂的浓度或分析结果的表达。

（1）质量分数（％）　　系指溶质的质量与溶液的质量之比，可用符号 ω_B 表示，B 代表溶

表 1-1　常用酸碱试剂

试剂名称	分子式	相对分子质量 (M_r)	密度(ρ) /(g/mL)	质量分数(ω) /%	物质的量浓度 (c_B)/(mol/L)
硫酸	H_2SO_4	98.8	1.84(约)	96～98	18
盐酸	HCl	36.46	1.19(约)	36～38	12
硝酸	HNO_3	63.01	1.42(约)	65～68	16
磷酸	H_3PO_4	98.00	1.69	85	15
冰醋酸	CH_3COOH	60.05	1.05(约)	99	17
乙酸	CH_3COOH	60.05	1.04	36	6.3
氨水	$NH_3 \cdot H_2O$	17.03	0.9(约)	25～28	15

质。如 $\omega_{HCl} = 37\%$，表示 100g 溶液中含有 37g 氯化氢。如果分子和分母的质量单位不同，则质量分数应加上单位，如 mg/g、μg/g 等。

（2）体积分数（%）　系指在相同的温度和压力下，溶质的体积与溶液的体积之比，可用符号 ϕ_B 表示，B 代表溶质。如 $\phi_{CH_3CH_2OH} = 80\%$，表示 100mL 溶液中含有 80mL 无水乙醇。

（3）质量浓度（g/L）　系指溶质的质量与溶液的体积之比，可用符号 ρ_B 表示，B 代表溶质。如 $\rho_{NaOH} = 10g/L$，指 1L 溶液中含有 10g 氢氧化钠；$\rho_{NaOH} = 10g/100mL$，指 100mL 溶液中含有 10g 氢氧化钠。当浓度很稀时，可用 mg/L、μg/L、ng/L 表示。

（4）物质的量浓度（mol/L）　指溶质的物质的量与溶液的体积之比，可用符号 c_B 表示，B 代表溶质的基本单元。如 $c_{H_2SO_4} = 1mol/L$，表示 1L 溶液中含有 1mol H_2SO_4。

（5）比例浓度　系指溶液中各组分的体积比。如：正丁醇-氨水-无水乙醇（7:1:2），是指 7 体积正丁醇、1 体积氨水和 2 体积无水乙醇混合而成的溶液。

（6）滴定度（g/mL）　系指 1mL 标准溶液相当于被测物的质量，可用 $T_{S/X}$ 表示，S 和 X 分别代表标准溶液和待测物质的化学式。如 $T_{HCl/Na_2CO_3} = 0.005316g/mL$，表示 1mL 盐酸标准溶液相当于 0.005316g 碳酸钠。

《中华人民共和国计量法》规定，国家采用国际单位制。国家计量局于 1984 年 6 月 9 日颁布了《我国法定计量单位的使用方法》。食品分析中所用的计量单位均应采用中华人民共和国法定计量单位、法定的名称及其符号。分析检测中常用的量及其单位的名称和符号见表 1-2。

表 1-2　分析检测中常用的量及其单位的名称和符号

量的名称	英　文	单位	单位符号
物质的量	amount of substance	摩尔	mol
质量	mass	千克	kg
体积	volume	立方米	m^3
摩尔质量	molar mass	千克每摩尔	kg/mol
摩尔体积	molar volume	立方米每摩尔	m^3/mol
溶质 B 的质量摩尔浓度	molality of solute B	摩尔每千克	mol/kg
B 的物质的量浓度	amount-of-substance concentration of B	摩尔每立方米	mol/m^3
质量分数	mass fraction	—	%
质量浓度	mass concentration	千克每立方米	kg/m^3
体积分数	volume fraction	—	%
滴定度	titer	克每毫升	g/mL
密度	density	千克每立方米	kg/m^3
相对原子质量	relative atomic mass		
相对分子质量	relative molecular mass		

三、几种常用试剂的配制与标定

1. 盐酸标准溶液的配制

(1) 盐酸溶液（$c_{HCl}=1mol/L$）　量取 90mL 盐酸，加适量水并稀释至 1000mL。

(2) 盐酸溶液（$c_{HCl}=0.1mol/L$）　量取 9mL 盐酸，加适量水并稀释至 1000mL。

(3) 溴甲酚绿-甲基红混合指示剂　量取 30mL 溴甲酚绿的乙醇溶液（2g/L），加入 20mL 甲基红的乙醇溶液（1g/L），混匀。

2. 盐酸标准溶液的标定

(1) 标定步骤　准确称取 1.5g 左右的在 270～300℃ 干燥至恒重的基准无水碳酸钠，加 50mL 水使之溶解，再加 10 滴溴甲酚绿-甲基红混合指示剂，用 $c_{HCl}=1mol/L$ 的盐酸溶液滴定至溶液由绿色转变为紫红色，煮沸 2min，冷却至室温，继续滴定至溶液由绿色变为暗紫色。做三个平行试验，同时做试剂空白。

标定 $c_{HCl}=0.1mol/L$ 的盐酸溶液时，步骤同上，但基准物无水碳酸钠的量变为 0.15g。

(2) 结果计算

$$c=\frac{m}{(V_1-V_2)\times 0.0530} \tag{1-1}$$

式中，c 为盐酸标准滴定溶液的实际浓度，mol/L；m 为基准无水碳酸钠的质量，g；V_1 为样品消耗盐酸标准溶液的体积，mL；V_2 为空白试验消耗盐酸标准溶液的体积，mL；0.0530 为 $\frac{1}{2}Na_2CO_3$ 的毫摩质量，g/mmol。

3. 硫酸标准溶液的配制

(1) 硫酸溶液（$c_{\frac{1}{2}H_2SO_4}=1mol/L$）　量取 30mL 硫酸，缓缓注入适量水中，冷却至室温后用水稀释至 1000mL，混匀。

(2) 硫酸溶液（$c_{\frac{1}{2}H_2SO_4}=0.1mol/L$）　量取 3mL 硫酸，如上步骤操作。

4. 硫酸标准溶液的标定

用基准试剂无水碳酸钠标定，操作步骤及计算同盐酸标准溶液的标定。

5. 氢氧化钠标准溶液的配制

(1) 氢氧化钠饱和溶液　称取 120g 氢氧化钠，加 100mL 水，振摇使之溶解成饱和溶液，冷却后置于聚乙烯塑料瓶中，密塞，放置数日，澄清后备用。

(2) 氢氧化钠溶液（$c_{NaOH}=1mol/L$）　吸取 56mL 澄清的氢氧化钠饱和溶液，加适量新煮沸的冷水至 1000mL，摇匀。

(3) 氢氧化钠溶液（$c_{NaOH}=0.1mol/L$）　吸取 5.6mL 澄清的氢氧化钠饱和溶液，其余同上步骤。

(4) 酚酞指示剂　称取酚酞 1g 溶于适量乙醇中再稀释至 100mL。

6. 氢氧化钠标准溶液的标定

(1) 标定步骤　准确称取约 6g 在 105～110℃ 干燥至恒重的基准邻苯二甲酸氢钾，加 80mL 新煮沸过的冷水，使之尽量溶解，加 2 滴酚酞指示剂，用 $c_{NaOH}=1mol/L$ 的氢氧化钠溶液滴定至溶液呈粉红色，0.5min 不褪色。平行试验三次，并做试剂空白。

标定 $c_{NaOH}=0.1mol/L$ 的氢氧化钠溶液时，步骤同上，但基准邻苯二甲酸氢钾的量改为 0.6g。

(2) 结果计算

$$c = \frac{m}{(V_1 - V_2) \times 0.2042} \tag{1-2}$$

式中，c 为氢氧化钠标准滴定溶液的实际浓度，mol/L；m 为基准邻苯二甲酸氢钾的质量，g；V_1 为氢氧化钠标准溶液的用量，mL；V_2 为空白试验中氢氧化钠标准溶液的用量，mL；0.2042 为 $KHC_8H_4O_4$ 的毫摩质量，g/mmol。

7. 高锰酸钾标准溶液的配制

高锰酸钾溶液（$c_{\frac{1}{5}KMnO_4} = 0.1mol/L$）：称取约 3.3g 高锰酸钾，加 1000mL 水，煮沸 15min，加塞静置 2d 以上，用垂融漏斗过滤，置于具玻璃塞的棕色瓶中密塞保存。

8. 高锰酸钾标准溶液的标定

（1）标定步骤　准确称取约 0.2g 在 110℃ 干燥至恒重的基准草酸钠于锥形瓶中，加入 250mL 新煮沸过的冷水和 10mL 硫酸，搅拌使之溶解。迅速加入约 25mL 高锰酸钾溶液，待其褪色后，加热至 65℃，继续用高锰酸钾溶液滴定至微红色，保持 0.5min 不褪色，即为终点。平行试验三次，同时做空白试验。

（2）结果计算

$$c = \frac{m}{(V_1 - V_2) \times 0.0670} \tag{1-3}$$

式中，c 为高锰酸钾标准滴定溶液的实际浓度，mol/L；m 为基准草酸钠的质量，g；V_1 为实际消耗 $KMnO_4$ 标准滴定溶液的体积，mL；V_2 为空白消耗标准滴定溶液的体积，mL；0.0670 为 $Na_2C_2O_4$ 的毫摩质量，g/mmol。

9. 硫代硫酸钠标准溶液的配制

硫代硫酸钠溶液（$c_{Na_2S_2O_3 \cdot 5H_2O} = 0.1mol/L$）：称取 26g $Na_2S_2O_3 \cdot 5H_2O$ 及 0.2g 碳酸钠加入适量新煮沸过的冷水使之溶解，并稀释至 1000mL，放置一个月后过滤备用。

10. 硫代硫酸钠标准溶液的标定

（1）标定步骤　准确称取约 0.15g 在 120℃ 干燥至恒重的基准 $K_2Cr_2O_7$，置于 500mL 碘量瓶中，加入 50mL 水使之溶解。加入 2g KI 固体，轻轻振摇使之溶解。再加入 20mL 硫酸（1+8），密塞，摇匀，放置暗处 10min 后用 250mL 水稀释。用硫代硫酸钠标准溶液滴定至呈浅黄绿色，加入 3mL 5% 淀粉指示液，继续滴定至蓝色变为亮绿色即为终点。平行试验三次，并做空白。

（2）结果计算

$$c = \frac{m}{(V_1 - V_2) \times 0.04903} \tag{1-4}$$

式中，c 为硫代硫酸钠标准滴定溶液的实际浓度，mol/L；m 为基准重铬酸钾的质量，g；V_1 为硫代硫酸钠标准溶液用量，mL；V_2 为空白试验中硫代硫酸钠标准溶液用量，mL；0.04903 为 $\frac{1}{6}K_2Cr_2O_7$ 的毫摩质量，g/mmol。

四、思考题

1. 食品分析实验室若不按规程操作则常会发生哪些危险？
2. 只有气体才有摩尔体积吗？
3. 质量浓度与密度有什么区别？
4. 标准溶液配制与标定的意义是什么？

（王启军）

第二章 食品分析中的物理检验法

实验一 液态食品相对密度的测定

一、目的与要求

1. 学习测定液态食品相对密度的各种方法。

2. 掌握各种相对密度计的使用方法。

二、实验原理

采用密度瓶法、相对密度天平法以及相对密度计法测定液体试样的相对密度。

三、仪器

密度瓶、韦氏相对密度天平、相对密度计、专用相对密度计（如波美计、糖锤度计、乳稠计、酒精计等）。

四、实验步骤

1. 密度瓶法

取洁净、干燥、准确称量的密度瓶（图 2-1），装满试样后，置 20℃ 水浴中浸 0.5h，使内容物的温度达到 20℃，盖上瓶盖，并用细滤纸条吸去支管标线以上的试样，盖好小帽后取出，用滤纸条将密度瓶外擦干，置天平室内 0.5h，称量。再将试样倾出，洗净密度瓶，装满水，方法同上再称量。按下式计算该液态试样的相对密度。

$$d=\frac{M_2-M_0}{M_1-M_0} \qquad (2-1)$$

式中，d 为试样在 20℃ 时的相对密度；M_0 为密度瓶的质量，g；M_1 为密度瓶加水的质量，g；M_2 为密度瓶加液体试样的质量，g。

2. 相对密度天平法

按图 2-2 装好韦氏天平，挂钩处挂上砝码，调节升降旋钮至适宜高度，旋转调零钮至两针吻合。取下砝码，挂上玻锤，在玻璃圆筒内加水至五分之四处，使玻锤沉于玻璃圆筒内，调节水温至 20℃（由玻锤内温度计指示温度），试放四种游码，使主横梁上两指针吻合，读数为 P_1。然后将玻锤取出擦干，加待测试样于干净圆筒内，使玻锤浸入至以前相同的深度，保持试样温度在 20℃，试放四种游码，至横梁上两针吻合，记录读数为 P_2。玻锤放入圆筒内时，勿使碰及圆筒四周及底部。按下式计算试样的密度及相对密度。

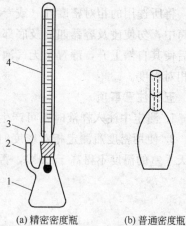

(a) 精密密度瓶　　(b) 普通密度瓶

图 2-1　密度瓶

1—密度瓶；2—支管标线；3—支管上
小帽；4—附温度计的瓶盖

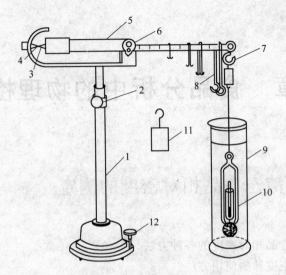

图 2-2　韦氏相对密度天平

1—支架；2—升降调节旋钮；3,4—指针；5—横梁；6—刀口；7—挂钩；

8—游码；9—玻璃圆筒；10—玻锤；11—砝码；12—调零旋钮

$$\rho_{20} = \frac{P_2}{P_1} \times \rho_0 \; ; \; d = \frac{P_2}{P_1} \tag{2-2}$$

式中，ρ_{20} 为试样在 20℃时的密度，g/mL；P_1 为浮锤浸入水中时游码的读数，g；P_2 为浮锤浸入试样中时游码的读数，g；ρ_0 为 20℃时蒸馏水的密度，g/mL；d 为试样的相对密度。

3. 相对密度法

将所选用的相对密度计（或专用密度计）洗净擦干，缓缓放入盛有待测液体试样的适当量筒中，勿使碰及容器四周及底部，保持试样温度在 20℃，待其静置后，再轻轻按下少许，然后使其自然上升，静置至无气泡冒出后，从水平位置观察与液面相交处的刻度，即为试样的相对密度。

五、注意事项

1. 测定中注入样液时不可产生气泡。

2. 使用密度瓶测定相对密度时，水浴中的水必须清洁干净，防止瓶外壁被污染。称量时天平室的温度不得高于 20℃，否则液体会膨胀流出。

（任仙娥）

实验二 折光法在食品分析中的应用

一、目的与要求

1. 学习测定物质折射率的方法。
2. 正确掌握手提折光计、阿贝折光计的使用。

二、实验原理

通过测量物质的折射率来鉴别物质的组成，确定物质的纯度、浓度及判断物质的品质。

三、仪器

手提折光计、阿贝折光计。

四、实验步骤

1. 手提折光计的使用

手提折光计常用于测定蔗糖的浓度，所测得的蔗糖浓度也称为折光锤度。手提折光计的测定范围通常为 0～80%，用两段刻度尺表示：0～50% 为一段；50%～80% 为另一段（用镜筒上的旋钮转换）。手提折光计的光路采用反射光。

使用时先打开照明棱镜盖板，用水洗净进光窗和折光棱镜，并用棉花或软布拭干。取样品溶液 1～2 滴于折光棱镜镜面上，合上盖板，将进光窗对向光源或明亮处，调节目镜光距至视野内刻度清晰，明暗分界线的读数即为折光锤度读数。

2. 阿贝折光计的使用

阿贝折光计较手提折光计精密，因装有色散补偿器，故明暗分界线清晰，可测定溶液或透明体的折射率或糖溶液的折光锤度。

（1）校正 折光计在每次使用前，先用纯水进行校正。先打开两棱镜，用水洗净拭干，滴 1～2 滴蒸馏水于进光棱镜中央，闭合并锁紧后，调节反光镜，使两镜筒内视野最亮。由目镜观察，转动棱镜旋钮，使视野出现明暗两部分；转动色散补偿器，使视野中只有黑白两色；转动棱镜旋钮，使明暗分界线刚好在十字线交叉点上。从读数镜筒中读取折射率。

20℃时纯水的折射率为 1.33299，或可溶性固形物含量为 0。若校正时温度不是 20℃，应查出该温度下水的折射率值再进行校正，如表 2-1 所示。若示值不符，可先把示值旋至纯水折射率值处，然后调节分界线调节旋钮，使明暗分界线在十字线中心。校正完毕后，在以后的测定过程中调节旋钮不允许再动。

表 2-1　纯水在 10～30℃ 的折射率

温度/℃	纯水折射率	温度/℃	纯水折射率	温度/℃	纯水折射率
10	1.33371	17	1.33324	24	1.33263
11	1.33363	18	1.33316	25	1.33253
12	1.33359	19	1.33307	26	1.33242
13	1.33353	20	1.33299	27	1.33231
14	1.33346	21	1.33290	28	1.33220
15	1.33339	22	1.33281	29	1.33208
16	1.33332	23	1.33272	30	1.33196

对于刻度尺折射率较高部分，可用折射率一定的标准玻璃板校验。校验时，把进光棱镜打开，在标准玻璃板抛光面上加一滴溴化萘，使之粘在折射棱镜表面上，标准玻璃抛光的一

端向下，以接受光线。测得的折射率与标准玻璃板上的示值相一致，如有偏差，用上述同样方法校正。

（2）测定　开始测定前，必须将进光棱镜和折射棱镜洗净拭干，以免留有其他物质影响测定准确度。然后把1～2滴待测溶液样品滴于进光棱镜的磨砂面上，迅速闭合锁紧，使试液成一均匀薄膜并充满视场，溶液中不得存有气泡。其余步骤同校正步骤，从读数镜筒中读取折射率或折光锤度值，记录测定时样品溶液的温度。测试完毕，用水洗净镜面并拭干。

五、注意事项

1. 折光棱镜为软质玻璃，注意防止刮划。

2. 阿贝折光仪也可在反射光中使用，此时尤适用于颜色较深的样品溶液测定。可通过调整反光镜，使光线从折射棱镜的侧孔进入。

3. 样品测定通常规定在20℃时测定，如测定温度不是20℃，可按实际的测定温度，查温度校正表进行校正。若室温在10℃以下或30℃以上时，一般不宜查表校正，可在棱镜周围通以恒温水流，使试样达到规定温度后再测定。

六、思考题

1. 折射率与哪些因素有关？测定折射率有什么意义？

2. 阿贝折光仪的工作原理是什么？

（任仙娥）

 **实验三　旋光法在食品分析中的应用**

一、目的与要求

1. 学习旋光法的基本原理，了解旋光仪的基本结构。

2. 掌握旋光法测定淀粉含量、蔗糖及味精纯度的方法。

二、实验原理

在旋光仪中设计有两个尼科尔棱镜，一个是起偏镜，另一个是检偏镜。仪器利用起偏镜使光源发出的光变成单一直线的偏振光，光通过起偏镜和检偏镜之间盛有旋光性物质的样品管时，由于物质的旋光作用，使偏振光偏转了一个角度，即通过检偏镜的光线角度也发生改变。仪器采用光电检测自动平衡原理，进行自动测量，经数控系统把光讯号转换成数字信号输出，红字为左旋（－），黑字为右旋（＋），即可检测物质的旋光度。

根据测定物质的旋光度值，结合旋光物的比旋光度等参数间的换算，可以分析确定物质的浓度、含量及纯度等。

三、仪器与试剂

1. 仪器

WZZ-2 型自动旋光仪。

2. 试剂

（1）氯化钙溶液　546g $CaCl_2 \cdot 2H_2O$ 溶于水中，稀释至约 1000mL，调整相对密度为 1.30（20℃），再用 1.6％的醋酸调整 pH 为 2.3～2.5，过滤后备用。

（2）氯化锡溶液　称取 $SnCl_4 \cdot 5H_2O$ 2.5g，溶解于 75mL 上述氯化钙溶液中。

（3）6mol/L 盐酸溶液（1∶1 盐酸溶液）

3. 检测样品

木薯淀粉或面粉，白砂糖，味精。

四、实验步骤

1. 样品的制备

（1）淀粉样品处理　用氯化钙溶液提取样品中的淀粉，使之与其他组分分离，加入氯化锡溶液具有沉淀提取液中蛋白质的作用。

于 250mL 烧杯中称取淀粉样品 2.00g，加水 10mL，搅拌使样品湿润，再加入 70mL 氯化钙溶液，盖上表面皿，在 5min 内加热至沸，并继续加热 15min，加热过程中要随时搅拌，防止样品黏附在烧杯壁上，若泡沫过多，可加 1～2 滴辛醇消泡。加热完毕迅速冷却，移入 100mL 容量瓶中，用氯化钙溶液洗涤烧杯上附着的淀粉，洗涤液并入容量瓶中，再加 5mL 氯化锡溶液，最后用氯化钙溶液定容。混匀后过滤，收集滤液待测。

（2）蔗糖分的测定　对于纯度很高的成品白砂糖，由于旋光性非蔗糖的含量已很微小，故可采用一次旋光法测定蔗糖分。

称取规定量白砂糖样［(26.000±0.002)g］于小烧杯中，加入 40～50mL 水，以细玻璃棒搅拌使其完全溶解后，倾入 100mL 容量瓶中，多次洗涤小烧杯，洗水一并倒入容量瓶并定容到刻度。如有浑浊需用滤纸过滤后待用，用 0.2m 旋光管测定。

（3）味精纯度的测定　称取 10.000g 味精于小烧杯中，加 40～50mL 水，再加 6mol/L

盐酸 32mL，溶解后移入 100mL 容量瓶中，加水至刻度，摇匀待用。

2. 测定

① 打开旋光仪的电源，稳定 5～10min。

② 检查是否放入滤光片，取待用的旋光管装满蒸馏水。如有气泡须赶入凸颈内。用软布擦干两端护片上的水。正确旋紧旋光管的螺帽，螺帽不宜过紧，以免产生应力，影响读数。旋光管每次所放的位置和方向应一致。

③ 打开示数开关，调零位手轮，使旋光示值为零。

④ 关闭示数开关，取出旋光管，换上待测样品，按相同位置和方向放入样品室，盖好样品室门盖。

⑤ 打开示数开关，示数盘自动转出样品的旋光度，红字为左旋（－）、黑字为右旋（＋）。

⑥ 逐次掀下复测按钮，重复读数几次，取其平均值。

3. 空白对照

不加样品，按上述步骤测定空白溶液的旋光度。

五、结果计算

1. 面粉淀粉含量的计算

$$X = \frac{(\alpha - \alpha_0) \times 100}{L \times 203 \times m} \times 100 \tag{2-3}$$

式中，X 为淀粉的质量分数，%；α 为样品的旋光度；α_0 为淀粉提取剂的旋光度；L 为旋光管的长度，dm；m 为样品的质量，g；203 为小麦淀粉的比旋光度。

2. 白砂糖中蔗糖分含量计算

根据 1986 年国际统一糖品分析法委员会第 19 届会议的规定，蔗糖纯度的标定方法是：20℃用 0.2m 观测管，以波长 $\lambda = 589.44nm$ 的钠光为光源测得 26.000g 纯蔗糖配成 100mL 的糖液的读数定为 100°Z。1°Z 相当于 100mL 糖液中含有 0.26g 蔗糖。按此操作条件，测得的°Z 度数，即为样品的蔗糖分含量。如测得的是旋光度数，其换算关系式为：

$$1° = 2.887°Z \ (20℃)$$

故

$$X = \alpha \times 2.887 \tag{2-4}$$

式中，X 为白砂糖中蔗糖的质量分数，%；α 为标定条件下测得的样品旋光度；2.887 为换算系数。

3. 味精纯度计算

$$X = \frac{(\alpha - \alpha_0) \times 100}{32 \times L \times m \times \dfrac{147.13}{187.13}} \times 100 \tag{2-5}$$

式中，X 为味精中谷氨酸钠的质量分数，%；32 为 L-谷氨酸钠的比旋光度（20℃）；147.13 为 L-谷氨酸的摩尔质量；187.13 为一水合谷氨酸单钠的摩尔质量；L 为旋光管的长度，dm；m 为样品的质量，g。

六、注意事项与说明

1. 温度对旋光度有很大影响。如果测定时样品溶液的温度不是 20℃，应进行校正。

2. 淀粉中除了蛋白质有影响外，其他可溶性糖即糊精均有影响，用此法测定淀粉含量时应充分注意。

3. 蔗糖样品中若蔗糖是唯一光学活性物质，用一次旋光法就可得到满意的分析结果，若样品中含有较多的其他光学活性物质，如葡萄糖（＋52.5°）、果糖（－92.5°）等，则应采用二次旋光法。详见《制糖工业分析》（北京：中国轻工业出版社，1985）。

七、思考题

1. 影响旋光度的因素有哪些？

2. 旋光物质的左旋和右旋是如何定义和划分的？

（高建华）

实验四　旋转黏度计法测定液态食品的黏度

一、目的与要求

1. 学习黏度计法测定食品黏度的原理，熟练掌握其测定方法。

2. 了解仪器的基本结构。

二、实验原理

旋转黏度计（图2-3）上的同步电机以稳定的速度带动刻度圆盘旋转，再通过游丝和转轴带动转子旋转。当转子未受到液体的阻力时，则游丝、指针与刻度圆盘同速旋转，指针在刻度盘上指出的刻度为"0"；如果转子受到液体的黏滞阻力，则游丝产生扭力矩，与黏滞阻力抗衡直至达到平衡，这时与游丝连接的指针在刻度圆盘上指示一定的读数，根据这一读数，结合所用的转子号数及转速对照换算系数表，计算出被测样液的绝对黏度。

三、仪器与试剂

1. 仪器

NDJ-1型旋转黏度计（上海天平仪器厂）。

2. 试剂（样品）

脱脂牛奶、全脂牛奶、甜炼乳等。

四、实验步骤

（1）调节仪器水平　调整仪器的水平调节螺旋，使仪器处于水平状态。根据检测容器的高低，

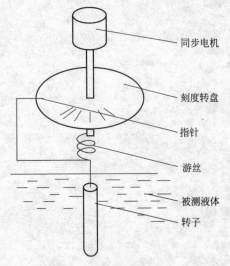

图2-3　旋转黏度计结构示意图

转动仪器升降夹头旋钮使仪器升降至合适的高度，然后用六角螺纹扳头紧固升降夹头。

（2）安装转子　估算被测样品的黏度范围，结合量程选择合适的转子，并小心安装上仪器的连接螺杆。

（3）准备被测样品　把样品置于直径不小于70mm、高度不小于130mm的直筒烧杯中，准确地控制被测液体温度。使转子尽量置于容器中心部位并浸入样液直至液面达到转子的标志刻度为止。选择合适的转速，接通电源开始检测。

（4）读取黏度数据　待转子在样液中转动一定时间，指针趋于稳定时，压下操作杆，同时中断电源，使指针停留在刻度盘，读取刻度盘中所指示的数值。当读数过高或过低时，可通过调整转速或转子型号，使刻度读数值落在30~90量程之间。

五、结果计算

试样的黏度按下式计算。

$$\eta = k \times S \tag{2-6}$$

式中，η为样品的绝对黏度，mPa·s；k为转换系数（见表2-2）；S为圆盘中指针所指读数。

表2-2所列为黏度转换系数，表2-3所列为量程最大值。

表 2-2　黏度转换系数表

转速/(r/min) 转子代号	60	30	12	6
0	0.1	0.2	0.5	1
1	1	2	5	10
2	5	10	25	50
3	20	40	100	200
4	100	200	500	1000

表 2-3　量程表

转速/(r/min) 最大量程/(mPa·s) 转子代号	60	30	12	6
0	10	20	50	100
1	100	200	500	1000
2	500	1000	2500	5000
3	2000	4000	10000	20000
4	10000	20000	50000	100000

六、注意事项

1. 安装转子时可用左手固定连接螺杆，同时用右手慢慢将转子旋入连接螺杆，注意不要使转子横向受力，以免转子弯曲。

2. 需选用仪器配备的测试筒检测样品，可按以下操作：安装转子后，用套筒固定螺丝把固定套筒装于黏度刻度盘下方，把一定量样品倒入测试筒，然后将装有样品的测试筒垂直向上套入固定套筒，利用螺丝使之与固定套筒相连接，即可进行黏度测定。

3. 黏度测定量程、系数、转子及转速的选择可按下列方法进行：预先估计被测液体的黏度范围，然后根据量程表选择适当的转子和转速。例如测定约 30mPa·s 的液体时可选用下列配合：2 号转子，6r/min，或 3 号转子，30r/min。当不能估计出被测液体的大致黏度时，应假定为较高的黏度，试用由小到大的转子和由慢到快的转速。原则是高黏度的液体选用小的转子和慢的转速；低黏度的液体选用大的转子和快的转速。

4. 黏度测定应保证液体的均匀性，测定前转子应有足够长的时间浸于被测液体，使其与被测液体温度一致，可获得较精确的数值。

5. 装有"0"号转子后不得在无液体的情况下"旋转"，以免损坏轴尖。

6. 每次使用完毕应及时清洗转子（注意不得在仪器上进行转子清洗），清洁后转子要妥善安放于转子架中。

7. 不得随意拆动调整仪器的零件，不要自行加注润滑油。

七、思考题

1. 要提高液态食品黏度测定的准确性，实验操作过程中应注意哪些事项？

2. 如何维护旋转黏度计？

（蒋志红）

第三章 食品中一般成分含量的测定

实验一 食品中水分活度值的测定

一、A_w 测定仪法

1. 目的与要求

① 学习水分活度测定仪测定食品水分活度值的原理和意义。

② 掌握水分活度测定仪的基本操作及正确检测食品水分活度的方法。

2. 实验意义及原理

水分活度主要是反映食品平衡状态下自由水分的多少，它可对食品的保质期、色泽、味道、香味、维生素、营养成分的稳定性以及微生物繁殖的可能性产生影响，常用于测量评价微生物忍受干燥程度的能力。通过测量食品的水分活度，对选择合理的包装和储存方法、延长食品的保质期具有现实的指导意义。

水分活度测定仪具有检测方法简便、快速和准确的优点。

AquaLab 型水分活度测定仪是应用冷冻镜面露点技术来测量样品的水分活度。检测时，样品在密封腔体的上部空间平衡，腔体里附有一镜子，传感器随时监测在镜面上的冷凝情况，平衡时，腔体内空气的相对湿度和样品的水分活度是一样的。用光电检测器和热电偶精确检测记录样品的温度，仪器最终以水分活度值和样品的温度显示检测结果。

3. 仪器与试剂

(1) 仪器 美国 AquaLab Series 3TE 水分活度测定仪 (图 3-1)，水分活度值测量范围：$0.03 \sim 1.000A_w$，$\pm 0.003A_w$；重复性：$\pm 0.001A_w$；工作环境温度范围：$5 \sim 50℃$。

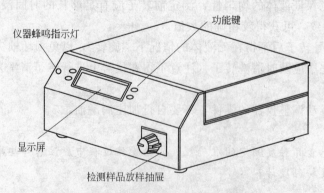

图 3-1 AquaLab Series 3TE 型水分活度测定仪

(2) 试剂 标准水分活度试剂及 25℃ 的水分活度值为：

0.5mol/L KCl $A_w = 0.984 \pm 0.003$

6.0mol/L NaCl $A_w = 0.760 \pm 0.003$

8.57mol/L LiCl $A_w = 0.500 \pm 0.003$

13.41mol/L LiCl $A_w = 0.250 \pm 0.003$

4. 实验步骤

（1）样品处理

① 液体、均一的粉末样品可直接测定。

② 外壳干燥的固体样品需粉碎或切片，多种成分组成的样品如葡萄干松饼需碾碎后测定。

（2）样品测定

① 打开电源开关，仪器进入主界面，如下。

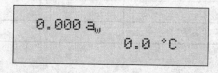

预热 15min。对于水分活度大于 $0.9A_w$ 的样品，预热 30min 测量结果更好。

② 按如下流程，用与样品水分活度接近的标准溶液和蒸馏水检验仪器。

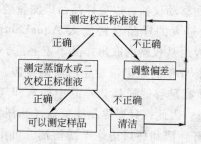

蒸馏水的水分活度值为1。

③ 准备样品

a. 把固体样品放置到样品杯内，使样品完全覆盖杯底，加样量不超过样品杯的 1/2。

b. 液体样品不要超过 7mL，过多的样品会污染测量传感器。

c. 确认样品杯外面和杯口边缘清洁。

d. 确认样品温度不要高于测量室温度 4℃。

e. 每个样品做三个重复，测量后取平均值。

④ 测量样品

a. 将仪器的样品抽屉旋钮旋到 OPEN/LOAD 位置时拉出样品抽屉。

b. 再次确认样品杯口边缘没有样品残渣，把准备好样品的样品杯放入样品抽屉内。

c. 小心推回样品抽屉，避免样品洒出。仪器内放置样品时不要移动仪器。

d. 从 OPEN/LOAD 位置旋转抽屉旋钮到 READ，仪器显示为：

```
chamber sealed
measurement started
```

仪器发出一声蜂鸣，开始测量。

e. 仪器蜂鸣提示，指示灯闪烁时样品水分活度测量完成。荧屏自动显示水分活度值及测量温度，记录数值。

f. 将仪器样品抽屉旋钮旋到 OPEN/LOAD 位置，小心拉出样品抽屉，取出样品杯。继续下一样品测量。

⑤ 关机。样品测试完后，从样品抽屉中取出样品，关闭仪器的电源开关。

(3) 实验数据记录　见表 3-1。

表 3-1　数据记录表

样品名	测量水分活度值(A_w)			测量温度/℃	平均值
	1	2	3		

5. 注意事项

① 使用前，检查样品杯是否清洁干燥，否则应更换样品杯。开机预热时注意检查屏幕参数显示是否正常。

② 仪器内部装有样品时勿移动仪器，以免样品污染测量腔。测试完的样品必须取出。

③ 不能把高于仪器温度过大的样品直接放入 AquaLab 测量。若仪器提示样品过热（SAMPLE TOO HOT），应及时从仪器内取出样品，盖上盖子，待样品冷却后再进行测量。

④ 样品量不要超过测量杯容积的一半，避免污染测量腔。样品倒满杯不会使读数更快或更精确。样品杯内仅需要放有足够的样品让样品中的水和气相中的水能取得平衡就可以了，不会改变样品的湿气含量。因此，只要样品能覆盖样品杯的底部便足够了。

⑤ 测量样品时保证样品杯外面和杯口边缘干燥清洁。可用干净纸把样品杯的边缘擦拭干净。样品杯的边缘和传感器腔形成一个蒸汽密封，若样品杯边缘和外表面不干净将污染传感器腔，影响下一个测量的样品。

⑥ 如果实验室温度波动范围在 ±5℃ 内，温度变化对 AquaLab 测试精度影响小于 $0.01A_w$。应根据测试要求控制实验室温度波动范围，避免开窗、开门、空调、加热器以及其他设备对仪器工作温度的影响。

⑦ 测定样品时，应注意样品的均一性。如对多种成分的样品（如带有葡萄干的松饼）或有外壳的样品（如深度油炸食品，烤面包食品）进行测定时，应考虑进行碾碎、粉碎或切片处理，不同的处理方法会改变样品的水分活度值。例如，一颗糖果可能有软的巧克力心和硬的外壳，外壳和中心的水活度是不一样的，因此，在碾碎前要评估需要测量样品的哪一部分。如果这颗糖被碾碎，测试的水分活度是代表整个样品的平均水分活度。如果把整个糖果放去测试，得到的是外壳的水分活度值读数，因为外壳阻挡了内部的水分传出。

⑧ 对于慢水分散发的样品，如十分干燥的样品、高黏性的油包水（黄油）或高脂肪样品，检测时间应相对延长。低于 0.03 水分活度值的样品不能测量。

二、扩散法

1. 目的与要求

① 学习水分活度值测定的意义及实验原理。

② 掌握康威扩散法测定水分活度值的操作方法。

2. 实验原理

样品在康威微量扩散皿的密封和恒温条件下，分别在 A_w 较高和较低的标准饱和溶液中扩散平衡后，根据样品质量的增加（在较高 A_w 标准溶液中平衡）和减少（在 A_w 较低标准溶液中平衡），以样品质量增减为纵坐标，各种标准饱和溶液 A_w 值为横坐标，绘出样品质量随溶液 A_w 值变化的曲线，从而计算样品的水分活度值。

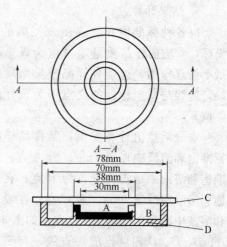

图 3-2　康威微量扩散皿

A—内室；B—外室；
C—玻璃盖；D—铝皿或玻璃皿

3. 仪器与试剂

（1）仪器

① 康威微量扩散皿。构造如图 3-2 所示。

② 圆形小铝皿或玻璃皿。盛放样品用，直径为 25～28mm，深度为 ≤7mm。

③ 分析天平。感量 0.0001g。

（2）标准试剂溶液　配制标准试剂饱和溶液，其在 25℃时的 A_w 值如表 3-2 所示。

表 3-2　标准水分活度试剂及其在 25℃时的 A_w 值

试 剂 名 称	A_w	试 剂 名 称	A_w
重铬酸钾（$K_2Cr_2O_7 \cdot 2H_2O$）	0.986	溴化钠（$NaBr \cdot 2H_2O$）	0.577
硝酸钾（KNO_3）	0.924	硝酸镁［$Mg(NO_3)_2 \cdot 6H_2O$］	0.528
氯化钡（$BaCl_2 \cdot 2H_2O$）	0.901	硝酸锂（$LiNO_3 \cdot 3H_2O$）	0.476
氯化钾（KCl）	0.842	碳酸钾（$K_2CO_3 \cdot 2H_2O$）	0.427
溴化钾（KBr）	0.807	氯化镁（$MgCl_2 \cdot 6H_2O$）	0.330
氯化钠（$NaCl$）	0.752	乙酸钾（$KAc \cdot H_2O$）	0.224
硝酸钠（$NaNO_3$）	0.737	氯化锂（$LiCl \cdot H_2O$）	0.110
氯化锶（$SrCl_2 \cdot 6H_2O$）	0.708	氢氧化钠（$NaOH \cdot H_2O$）	0.070

4. 实验步骤

① 取 4 个康威皿，分别在每个康威皿的外室预先放入一种标准饱和试剂 5mL，或标准的上述各式盐 5.0g，加入少许蒸馏水湿润。在康威皿磨口边缘均匀地涂上一层凡士林，加盖密封。一般进行样品测定时，通常需选择 2～4 种标准饱和试剂，其中 1～2 份的标准饱和试剂 A_w 大于或小于试样的 A_w 值。

② 取 4 个已预先准确称重过的铝皿或玻璃皿，分别准确称取 1.00g 均匀样品，迅速放入各康威皿内室。把康威皿移至（25±0.5）℃温度条件下平衡（2±0.5）h（绝大多数样品可在 2h 后测定 A_w 值）。

③ 样品平衡完毕，取出铝皿或玻璃皿，用分析天平迅速称量。

④ 再次平衡 0.5h 后，称量，直至恒重。分别计算各样品质量的增减值。

⑤ 实验数据记录（表 3-3）。

表 3-3　数据记录表

标准溶液或样品　样品质量增减				
样品质量初读数/g				
2h 后样品质量/g				
2.5h 后样品质量/g				
样品质量增减数/g				

5. 结果计算

以各种标准饱和溶液在 25℃ 时的 A_w 值为横坐标，对应的样品质量增减值为纵坐标，在坐标纸上描点作图，连接各样品质量增减值点成一直线，此线与横坐标轴的交点即为该样品的水分活度值。

水分活度值计算实例：某食品样品在硝酸钾标准饱和溶液中增重 7mg，为 A 点；在氯化钡标准饱和溶液中增重 3mg，为 B 点；在氯化钾标准饱和溶液中减重 9mg，为 C 点；在溴化钾标准饱和溶液中减重 15mg，为 D 点；如图 3-3 所示。将 A、B、C、D 四点连成一直线，与横坐标相交 E 点，即为所测样品的水分活度值 $A_w = 0.878$。

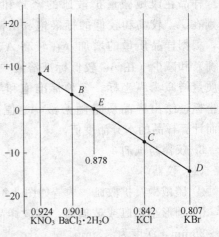

图 3-3　A_w 值测定图解

6. 注意事项

① 取样要在同一条件下进行，操作要迅速，试样的大小和形状对结果影响不大。

② 样品称量时，固体、液体或流动的浓稠样品，可直接取样进行称量；对固液混合样品可取液体部分称量；对组分复杂的混合样品，则应取有代表性的混合均匀样品称量。

③ 样品称量要准确，否则会对实验结果造成测定误差。

④ 康威扩散皿密封性要求良好。

⑤ 几乎绝大多数样品都可在 2h 后测得 A_w 值。但米饭类、油脂类、油浸烟熏鱼类样品则需 2h 以上，4d 左右才能完成测定。为此，需加入样品量的 0.2% 的山梨酸作防腐剂，并以山梨酸的水溶液作空白对照。

⑥ 样品测定时，选择标准饱和溶液的数量可根据试样性质而定，保证经康威皿平衡后样品出现质量增减变化即可。

7. 思考题

① 简述食品水分活度值的概念以及测定食品水分活度值的意义。

② 简述水分活度仪操作要点。

③ 影响扩散法测定食品水分活度实验准确性的因素有哪些？

（高建华）

实验二　食品中总灰分含量的测定

一、目的与要求

1. 学习食品中总灰分含量测定的意义与原理。

2. 掌握灼烧重量法测定灰分的实验操作技术及不同样品前处理方法的选择。

二、实验原理

将样品炭化后置于500~600℃高温炉内至有机物完全灼烧挥发后，无机物以无机盐和金属氧化物的形式残留下来，这些残留物即为灰分。称量残留物的质量即可计算出样品中的总灰分。

三、仪器与试剂

1. 仪器

马弗炉（也称高温电炉，能产生550℃以上的高温，并可控制温度）；分析天平：感量0.0001g；干燥器：内装有效的变色硅胶；坩埚钳；瓷坩埚。

2. 试剂

三氯化铁溶液（5g/L）：称取0.5g三氯化铁（分析纯）溶于100mL蓝黑墨水中。

四、实验步骤

1. 坩埚处理

取洁净干燥的瓷坩埚，用蘸有三氯化铁蓝黑墨水溶液的毛笔在坩埚上编号，然后将编号坩埚放入550℃马弗炉内灼烧30~60min，冷却至200℃以下，取出坩埚移至干燥器内冷却至室温，称量坩埚的质量，再重复灼烧，冷却、称量至恒重（前后两次质量差不超过0.0002g）。

2. 样品称量

① 通常固体样品称样量2~3g，液体样品为5~10g。

② 考虑不同的食品中灰分含量差异较大，可根据灰分量10~100mg来决定取样量。如奶粉、大豆粉、调味料、鱼类及海产品等取1~2g；粮食及油料取2~3g；谷类食品、肉及肉制品、糕点、牛奶取3~5g；蔬菜及其制品、糖及糖制品、淀粉及淀粉制品、奶油、蜂蜜等取5~10g；水果及其制品20g。

3. 样品炭化前预处理

（1）果汁、牛奶等液体样品　准确称取适量的试样于已知质量的瓷坩埚中，先置于水浴上蒸发至干燥后，再进行炭化。

（2）果蔬、动物组织等含水分较多的样品　先制备均匀的试样，准确称取适量样品至已知质量的坩埚中，置烘箱中干燥，再进行炭化。也可取测定水分后的干燥样品直接进行炭化。

（3）谷类、豆类等含水分较少的固体样品　先粉碎成均一的试样，再准确称取适量的试样于已知质量的坩埚中炭化。

（4）富含脂肪的样品　称取均匀的样品，提取脂肪后，再把残留物无损地移入已知质量的坩埚中炭化。

4. 样品炭化

将上述预处理后的试样，放在电炉上，错开坩埚盖，加热至完全炭化无烟为止。

5. 样品的灰化

把坩埚放在马弗炉内，错开坩埚盖，关闭炉门，在（550±25）℃灼烧 3～4h 至无炭粒，即完全灰化。冷至 200℃ 以下取出坩埚，并移至干燥器内冷却至室温，称量。再灼烧 30min，冷却，称量，重复灼烧直至前后两次称量差不超过 0.5mg 为恒重。最后一次灼烧的质量如果增加，取前一次质量计算。

6. 实验数据记录

见表 3-4。

表 3-4　数据记录表

序号	空坩埚质量 m_1/g	样品和坩埚质量 m_2/g	坩埚和灰分质量 m_3/g			
			1	2	3	恒重值

五、结果计算

样品总灰分含量计算如下。

$$X = \frac{m_3 - m_1}{m_2 - m_1} \times 100 \qquad\qquad (3-1)$$

式中，X 为每 100g 样品中灰分含量，g；m_1 为空坩埚质量，g；m_2 为样品和坩埚质量，g；m_3 为坩埚和灰分质量，g。

六、注意事项

1. 样品炭化时要注意热源强度，防止产生大量泡沫溢出坩埚，造成实验误差。对于含糖分、淀粉、蛋白质较高的样品，为防止泡沫溢出，炭化前可加数滴纯净植物油。

2. 灼烧空坩埚与灼烧样品的条件应尽量一致，以消除系统误差。

3. 把坩埚放入马弗炉或从马弗炉中取出时，要在炉口停留片刻，使坩埚预热或冷却，防止因温度骤然变化而使坩埚破裂。

4. 灼烧后的坩埚应冷却到 200℃ 以下再移入干燥器中，否则因强热冷空气的瞬间对流作用，易造成残灰飞散；而且过热的坩埚放入干燥器，冷却后干燥器内形成较大真空，盖子不易打开。

5. 新坩埚使用前须在 1:1 盐酸溶液中煮沸 1h，用水冲净烘干，经高温灼烧至恒重后使用。用过的旧坩埚经初步清洗后，可用废盐酸浸泡 20min，再用水冲洗干净。

6. 样品灼烧温度不能超过 600℃，否则钾、钠、氯等易挥发造成误差。样品经灼烧后，若中间仍包裹炭粒，可滴加少许水，使结块松散，蒸出水分后再继续灼烧至灰化完全。

7. 对较难灰化的样品，可添加硝酸、过氧化氢、碳酸铵等助灰剂，这类物质在灼烧后完全消失，不增加残灰的质量，仅起到加速灰化的作用。如，若灰分中夹杂炭粒，向冷却的样品滴加硝酸（1:1）使之湿润，蒸干后再灼烧。

8. 反复灼烧至恒重是判断灰化是否完全最可靠的方法。因为有些样品即使灰化完全，残灰也不一定是白色或灰白色。例如铁含量高的食品，残灰呈褐色；锰、铜含量高的食品，残灰呈蓝绿色。反之，未灰化完全的样品，表面呈白色的灰，但内部仍夹杂有炭粒。

七、思考题

1. 简述测定食品灰分的意义。
2. 灰分测定的基本实验步骤及操作注意事项是什么？
3. 判断样品是否灰化完全的方法有哪些？

（王启军）

实验三 食品中总酸的测定

一、酸碱滴定法

1. 目的与要求

① 了解食品酸度测定的实验原理及意义。

② 根据实验结果的分析，简述影响实验准确性的因素。

2. 实验原理

食品中的酒石酸、苹果酸、柠檬酸、草酸、醋酸等有机酸，其电离常数 K_a 均大于 10^{-8}，可以用强碱标准溶液直接滴定试样中的酸，以酚酞为指示剂确定滴定终点。按碱液的消耗量计算食品中的总酸含量。测定结果包括了未离解的酸的浓度和已离解的酸的浓度。

3. 仪器与试剂

（1）**仪器** 酸碱滴定装置；分析天平，感量分别为 0.0001g 及 0.001g；组织捣碎机；研钵。

（2）**实验用水** 实验用水应符合 GB/T 6682 规定的二级水规格或蒸馏水，使用前应经煮沸，冷却。

（3）**试剂**

① NaOH 标准滴定溶液（0.1mol/L）

② 1％酚酞溶液 称取 1g 酚酞，溶于 60mL 95％乙醇中，用水稀释至 100mL。

4. 实验步骤

（1）**样品预处理**

① 固体样品。取有代表性的固体样品至少 200g，用捣碎机捣碎至均匀，置于密闭玻璃容器内。

② 固、液样品。取按比例组成的固、液样品至少 200g，用研钵或用组织捣碎机捣碎，混匀后置于密闭的玻璃容器内。

③ 含二氧化碳的液体样品。至少取 200g 样品至 500mL 烧杯中，置于电炉上，边搅拌边加热至微沸腾，保持 2min，冷却，称量，用煮沸过的水补至煮沸前的质量，置于密闭玻璃容器中。

④ 不含二氧化碳的液体样品。充分混合均匀，置于密闭玻璃容器内。

（2）**测定试液的制备**

① 液体样品。若总酸含量小于或等于 4g/kg，将试样用快速滤纸过滤。收集滤液，用于测定。若总酸含量大于 4g/kg，称取 10～50g 样品，用煮沸过的水定容至 250mL，过滤。收集滤液，用于测定。

② 固体、半固体样品。称取均匀样品 10～50g，精确至 0.001g，置于烧杯中。用约 80℃煮沸过的水 150mL 将烧杯中的内容物转移到 250mL 容量瓶中，置于沸水浴中煮沸 30min（摇动 2～3 次，使试样中的有机酸全部溶解于溶液中），取出，冷却至室温，用煮沸过的水定容至 250mL。用快速滤纸过滤。收集滤液，用于测定。

（3）**样品测定**

① 准确吸取试样滤液 25～50mL，使之含 0.035～0.07g 酸，置于 250mL 锥形瓶中，加水 40～60mL 及 0.2mL 1%的酚酞指示剂，用 0.1mol/L NaOH 标准溶液滴定至微红色且 30s 不褪色。记录消耗 0.1mol/L NaOH 标准滴定溶液的体积（V_1）。同一被测样品须测定两次。

② 用水代替样品做空白试验，操作相同。记录消耗 NaOH 标准滴定溶液的体积（V_2）。

（4）实验数据记录　见表 3-5。

表 3-5　数据记录表

序　号	第一次	第二次	第三次	平均值
滴定时取样体积/mL				
滴定样品消耗 NaOH 溶液的体积 V_1/mL				
空白试样消耗 NaOH 溶液的体积 V_2/mL				

5. 结果计算

$$X = \frac{c(V_1 - V_2) \times K \times F}{m} \times 1000 \tag{3-2}$$

式中，X 为样品中总酸的含量，g/kg（或 g/L）；c 为 NaOH 标准滴定溶液的浓度，mol/L；V_1 为滴定样品时消耗 NaOH 标准滴定溶液的体积，mL；V_2 为空白试样消耗 NaOH 标准滴定溶液的体积，mL；m 为样品质量或体积，g（或 mL）；F 为试样的稀释倍数；K 为酸的换算系数：苹果酸 0.067，乙酸 0.060，酒石酸 0.075，柠檬酸 0.064，柠檬酸（含一分子结晶水）0.070，乳酸 0.090，草酸 0.045，盐酸 0.036，磷酸 0.049。

计算结果精确到小数点后两位。

6. 注意事项

① 此方法适用于果蔬制品、饮料、乳制品、饮料酒、蜂产品、淀粉制品、谷物制品和调味品等食品中总酸的测定，但不适用于有颜色或浑浊不透明的试样，建议它们改用 pH 电位法测定。

② 对于酸度值较低的食品，测定时可使用 0.05mol/L NaOH 标准滴定溶液或 0.01mol/L NaOH 标准滴定溶液（用时当天稀释配制）。一般要求滴定时消耗的氢氧化钠标准滴定液不少于 5mL，最好在 10～15mL。

③ 同一样品，两次测定结果之差，不得超过两次测定平均值的 2%。

④ 一般情况下，柑橘、柠檬及柚子其总酸以柠檬酸计；葡萄（汁）以酒石酸计；仁果、苹果、桃、李等以苹果酸计；盐渍发酵的制品、肉、鱼、家禽及乳品以乳酸计；醋渍及以醋酸发酵制品，以醋酸计；果汁型固体饮料以结晶水柠檬酸计；菠菜以草酸计。

二、pH 电位滴定法

1. 目的与要求

① 学习 pH 电位滴定法测定食品总酸的基本原理。

② 熟练掌握 pH 电位计的校正及使用方法。

③ 掌握 pH 电位滴定法测定食品总酸的基本操作，具有分析产生实验误差的能力。

2. 实验原理

根据酸碱中和的原理，用碱液滴定试液中的酸，采用酸度计对由电极与被测溶液组成的电池电动势进行测量，并直接以 pH 值表示。当溶液的电位发生"突跃"时，即为滴定终点。按碱液的消耗量计算食品中的总酸含量。本测定方法对试液的色泽及透明度无特殊要求。

3. 仪器与试剂

（1）仪器

酸度计：精度±0.1（pH）；磁力搅拌器；分析天平：感量分别为 0.0001g 及 0.001g；组织捣碎机；研钵。

（2）实验用水　应符合 GB/T 6682 规定的二级水规格或蒸馏水，使用前应经煮沸，冷却。

（3）试剂　pH 标准缓冲液；NaOH 标准滴定溶液（0.1mol/L）；NaOH 标准滴定溶液（0.05mol/L）；HCl 标准滴定溶液（0.1mol/L）；HCl 标准滴定溶液（0.5mol/L）。

4. 实验步骤

（1）样品预处理　按酸碱滴定法操作。

（2）测定试液的制备　按酸碱滴定法操作。

（3）酸度计的校正　正确安装酸度计电极，将酸度计电源接通，待仪器稳定后，按仪器说明书，用与被测样液相接近的 pH 标准缓冲溶液对酸度计进行校正。仪器一经校正，其定位及斜率两旋钮就不可随意触动，否则必须重新校正。

（4）样品测定

① 果蔬制品、饮料、乳制品、饮料酒、淀粉制品、谷物制品及调味品的测定。准确吸取已制备的试样滤液 25～50mL，使之含 0.035～0.07g 酸，置于 150mL 烧杯中，加水 40～60mL。放入磁力搅拌子，将盛有试液的烧杯放到磁力搅拌器上，开启磁力搅拌器，慢慢调至合适的搅拌速度，待溶液呈现稳定的涡旋液时，将电极浸入试液中。开启 pH 计读数开关，迅速用 0.1mol/L NaOH 标准滴定溶液（如酸度低可用 0.01mol/L 或 0.05mol/L NaOH 标准滴定溶液）滴定，随时观察溶液 pH 的变化，接近 pH8.2 时，放慢滴定速度，直至溶液 pH＝8.3±0.1 为终点。其中测定试液总酸以磷酸计算时，滴定终点的 pH 值为 8.7～8.8。记录消耗氢氧化钠标准滴定液的体积（V_1）。同一被测样品须测定两次。

用水代替样品做空白试验，操作方法与上相同。记录消耗 NaOH 标准滴定溶液的体积（V_2）。

② 蜂产品的测定。称取约 10g 混合均匀的试样，精确至 0.001g，置于 150mL 烧杯中，加入 80mL 水，混匀，利用酸度计及磁力搅拌器，用 0.05mol/L NaOH 标准滴定溶液以 5.0mL/min 的速度滴定。当 pH 到达 8.5 时停止滴加，继续加入 10mL 0.05mol/L NaOH 标准滴定溶液。记录消耗 0.05mol/L NaOH 标准滴定溶液总体积数值（V_3）。立即用 0.05mol/L HCl 标准滴定溶液反滴定至 pH8.2。记录消耗 0.05mol/L HCl 标准滴定溶液的体积数值（V_5）。同一被测样品须测定两次。

用水代替样品做空白试验，操作方法与上相同。记录消耗 NaOH 标准滴定溶液的体积（V_4）。

（5）实验数据记录　见表 3-6。

5. 结果计算

① 果蔬制品、饮料、乳制品、饮料酒、淀粉制品、谷物制品及调味品的测定，参照酸碱滴定法的计算公式计算。

表 3-6 实验数据记录

序 号	第一次	第二次	第三次
称取样品量/g			
滴定样品消耗 NaOH 溶液的总体积 V_3/mL			
反滴定时消耗 HCl 溶液的体积 V_5/mL			
空白试样消耗 NaOH 溶液的体积 V_4/mL			
总酸/(g/kg)			
样品总酸含量/(g/kg)			

② 蜂产品总酸含量按下式计算。

$$X = \frac{[c_2 \times (V_3 - V_4) - c_3 \times V_5] \times K \times F_2}{m_2} \times 1000 \tag{3-3}$$

式中，X 为样品中总酸的含量，g/kg；c_2 为 NaOH 标准滴定溶液的浓度，mol/L；c_3 为 HCl 标准滴定溶液的浓度，mol/L；V_3 为滴定试样时消耗 NaOH 标准滴定溶液的总体积，mL；V_4 为空白试样消耗 NaOH 标准滴定溶液的体积，mL；V_5 为反滴定时消耗 HCl 标准滴定溶液的体积，mL；m_2 为样品质量（或体积），g（mL）；F_2 为试样的稀释倍数；K 为酸的换算系数：苹果酸 0.067，乙酸 0.060，酒石酸 0.075，柠檬酸 0.064，柠檬酸（含一分子结晶水）0.070，乳酸 0.090，草酸 0.045，盐酸 0.036，磷酸 0.049。

计算结果精确到小数点后两位。同一样品，两次测定结果之差，不得超过两次测定平均值的 2%。

6. 注意事项

① pH 酸度计电极的保存：玻璃电极浸泡在蒸馏水中保存；甘汞电极、复合电极需浸泡在氯化钾饱和溶液中保存。

② 及时补充甘汞电极或复合电极中损耗的氯化钾饱和溶液，测定时电极内的氯化钾溶液的液面应高于被测样液的液面。

③ 玻璃电极和复合电极的玻璃球壁薄极易破碎，安装时应特别小心。对于使用双电极的酸度计，安装电极时玻璃电极应比甘汞电极稍高。任何时候，电极均在溶液搅拌稳定后，缓慢置于溶液中合适的位置，避免搅拌子直接碰击损坏电极。

④ 在使用甘汞电极时，要把电极上部的小橡皮塞拔出，以使陶瓷砂芯处保持足够的液位压差，保持有少量的氯化钾从砂芯中渗出，避免测定样液回流扩散到甘汞电极中，将使结果不准确。

7. 思考题

① 比较两种酸度测定的方法，简述其应用范围。

② 根据实验结果，分析可能引起实验误差的原因及实验操作的注意要点。

（高建华）

 **实验四　食品中氨基酸总量测定**

一、目的与要求

学习电位滴定法测定食品中氨基酸总量的基本原理和操作方法。

二、实验原理

利用氨基酸的两性电解质作用，加入甲醛以固定氨基的碱性，使羧基显示出酸性，用氢氧化钠标准溶液滴定，以酸度计控制测定终点。

三、仪器与试剂

1. 仪器

酸度计；磁力搅拌器；10mL 微量滴定管。

2. 试剂

36％甲醛：应不含有聚合物；0.050mol/L 氢氧化钠标准溶液。

四、实验步骤

1. 样品处理

吸取酱油 5.0mL，加水稀释并定容至 100mL。

2. 样品测定

吸取 20.0mL 试样，置于 200mL 烧杯中，加 60mL 蒸馏水，开动磁力搅拌器，待搅拌稳定后把酸度计的复合电极小心放入烧杯的合适位置，用氢氧化钠标准溶液滴定至酸度计指示 pH8.2，记下消耗氢氧化钠标准滴定溶液的体积（mL），可计算总酸含量。

准确加入 10.00mL 甲醛溶液，混匀，再用氢氧化钠标准滴定溶液继续滴定至 pH9.2，记录消耗氢氧化钠标准滴定溶液的体积（mL）。

同时量取 80mL 水，先用 0.05mol/L 氢氧化钠溶液调节至 pH 为 8.2，再加入 10.00mL 甲醛溶液，用氢氧化钠标准滴定溶液滴定至 pH9.2，作为试剂空白试验。

3. 实验数据记录

见表 3-7。

表 3-7　数据记录表

项　　目	第一次	第二次	第三次	平均值
滴定至 pH8.2 消耗 NaOH 体积/mL				
滴定至 pH9.2 消耗 NaOH 体积/mL				

五、结果计算

$$X=\frac{(V_1-V_2)\times c\times 0.014}{\dfrac{5}{100}\times 20}\times 100 \qquad (3-4)$$

式中，X 为样品中氨基酸态氮的含量，g/100mL；V_1 为测定样品在加入甲醛后滴定至终点（pH9.2）所消耗氢氧化钠标准溶液的体积，mL；V_2 为空白试验加入甲醛后滴定至终点所消耗氢氧化钠标准溶液的体积，mL；c 为氢氧化钠标准溶液的浓度，mol/L；0.014 为与 1.00mL 氢氧化钠标准滴定溶液 $[c_{NaOH}=1.000mol/L]$ 相当的氮的质量（g）。

计算结果保留两位有效数字。

六、注意事项

1. 本法具有准确快速的特点，可用于各类食品游离氨基酸含量测定。

2. 对固体样品一般应进行粉碎，准确称样后加适量水在 50℃ 水浴中萃取 0.5h，再进行检测。

3. 对于浑浊和色深样品可不经处理而直接测定。

4. 检测结果的准确性与所使用的酸度计是否准确密切相关，因此在检测前应检查复合电极的可靠性，用电极标准缓冲液对酸度计进行校正，使用完毕需用蒸馏水冲洗电极，浸泡在饱和 KCl 溶液中保存。酸度计精度要求为 ±0.01pH。

七、思考题

1. 检测时为什么要加入甲醛？选用何种玻璃仪器加量甲醛？

2. 根据实验结果，探讨产生实验误差的因素。

（高建华）

实验五　索氏抽提法测定大豆粗脂肪含量

一、目的与要求

1. 学习索氏抽提法测定脂肪的原理与方法。
2. 掌握索氏抽提法测定脂肪的基本操作要点及影响因素。

二、实验原理

利用脂肪能溶于某些有机溶剂的性质，将干燥后的样品用无水乙醚经索氏抽提器反复抽提，使样品的脂肪进入溶剂中，蒸去溶剂后所得到的物质即为粗脂肪。

三、仪器与试剂

1. 仪器

索氏抽提器（图 3-4）；电热恒温水浴锅；电热鼓风干燥箱；干燥器；电子天平（感量：0.0001g）；高速样品粉碎机。

2. 试剂

无水乙醚。

四、实验步骤

1. 样品处理

① 将大豆样品置于样品粉碎机中反复粉碎至均一细粉。

② 准确称取均匀样品 2～5g，置于滤纸筒中，放入 105℃烘箱中，烘干 2h（用测定水分后的试样则可省略此操作）。

2. 索氏抽提器的洗涤

索氏抽提器由回流冷凝管、抽提筒及脂肪接收瓶组成，使用前将各部分应充分洗涤（必要时可用重铬酸钾-硫酸洗液洗涤），用蒸馏水润洗后烘干。接收瓶需在 105℃烘箱内干燥至恒重（前后两次称量差不超过 2mg）。

3. 样品测定

① 将滤纸筒放入索氏抽提器的抽提筒内，连接已干燥至恒重
的脂肪接收瓶，连接冷凝管，由抽提器冷凝管上端加入乙醚至瓶内体积的 2/3 处，将接收瓶浸入水浴中，通入冷凝水，开始加热抽提。抽提过程中，冷凝管上端口可松塞一小团脱脂棉。

② 抽提温度的控制。水浴温度应控制在使抽提筒内的抽提液每 6～8min 回流一次为宜。

③ 抽提时间的控制。抽提时间一般为 10～12h。提取结束前，用毛玻璃板或滤纸接取一滴提取液，溶剂挥发后，不留下油斑为提取终点。

④ 提取完毕，取出滤纸筒，用原抽提器回收乙醚，直至接收瓶内溶剂几乎全部回收完，取下接收瓶，在水浴上蒸去残余的溶剂。擦净瓶外壁。于 95～105℃下干燥 2h，放入干燥器内冷却 0.5h 后称重，继续干燥 30min 后冷却称量，反复干燥至恒重。

4. 实验数据记录

见表 3-8。

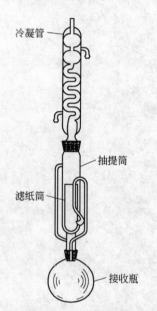

图 3-4　索氏抽提器

（图中标注：冷凝管、抽提筒、滤纸筒、接收瓶）

表 3-8　数据记录表

样品质量(m)/g	脂肪接收瓶质量(m_0)/g	脂肪和脂肪接收瓶质量(m_1)/g			
		第一次	第二次	第三次	恒重值

五、结果计算

$$X = \frac{m_1 - m_0}{m} \times 100 \qquad (3-5)$$

式中，X 为每 100g 样品中脂肪含量，g；m 为样品的质量（如是测定水分后的样品，按测定水分前的质量计），g；m_0 为脂肪接收瓶质量，g；m_1 为脂肪和脂肪接收瓶质量，g。

六、注意事项

1. 抽提脂肪的试剂是易燃、易爆物质，因此抽提室内严禁明火存在，同时注意抽提室的通风换气。

2. 测定样品、抽提器、抽提溶剂均需进行去水处理。因为抽提体系中有水，会使样品中的水溶性物质溶出而使测定值偏高；或由于水的存在，抽提溶剂因被水饱和后影响脂肪的抽提效率；同时因样品中水的存在，使抽提溶剂不易渗入细胞组织内部，脂肪未被提尽而产生误差。

3. 抽提筒内的滤纸筒不能超过虹吸管，否则样品中的脂肪不能提尽而造成误差。

4. 样品和乙醚的浸出物在烘箱中干燥时间不应过长，以免不饱和脂肪酸受热氧化而增加质量。

5. 注意易燃有机溶剂的安全使用，接收瓶中的有机溶剂残留物必须彻底挥尽后，才能放入烘箱内干燥。干燥初期瓶口侧放，半敞开烘箱门，于 90℃ 以下鼓风干燥 10~20min，然后将烘箱门关闭，升至所需温度。

6. 乙醚放置时间过长，容易被氧化而含有过氧化物。过氧化物不稳定，在蒸馏或干燥时会发生爆炸。故使用前应检查是否含有过氧化物，若有要去除。

（1）乙醚中过氧化物的检验方法　取 5mL 乙醚于试管中，加入 KI（100g/L）溶液 1mL，充分振荡 1min，静置分层。若有过氧化物则释放游离碘，水层呈黄色（或加入 4 滴 5g/L 淀粉指示剂显蓝色），该乙醚试剂必须处理后使用。

（2）去除过氧化物的方法　将乙醚倒入蒸馏瓶中，加一段无锈铁丝或铝丝，收集重蒸馏乙醚。

七、思考题

1. 简述索氏抽提器法测定食品中脂肪的原理、应用范围以及确保实验操作安全的要点。

2. 潮湿的样品能否采用乙醚直接提取？

3. 使用乙醚作脂肪抽提溶剂时，应注意的事项有哪些？

（高建华）

 **实验六** 直接滴定法测定食品中还原糖含量

一、目的与要求

1. 学习直接滴定法测定还原糖的原理，并掌握其测定的操作技术。

2. 通过对实验结果的分析，了解影响测定准确性的因素。

二、实验原理

将等量的碱性酒石酸铜甲液、乙液混合时，立即生成天蓝色的氢氧化铜沉淀，这种沉淀立即与酒石酸钾钠反应，生成深蓝色的可溶性酒石酸钾钠铜络合物。此络合物与还原糖共热时，二价铜即被还原糖还原为一价的氧化亚铜沉淀，氧化亚铜与亚铁氰化钾反应，生成可溶性化合物，达到终点时，稍微过量的还原糖将蓝色的次甲基蓝还原成无色，溶液呈淡黄色时为滴定终点。根据还原糖标准溶液标定碱性酒石酸铜溶液相当于还原糖的质量，以及测定样品液所消耗的体积，计算还原糖含量。

三、仪器与试剂

1. 仪器

定糖滴定装置（150mL 锥形瓶，匹配的胶塞，25mL 酸式滴定管），如图3-5 所示；电炉：500W。

2. 试剂

(1) 盐酸

(2) 碱性酒石酸铜甲液　称取 15g 硫酸铜（$CuSO_4 \cdot 5H_2O$）及 0.05g 次甲基蓝，溶于水中并稀释至 1000mL。

图 3-5　还原糖测定滴定装置

(3) 碱性酒石酸铜乙液　称取 50g 酒石酸钾钠、75g 氢氧化钠，溶于水中，再加入 4g 亚铁氰化钾，完全溶解后，用水稀释至 1000mL，贮存于橡胶塞玻璃瓶中。

(4) 乙酸锌溶液　称取 21.9g 乙酸锌，加 3mL 冰醋酸，加水溶解并稀释至 100mL。

(5) 亚铁氰化钾溶液　称取 10.6g 亚铁氰化钾，加水溶解并稀释至 100mL。

(6) 葡萄糖标准溶液　准确称取 1.0000g 至 96℃±2℃ 干燥 2h 的纯葡萄糖，加水溶解后加入 5mL 盐酸，并以水稀释至 1000mL。此溶液每毫升相当于 1.0mg 葡萄糖。

(7) 果糖标准溶液　按试剂（6）配制操作，配制每毫升标准溶液相当于 1.0mg 果糖。

(8) 乳糖标准溶液　按试剂（6）配制操作，配制每毫升标准溶液相当于 1.0mg 的乳糖。

(9) 转化糖标准溶液　准确称取 0.9500g 纯蔗糖，用 100mL 水溶解，置于具塞锥形瓶中加入 6mol/L 盐酸 5mL，在 68～70℃ 水浴中加热 15min，放置至室温定容至 1000mL，每毫升标准溶液相当于 1.0mg 转化糖。

四、实验步骤

1. 样品处理

(1) 水果硬糖　称取样品约 2g（精确至 100mg）加水溶解并定容至 250mL，摇匀后备用。

(2) 乳类、乳制品及含蛋白质的冷食类　称取 2.50～5.00g 固体试样（吸取 25.00～

50.00mL 液体试样），置于 250mL 容量瓶中，加 50mL 水，慢慢加入 5mL 乙酸锌溶液及 5mL 亚铁氰化钾溶液，加水至刻度，混匀，沉淀，静置 30min，用干燥滤纸过滤，弃去初滤液，滤液备用。

（3）酒精性饮料　吸取 100.0mL 试样，置于蒸发皿中，用氢氧化钠（40g/L）溶液中和至中性，在水浴上蒸发至原体积的四分之一后，移入 250mL 容量瓶中，加水至刻度。

（4）含大量淀粉的食品　称取 10.00～20.00g 试样置于 250mL 容量瓶中，加 200mL 水，在 45℃ 水浴中加热 1h，并时时振摇。冷却后加水至刻度，混匀，静置，沉淀。吸取 200mL 上清液于另一 250mL 容量瓶中，以下按 [1（2）] 自"慢慢加入 5mL 乙酸锌溶液……"起依法操作。

（5）汽水等含有二氧化碳的饮料　吸取 100.0mL 试样置于蒸发皿中，在水浴上除去二氧化碳后，移入 250mL 容量瓶中，并用水洗涤蒸发皿，洗液并入容量瓶中，加水至刻度，混匀后备用。

2. 标定碱性酒石酸铜溶液

吸取 5.0mL 碱性酒石酸铜甲液及 5.0mL 乙液，置 150mL 锥形瓶中，加水 10mL，加入玻璃珠 2 粒，从滴定管滴加约 9mL 葡萄糖或其他还原糖标准溶液，摇匀，置于电炉上加热至沸（要求控制在 2min 内沸腾），然后趁热以每 2s 1 滴的速度继续滴加葡萄糖或其他还原糖标准溶液，直至溶液蓝色刚好褪去，显示淡黄色即为终点，记录消耗葡萄糖或其他还原糖标准溶液的总体积。

同时平行操作三份，后滴定的葡萄糖或其他还原糖标准溶液的体积应控制在 0.5～1.0mL 以内，否则，增加预加量，重新滴定。

3. 样品溶液预备滴定

吸取 5.0mL 碱性酒石酸铜甲液及 5.0mL 乙液，置于 150mL 锥形瓶，加水 10mL，加入玻璃珠 2 粒，摇匀，在电炉上加热至沸，趁热以先快后慢的速度，从滴定管中滴加试样溶液，并保持溶液沸腾状态，待溶液颜色变浅时，以每 2s 1 滴的速度迅速滴定，直至溶液蓝色刚好褪去为终点，记录样品溶液消耗体积。当样液中还原糖浓度过高时应适当稀释，再进行测定，使每次滴定消耗样液的体积控制在与标定碱性酒石酸铜溶液时所消耗的还原糖标准溶液的体积相近，约在 10mL 左右，记录消耗样液的总体积，作为正式滴定时参考。

4. 样品溶液正式滴定

吸取 5.0mL 碱性酒石酸铜甲液及 5.0mL 乙液，置于 150mL 锥形瓶，加水 10mL，加入玻璃珠 2 粒，从滴定管加入比预备测定体积少 1mL 的样品溶液至锥形瓶，摇匀，同上法滴定至终点。同法平行操作三份。

5. 实验数据记录

见表 3-9。

五、结果计算

$$X = \frac{A}{m \times \dfrac{V}{250} \times 1000} \times 100 \tag{3-6}$$

式中，X 为试样中还原糖的含量（以某种还原糖计），g/100g；A 为碱性酒石酸铜溶液（甲、乙液各 5mL）相当于某种还原糖的质量，mg；m 为样品的质量，g；V 为测定时平均消耗样品溶液的体积，mL。

表 3-9 数据记录表

项　目	序号	标准还原糖溶液预加体积/mL	消耗标准还原糖溶液总体积/mL	后滴加标准还原糖溶液体积/mL	平均值/mL
标定碱性酒石酸铜甲、乙液	1				
	2				
	3				

项　目	序号	样品溶液预加体积/mL	消耗样品溶液总体积/mL	后滴加样品溶液体积/mL	平均值/mL
样品滴定	1				
	2				
	3				

计算结果精确到小数点后一位。

六、注意事项及说明

1. 实验中的加热温度、时间及滴定时间对测定结果有很大影响，在碱性酒石酸铜溶液标定和样品滴定时，应严格遵守实验条件，力求一致。

2. 加热温度应使溶液在 2min 内沸腾，若煮沸的时间延长，则耗糖量增加。滴定过程滴定装置不能离开热源，为了让上升的蒸汽阻止空气侵入溶液，以免影响滴定终点的判断。

3. 甲、乙液应分别存放，临用时以等量混合。

4. 本法是与定量的酒石酸铜作用，铜离子是定量的基础，故样品处理时，不能用铜盐作蛋白质沉淀剂。

5. 滴定速度应尽量控制 2s 1 滴，滴定速度快，耗糖多；滴速慢，耗糖少。滴定时间应在 1min 内，滴定时间延长，耗糖少。因此预加糖液的量应使继续滴定时耗糖量在 0.5～1.0mL 以内。

6. 为了提高测定的准确度，根据待测样品中所含还原糖的主要成分，要求用哪种还原糖表示结果，就用相应的还原糖标准溶液标定碱性酒石酸铜溶液。如用乳糖表示结果就用乳糖标准溶液标定碱性酒石酸铜溶液。

7. 本法对样品溶液中还原糖浓度有一定要求，即希望每次滴定消耗样品溶液体积与标定时所消耗的葡萄糖标准液或其他还原糖标准液的体积相近，所以当样品溶解浓度过低时，可直接吸取 10mL 样品液，免去加水 10mL，用标准葡萄糖溶液或其他还原糖标准液直接滴至终点。这时样品中还原糖含量按下式计算：

$$还原糖（以某种还原糖计，g/100g）=\frac{(V_1-V_2)\times c}{m\times\dfrac{V_3}{250}}\times 100 \tag{3-7}$$

式中，V_1 为标定碱性酒石酸铜溶液消耗标准葡萄糖或其他标准还原糖溶液的体积，mL；V_2 为样品滴定消耗标准葡萄糖或其他标准还原糖溶液的体积，mL；c 为标准葡萄糖或其他标准还原糖溶液的含量，0.1%；V_3 为测定时吸取样品溶液的体积，mL；m 为样品质量，g。

七、思考题

1. 预习测定步骤，思考正确完成实验的操作要点是什么？

2. 为什么要进行预备滴定？

3. 为什么滴定过程要保持沸腾？

4. 滴定至终点，蓝色消失，溶液呈淡黄色，过后又重新变为蓝紫色，为什么？

5. 根据实验结果及实际操作中的问题进行分析讨论。

6. 若要测定蔗糖、糊精、淀粉含量，应如何操作？

（王启军）

实验七　凯氏定氮法测定食品中蛋白质含量

一、目的与要求

1. 学习凯氏定氮法测定蛋白质的原理。

2. 掌握凯氏定氮法的操作技术，包括样品的消化处理、蒸馏、滴定及蛋白质含量计算等。

二、实验原理

蛋白质是含氮的化合物。食品与浓硫酸和催化剂共同加热消化，使蛋白质分解，产生的氨与硫酸结合生成硫酸铵，留在消化液中，然后加碱蒸馏使氨游离，用硼酸吸收后，再用盐酸标准溶液滴定，根据酸的消耗量乘以蛋白质换算系数，即得蛋白质含量。

因为食品中除蛋白质外，还含有其他含氮物质，所以此蛋白质称为粗蛋白。

三、仪器与试剂

1. 仪器

微量定氮蒸馏装置，如图 3-6 所示。

2. 试剂

硫酸铜（$CuSO_4 \cdot 5H_2O$）；硫酸钾；硫酸（密度为 $1.8419g/L$）；硼酸溶液（$20g/L$）；氢氧化钠溶液（$400g/L$）；$0.01mol/L$ 盐酸标准溶液；混合指示试剂：0.1%甲基红乙醇溶液 1 份，与 0.1%溴甲酚绿乙醇溶液 5 份临用时混合；黄豆粉。

四、实验步骤

1. 样品消化

称取黄豆粉约 0.3g（±0.001g），移入干燥的 100mL 凯氏烧瓶中，加入 0.2g 硫酸铜和 6g 硫酸钾，稍摇匀后瓶口放一小漏斗，加入 20mL 浓硫酸，将瓶以 45°角斜支于有小孔的石棉网上，使用万用电炉，在通风橱中加热消化，开始时用低温加热，待内容物全部炭化，泡沫停止后，再升高温度保持微沸，消化至液体呈蓝绿色澄清透明后，继续加热 0.5h，取下放冷，小心加

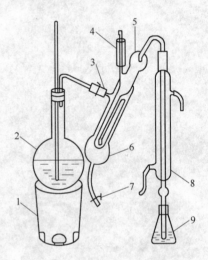

图 3-6　微量凯氏定氮装置
1—电炉；2—水蒸气发生器（2L 圆底烧瓶）；3—螺旋夹 a；4—小漏斗及棒状玻璃塞（样品入口处）；5—反应室；6—反应室外层；7—橡皮管及螺旋夹 b；8—冷凝管；9—蒸馏液接收瓶

20mL 水，放冷后，无损地转移到 100mL 容量瓶中，加水定容至刻度，混匀备用，即为消化液。

试剂空白实验：取与样品消化相同量的硫酸铜、硫酸钾、浓硫酸，按以上同样方法进行消化，冷却，加水定容至 100mL，得试剂空白消化液。

2. 定氮装置的检查与洗涤

检查微量定氮装置是否装好。在蒸汽发生瓶内装水约三分之二，加甲基红指示剂数滴及数毫升硫酸，以保持水呈酸性，加入数粒玻璃珠（或沸石）以防止暴沸。

测定前定氮装置如下法洗涤 2～3 次：从样品进入口加水适量（约占反应管三分之一体积）通入蒸汽煮沸，产生的蒸汽冲洗冷凝管，数分钟后关闭夹子 a，使反应管中的废液倒吸

流到反应室外层，打开夹子 b 由橡皮管排出，如此数次，即可使用。

3. 碱化蒸馏

量取硼酸试剂 20mL 于锥形瓶，加入混合指示剂 2～3 滴，并使冷凝管的下端插入硼酸液面下，在螺旋夹 a 关闭、螺旋夹 b 开启的状态下，准确吸取 10.0mL 样品消化液，由小漏斗流入反应室，并以 10mL 蒸馏水洗涤进样口流入反应室，塞紧棒状玻璃塞。将 10mL 氢氧化钠溶液倒入小玻杯，提起玻璃塞使其缓缓流入反应室，用少量水冲洗后立即将玻璃塞盖紧，并加水于小玻杯以防漏气，开启螺旋夹 a，关闭螺旋夹 b，开始蒸馏。通入蒸汽蒸腾10min 后，移动接收瓶，液面离开冷凝管下端，再蒸馏 1min。然后用少量水冲洗冷凝管下端外部，取下锥形瓶，准备滴定。

同时吸取 10.0mL 试剂空白消化液按上法蒸馏操作。

4. 样品滴定

以 0.01mol/L 盐酸标准溶液滴定至灰色为终点。

5. 数据记录

见表 3-10。

表 3-10　数据记录表

项　　目	第一次	第二次	第三次
样品消化液/mL			
滴定消耗盐酸标准溶液/mL			
消耗盐酸标准溶液平均值/mL			

五、结果计算

$$X=\frac{(V_1-V_2)\times c\times 0.0140}{\frac{m}{100}\times 10}\times F\times 100 \tag{3-8}$$

式中，X 为样品蛋白质含量，g/100g；V_1 为样品滴定消耗盐酸标准溶液体积，mL；V_2 为空白滴定消耗盐酸标准溶液体积，mL；c 为盐酸标准滴定溶液浓度，mol/L；0.0140 为 1.0mL 盐酸 [$c_{HCl}=1.000mol/L$] 标准滴定溶液相当的氮的质量，g；m 为样品的质量，g；F 为氮换算为蛋白质的系数，一般食物为 6.25，乳制品为 6.38，面粉为 5.70，高粱为6.24，花生为 5.46，米为 5.95，大豆及其制品为 5.71，肉与肉制品为 6.25，大麦、小米、燕麦、裸麦为 5.83，芝麻、向日葵为 5.30。

以重复性条件下获得的两次独立测定结果的算术平均值表示，蛋白质含量≥1g/100g时，结果保留三位有效数字；蛋白质含量<1g/100g 时，结果保留两位有效数字。

六、注意事项

1. 本法也适用于半固体试样以及液体样品检测。半固体试样一般取样范围为 2.00～5.00g；液体样品取样 10.0～25.0mL（约相当氮 30～40mg）。若检测液体样品，结果以 g/100mL 表示。

2. 消化时，若样品含糖高或含脂量较多时，注意控制加热温度，以免大量泡沫喷出凯氏烧瓶，造成样品损失。可加入少量辛醇或液体石蜡，或硅消泡剂减少泡沫产生。

3. 消化时应注意旋转凯氏烧瓶，将附在瓶壁上的炭粒冲下，对样品彻底消化。若样品不易消化至澄清透明，可将凯氏烧瓶中溶液冷却，加入数滴过氧化氢后，再继续加热消化至完全。

4. 硼酸吸收液的温度不应超过 40℃，否则氨吸收减弱，造成检测结果偏低。可把接收瓶置于冷水浴中。

5. 在重复性条件下获得两次独立测定结果的绝对差值不得超过算术平均值的 10%。

七、思考题

1. 预习凯氏定氮法测定蛋白质的原理及操作。

2. 蒸馏时为什么要加入氢氧化钠溶液？加入量对测定结果有何影响？

3. 在蒸汽发生瓶水中加甲基红指示剂数滴及数毫升硫酸的作用是什么？若在蒸馏过程中才发现蒸汽发生瓶中的水变为黄色，马上补加硫酸是否可行？

4. 实验操作过程中，影响测定准确性的因素有哪些？

（高建华）

 **实验八 食品中维生素 C 含量的测定**

方法一 2,4-二硝基苯肼比色法测定抗坏血酸总量

一、目的与要求

1. 理解 2,4-二硝基苯肼比色法测定抗坏血酸总量的基本原理。

2. 学习其操作方法和了解影响测定准确性的因素。

二、实验原理

总抗坏血酸包括还原型、脱氢型和二酮古乐糖酸，样品中还原型抗坏血酸经活性炭氧化为脱氢抗坏血酸，再与 2,4-二硝基苯肼作用生成红色脎，其呈色强度与总抗坏血酸含量呈正比，可进行比色定量。

三、仪器与试剂

1. 仪器

恒温箱或电热恒温水浴锅；可见光分光光度计；捣碎机。

2. 试剂

（1）4.5mol/L 硫酸 量取 250mL 浓硫酸小心加入 700mL 水中，冷却后用水稀释至 1000mL。

（2）85％硫酸 小心加 900mL 浓硫酸于 100mL 水中。

（3）2％ 2,4-二硝基苯肼 溶解 2,4-二硝基苯肼 2g 于 100mL 4.5mol/L 硫酸中，过滤。不用时存于冰箱内，每次使用前必须过滤。

（4）2％草酸溶液

（5）1％草酸溶液

（6）1％硫脲溶液 溶解 1g 硫脲于 100mL 1％草酸溶液中。

（7）2％硫脲溶液 溶解 2g 硫脲于 100mL 1％草酸溶液中。

（8）1mol/L 盐酸 取 100mL 盐酸，加入水中，并稀释至 1200mL。

（9）抗坏血酸标准溶液 称取 100mg 纯抗坏血酸溶解于 100mL 2％草酸溶液中，此溶液每毫升相当于 1mg 抗坏血酸。

（10）活性炭 将 100g 活性炭加到 750mL 1mol/L 盐酸中，回流 1～2h，过滤，用水洗数次，至滤液中无铁离子（Fe^{3+}）为止，然后置于 110℃烘箱中烘干。

四、实验步骤

1. 样品处理（全部实验过程应避光）

（1）鲜样的制备 称取 100g 鲜样立即加入 100mL 2％草酸溶液，倒入捣碎机中打成匀浆，称取 10.0～40.0g 匀浆（含 1～2mg 抗坏血酸）倒入 100mL 容量瓶，用 1％草酸溶液稀释至刻度，混匀。过滤，滤液备用。

（2）干样制备 称取 1～4g 干样（含 1～2mg 抗坏血酸）放入乳钵内，加入等量的 1％草酸溶液磨成匀浆，连固形物一起倒入 100mL 容量瓶内，用 1％草酸溶液稀释至刻度，混匀。过滤备用。

2. 样品还原型抗坏血酸的氧化处理

量取 25.0mL 上述滤液，加入 2g 活性炭，振摇 1min，过滤，弃去最初数毫升滤液。吸取 10.0mL 此氧化提取液，加入 10.0mL 2%硫脲溶液，混匀，此试样为稀释液。

3. 呈色反应

① 取 3 支试管，各加入 4mL 经氧化处理的样品稀释液。其中一支试管作为空白，向其余两试管加入 1.0mL 2% 2,4-二硝基苯肼溶液，将所有试管放入 37℃±0.5℃恒温箱或恒温水浴中，保温 3h。

② 3h 后取出，除空白管外，将所有试管放入冰水中。空白管取出后使其冷却到室温，然后加入 2% 2,4-二硝基苯肼溶液 1.0mL，在室温中放置 10～15min，后放入冰水内。其余步骤同试样。

4. 85%硫酸处理

当试管放入冰水冷却后，向每一试管（连同空白管）中加入 85%硫酸 5mL，滴加时间至少需要 1min，边加边摇动试管。将试管自冰水中取出，在室温放置 30min 后比色。

5. 样品比色测定

用 1cm 比色皿，以空白液调零点，于 500nm 波长处测定吸光值。

6. 标准曲线绘制

① 加 2g 活性炭于 50mL 标准溶液中，振动 1min 后过滤。吸取 10.00mL 滤液放入 500mL 容量瓶中，加 5.0g 硫脲，用 1%草酸溶液稀释至刻度。抗坏血酸浓度为 20μg/mL。

吸取 5mL、10mL、20mL、25mL、40mL、50mL、60mL 稀释液，分别放入 7 个 100mL 容量瓶中，用 1%硫脲溶液稀释至刻度，使最后稀释液中抗坏血酸的浓度分别为 1μg/mL、2μg/mL、4μg/mL、5μg/mL、8μg/mL、10μg/mL、12μg/mL，为抗坏血酸标准使用液。

② 分别吸取 4mL 各不同浓度的抗坏血酸标准使用液于 7 个试管中，吸取 4mL 水于试剂空白管，各加入 1.0mL 2% 2,4-二硝基苯肼溶液，混匀，将全部试管放入 37℃±5℃恒温箱或恒温水浴中，保温 3h。

3h 后将 8 个试管取出，全部放入冰水冷却后，向每一试管中加入 5mL 85%硫酸，滴加时间至少需要 1min，边加边摇。将试管自冰水取出，在室温放置 30min 后，以试剂空白管调零，并比色测定。

以吸光值为纵坐标，抗坏血酸含量（mg）为横坐标绘制标准曲线或计算回归方程。

五、结果计算

$$X = \frac{c}{m} \times 100 \tag{3-9}$$

式中，X 为样品中总抗坏血酸含量，mg/100g；c 为由标准曲线查得或由回归方程计算得试样测定液总抗坏血酸含量，mg；m 为测定时所取滤液相当于样品的用量，g。

计算结果精确到小数点后两位。

六、注意事项

1. 利用普鲁士蓝反应可对铁离子存在与否进行检验：将 2%亚铁氰化钾与 1%盐酸等量混合，将需检测的样液滴入，如有铁离子则产生蓝色沉淀。

2. 硫脲的作用在于防止抗坏血酸的继续被氧化和有助于脲的形成。

3. 加硫酸显色后，溶液颜色可随时间的延长而加深，因此，在加入硫酸溶液 30min 后，应立即比色测定。

4. 检测过程中，测定样品的吸光值不落在标准曲线上，可重新调整测定样品的量或标准曲线的浓度范围。

5. 本实验法在 $1 \sim 12 \mu g/mL$ 抗坏血酸范围内呈良好线性关系，最低检出限为 $0.1 \mu g/mL$。

6. 本实验适用于水果、蔬菜及其制品中总抗坏血酸的测定。

7. 食品分析中的总抗坏血酸是指抗坏血酸和脱氢抗坏血酸二者的总量，若食品中本身含有二酮古乐糖酸抗坏血酸的氧化产物，则导致检测总抗坏血酸含量偏高。

七、思考题

1. 试样制备过程为何要避光处理？

2. 为何加入 85％硫酸溶液时，速度要慢而且需在冰水浴条件下完成？解释若加酸速度过快使样品管中液体变黑的原因。

3. 样品比色测定时，用样品空白管调零的目的何在？

方法二 2,6-二氯靛酚滴定法测定还原型抗坏血酸

一、目的与要求
学会用滴定法测定还原型抗坏血酸。

二、实验原理
还原型抗坏血酸能定量地还原染料 2,6-二氯靛酚。该染料在中性或碱性溶液中呈蓝色，酸性溶液中呈粉红色，滴定时还原型抗坏血酸将染料还原为无色，本身被氧化为脱氢抗坏血酸，终点时过量的染料在溶液中呈粉红色，在没有杂质干扰时，样品提取液所还原的标准染料量与样品中的还原型抗坏血酸量成正比。

三、试剂材料及仪器

(1) 2％草酸溶液 溶解 20g 草酸于 1000mL 水中。

(2) 1％草酸溶液

(3) 抗坏血酸标准溶液 准确称取 20mg 分析纯抗坏血酸溶于 1％草酸溶液中，移入 100mL 容量瓶，用 1％草酸溶液稀释至刻度，摇匀，于冰箱中保存。使用时用 1％草酸溶液稀释 10 倍。此标准使用液相当 0.02mg/mL 维生素 C。也可用下法标定：吸取维生素 C 使用液 20.00mL 于锥形瓶中，加入 6％碘化钾溶液 0.5mL、1％淀粉溶液 3 滴，使用微量滴定管，用 0.001mol/L 碘酸钾标准溶液滴定，终点为淡蓝色，计算公式如下：

$$抗坏血酸浓度(mg/mL) = \frac{V_1 \times 0.088}{V_2} \tag{3-10}$$

式中，V_1 为消耗 0.001mol/L 碘酸钾标准溶液的量，mL；V_2 为吸取抗坏血酸使用液的量，mL；0.088 为 1mL 0.001mol/L 碘酸钾标准溶液相当于 0.088mg 抗坏血酸。

(4) 2,6-二氯靛酚钠溶液 称取 2,6-二氯靛酚钠 50mg，溶解并稀释至 250mL，此液应贮于棕色瓶中并冷藏，用时依下法标定：吸取 20.00mL 已知浓度的抗坏血酸标准溶液于锥形瓶中，用 2,6-二氯靛酚钠溶液滴定至溶液呈粉红色，15s 不褪色为滴定终点，计算染料溶液对抗坏血酸的滴定度 T。

$$T = \frac{c \times V_1}{V_2} \tag{3-11}$$

式中，c 为抗坏血酸的浓度，mg/mL；V_1 为吸取抗坏血酸的体积，mL；V_2 为消耗染

料溶液的体积，mL。

(5) 0.100mol/L 碘酸钾溶液　精确称取干燥的碘酸钾 0.3567g，用水溶解并定容于 100mL 容量瓶，混匀。

(6) 0.001mol/L 碘酸钾溶液　吸取 0.100mol/L 碘酸钾溶液 1.00mL，用水稀释至 100mL，此溶液相当于抗坏血酸 0.088mg/mL。

(7) 1%淀粉溶液

(8) 6%碘化钾溶液

(9) 圆椒或柑橙

(10) 微量滴定管

四、实验步骤

① 称取可食用部分样品 10～20g，迅速切碎后放在研钵中，加等量 2%草酸溶液浸样品。

② 捣成匀浆，移入 200mL 容量瓶中，用 1%草酸溶液稀释至刻度，摇匀。

③ 将样液过滤，弃去最初数毫升滤液。

④ 吸取滤液 10～20mL 于锥形瓶中，用标定过的染料溶液滴定至粉红色，15s 不褪色为终点。

五、结果计算

$$抗坏血酸含量(mg/100g 样品) = \frac{VT}{m} \times 100 \tag{3-12}$$

式中，V 为滴定时所耗染料的体积，mL；T 为 1mL 染料溶液相当于抗坏血酸的质量 (mg，即滴定度)；m 为滴定时所吸取的滤液相当于样品的量，g。

结果取三位有效数字，含量低的保留小数点后两位数字。

六、注意事项

1. 整个操作过程要迅速，防止还原型抗坏血酸氧化。

2. 样品处理过程若打碎的浆泡沫过多，在稀释时可加辛醇数滴，以去掉泡沫。

3. 滴定开始时，染料要迅速加入，直至红色不立即消失，而后逐滴加入，并不断摇动锥形瓶直至终点，整个滴定过程不宜超过 2min。

4. 样品中可能有其他杂质也能还原染料，但速度较抗坏血酸慢，所以滴定以 15s 粉红色不褪为终点。

5. 若滤液颜色很深，终点不易辨别，可用白陶土脱色后再滴定，但应选择脱色力强而对抗坏血酸无损失的白陶土。有的资料介绍用试样滤液来滴定染料溶液至红色为终点(此种方法标定染料时也应用标准抗坏血酸溶液滴定染料液)。

6. 分析新鲜果蔬时，用 1%草酸不能使酶失去活力，不能稳定抗坏血酸，故用 2%草酸。

7. 2,6-二氯靛酚钠溶液可置于冰箱中保存，但需定期标定，以保证溶液的准确性。

七、思考题

1. 此法能否用于测定食品中维生素 C 的总量？

2. 抗坏血酸标准溶液使用前为何必须进行标定？

(王启军)

 **实验九** 纸色谱法测定食品中胡萝卜素含量

一、目的与要求

1. 学习从食品中分离、提纯胡萝卜素的方法，了解样品处理过程的一般要求。

2. 掌握纸色谱分离检测的基本操作要点。

二、实验原理

样品经皂化后，用石油醚提取食品中的胡萝卜素及其他植物色素，以石油醚为展开剂进行纸色谱，胡萝卜素极性最小，移动速度最快，从而与其他色素分离，剪下含胡萝卜素的区带，洗脱后于 450nm 波长下定量测定。

三、仪器与试剂

1. 仪器

旋转蒸发器：配套 150mL 球形瓶；恒温水浴锅；分光光度计；皂化回流装置；玻璃层析缸。

2. 试剂

(1) 石油醚（沸程 30～60℃） 同时是展开剂。

(2) 氢氧化钾溶液 取 50g 氢氧化钾溶于 50mL 水中。

(3) 无水乙醇 不得含有醛类物质。

(4) β-胡萝卜素标准溶液

① β-胡萝卜素标准贮备液。准确称取 50.0mg β-胡萝卜素标准品，溶于 100.0mL 三氯甲烷中，浓度约为 500μg/mL，准确测定其浓度。标定浓度的方法如下：

吸取标准贮备液 10.0μL，加正己烷 3.00mL，混匀。用 1cm 比色皿，以正己烷为空白，在 450nm 波长处测其吸光度值，平行测定三份取平均值。

按下式计算浓度：

$$X = \frac{A}{E} \times \frac{3.01}{0.01} \tag{3-13}$$

式中，X 为胡萝卜素标准溶液浓度，μg/mL；A 为吸光值；E 为 β-胡萝卜素在正己烷溶液中，检测波长为 450nm，比色杯厚度 1cm，溶液浓度为 1mg/L 的吸光系数，0.2638；$\frac{3.01}{0.01}$ 为测定过程中稀释倍数的换算系数。

② β-胡萝卜素标准使用液。将已标定的标准液用石油醚准确稀释 10 倍，使其浓度为 50μg/mL，避光保存于冰箱中。

四、实验步骤

1. 样品预处理

(1) 皂化 植物样品称取可食部分 1～5g（含胡萝卜素约 20～80μg）匀浆；粮食样品视其胡萝卜素含量而定，固体样品需粉碎；植物油和高脂肪样品取样量不超过 10g。置于 100mL 带塞锥形瓶中，加脱醛乙醇 30mL，再加 10mL 氢氧化钾溶液，回流加热 30min，然后用冰水使之迅速冷却。

(2) 提取 取下皂化瓶，将皂化后的试样液移入分液漏斗，以少量水洗涤锥形瓶，再用

30mL 石油醚分两次洗涤锥形瓶，全部洗液合并于分液漏斗中，轻摇分液漏斗 1~2min，适时开塞排气，静置分层，将水液放入第二个分液漏斗中。向第二个分液漏斗中加入 25mL 石油醚，振摇，静置分层，将水溶液放入原锥形瓶中，醚层并入第一个分液漏斗中。再加入 25mL 石油醚，重复提取水相，直至醚层中不显黄色为止。

（3）**洗涤** 合并石油醚提取液于分液漏斗，用水洗涤至中性，将石油醚提取液通过盛有 10g 无水硫酸钠的小漏斗，漏入球形瓶，用少量石油醚分数次洗净分液漏斗和无水硫酸钠层内的色素，洗涤液并入球形瓶内。

（4）**浓缩与定容** 将上述球形瓶内的石油醚提取液于旋转蒸发器上减压蒸发，水浴温度为 60℃，蒸发至剩 1mL 时，取下球形瓶，用氮气吹干，立即用 2.00mL 石油醚定容。备色谱分离用。

2. 样品纸色谱

（1）**点样** 在 18cm×30cm 滤纸下端距底边 4cm 处作一基线，在基线上取 A、B、C、D 四点（见示意图 3-7），用微量注射器吸取 0.100~0.400mL 浓缩样品液在 AB 和 CD 间迅速点样。

（2）**层开** 待纸上所点样液自然挥发干后，将滤纸卷成圆筒状，置于预先用石油醚饱和的层析缸中，进行上行展开。

（3）**洗脱** 待胡萝卜素与其他色素完全分开后，取出滤纸，自然挥发干石油醚，将位于展开剂前沿的胡萝卜素色谱带剪下，立即放入盛有 5mL 石油醚的具塞试管中，用力振摇，使胡萝卜素完全溶于试剂中。

3. 比色测定

（1）**样品测定** 用 1cm 比色皿，以石油醚调零点，于 450nm 波长下，测定洗脱液的吸光值，以其值从标准曲线上查出 β-胡萝卜素的含量。

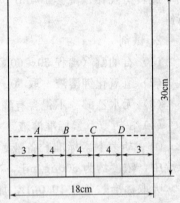

图 3-7 色谱点样示意图

（2）**标准曲线绘制** 吸取 β-胡萝卜素标准使用液 1.00mL、2.00mL、3.00mL、4.00mL、6.00mL、8.00mL，分别置于 100mL 具塞锥形瓶中，按试样分析步骤进行预处理和纸色谱，点样体积为 0.100mL，标准曲线各点含量依次为 2.5μg、5.0μg、7.5μg、10.0μg、15.0μg、20.0μg。为测定低含量试样，可在 0~2.5μg 间加做几点，以 β-胡萝卜素含量为横坐标，以吸光值为纵坐标绘制标准曲线。

五、结果计算

$$X = c \times \frac{V_2}{V_1} \times \frac{100}{m} \qquad (3-14)$$

式中，X 为样品中胡萝卜素的含量（以 β-胡萝卜素计），μg/100g；c 为在标准曲线上查得的胡萝卜素质量，μg；V_1 为点样体积，mL；V_2 为试样提取液浓缩后的定容体积，mL；m 为试样质量，g。

计算结果保留三位有效数字。

六、注意事项

1. 操作时需在避光条件下进行。

2. 乙醇中含醛类物质的检验法

（1）配制银氨溶液　加浓氨水于 5‰ 硝酸银溶液中，直至氧化银沉淀溶解，加入 2.5mol/L 氢氧化钠溶液数滴，如发生沉淀，再加浓氨水溶解之。

（2）银镜反应检测醛类物质　加 2mL 银氨溶液于试管内，加入几滴乙醇摇匀，加入少许 2.5mol/L 氢氧化钠溶液加热，如乙醇中无醛，则没有银沉淀，否则有银镜反应。

3. 乙醇脱醛方法为：取 2g 硝酸银溶于少量水中，取 4g 氢氧化钠溶于温乙醇中，将两者倾入 1L 乙醇中，暗处放置两天，不时摇动，促进反应。过滤，滤液倾入蒸馏瓶中蒸馏，弃去初蒸的 50mL。乙醇中含醛较多时，硝酸银用量适当增加。

4. 通常标准品 β-胡萝卜素不能全溶解于有机溶剂中，必要时应先将标准品皂化，再用有机溶剂提取，用蒸馏水洗涤至中性后，浓缩定容，再进行标定。

由于胡萝卜素很容易分解，所以每次使用前，所用标准品均需标定，在测定试样时需带标准品同步操作。

5. 纸色谱法不能区分 α-胡萝卜素、β-胡萝卜素和 γ-胡萝卜素，虽然标准品为 β-胡萝卜素，但实际结果为总的胡萝卜素。天然食品中大部分为 β-胡萝卜素，故对结果影响不大。

6. 本法胡萝卜素的检出限为 0.11μg。

七、思考题

1. 参考食品化学等资料，了解胡萝卜素的理化性质及其在食物中的含量。

2. 复习减压蒸馏、萃取与洗涤等单元的实验技术与注意事项。

（高建华）

第四章　食品添加剂含量的检测

 **实验一** 薄层色谱法半定量测量糖精钠含量

一、目的与要求

1. 学习薄层色谱法半定量测量食品中糖精钠含量的基本原理。

2. 掌握薄层色谱法的基本操作技术。

二、实验原理

在酸性条件下，食品中的糖精钠被转换为易溶于有机溶剂的糖精，再用乙醚提取，浓缩、薄层色谱分离、显色后，与标准品比较，进行定性和半定量测定。

三、仪器与试剂

1. 仪器

玻璃板 10cm×10cm；薄层色谱装置（见图 4-1）；微量吸管及吹风筒；紫外检测仪：波长 254nm。

2. 试剂

盐酸溶液（1:1）；乙醚（不含过氧化物）；无水硫酸钠：经 550℃灼烧 4h 处理；无水乙醇；展开剂：苯-乙酸乙酯-醋酸（12:7:1）；糖精标准溶液：称取糖精 0.1000g，用无水乙醇溶解并定容至 100mL，此液含标准糖精为 1mg/mL；硅酸 GF254；羧甲基纤维素钠溶液（0.5%）。

四、测定步骤

1. 薄层板的制备（可安排在上一次实验中完成）

（1）制板前的预处理　制板前应对玻璃板（10cm×10cm）进行预处理，先用水或洗涤剂充分洗净烘干，在涂料前用无水乙醇或乙醚的脱脂棉擦净。

（2）吸附剂的调制　称 1.4g 硅胶 GF254 于小研钵中，加入 4.5mL 0.5%CMC-Na 溶液，充分研匀，但不宜过于剧烈，以免产生气泡。

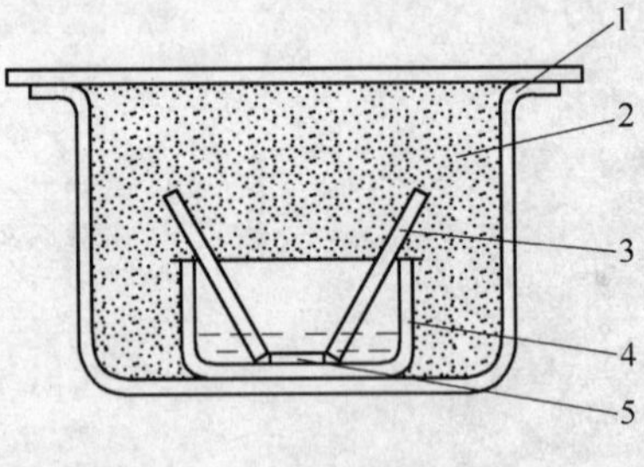

（3）涂布操作　将研匀的浆液倾注于 10cm×10cm

图 4-1　薄层色谱装置
1—层析缸；2—展开剂蒸气；3—薄层板；4—盛液皿（盛展开剂）；5—隔板

玻璃板中间，然后把玻璃板前后左右边倾斜边在试验台上轻轻振荡，使浆液均匀布满整块玻璃板，将其置于水平的位置上让其自然干燥后放入薄板架上。

（4）薄层板的活化和保存　将自然干燥后的薄板放入干燥箱中，在 100℃活化 1h，然后放于干燥器中保存，供一周内使用。

2. 样品的提取

（1）饮料、冰棍、汽水　取 10.0mL 均匀试样（如试样中含有二氧化碳，先加热除去。

如试样中含有酒精，加4％氢氧化钠溶液使其呈碱性，在沸水浴中加热除去），置于100mL分液漏斗中，加2mL盐酸溶液，用30mL、20mL、20mL乙醚提取三次，合并乙醚提取液，用5mL盐酸酸化的水洗涤一次，弃去水层。乙醚层通过无水硫酸钠脱水后，挥发乙醚，加2.0mL乙醇溶解残留物，密塞保存，备用。

（2）酱油、果汁、果酱等　称取20.0g或吸取20.0mL均匀试样，置于100mL容量瓶中，加水至约60mL，加20mL硫酸铜溶液（100g/L），混匀，再加4.4mL氢氧化钠溶液（40g/L），加水至刻度，混匀，静置30min，过滤，取50mL滤液置于150mL分液漏斗中，以下按上述样品处理中（1）自"加2mL盐酸溶液……"起依法操作。

（3）固体果汁粉等　称取20.0g磨碎的均匀试样，置于200mL容量瓶中，加100mL水，加温使溶解，放冷，以下按上述样品处理中（2）自"加20mL硫酸铜溶液（100g/L）……"起依法操作。

（4）糕点、饼干等含蛋白、脂肪、淀粉多的食品　称取25.0g均匀试样，置于透析用玻璃纸中，放入大小适当的烧杯内，加50mL氢氧化钠溶液（0.8g/L）。调成糊状，将玻璃纸口扎紧，放入盛有200mL氢氧化钠溶液（0.8g/L）的烧杯中，盖上表面皿，透析过夜。

量取125mL透析液（相当12.5g试样），加约0.4mL盐酸（1+1）使成中性，加20mL硫酸铜溶液（100g/L），混匀，再加4.4mL氢氧化钠溶液（40g/L），混匀，静置30min，过滤。取120mL（相当10g试样），置于250mL分液漏斗中，以下按（1）中自"加2mL盐酸溶液……"起依法操作。

3. 点样

点样前对薄层板进行修整，然后在薄板下端2cm处（用铅笔轻轻画一直线为原线），用微量注射器分别点10μL和20μL的样液两个点，同时点3.0μL、5.0μL、7.0μL、10μL糖精标准溶液，各点间距1.5cm。

4. 展开与显色

将点好的薄层板放入盛有展开剂的展开槽中，展开剂液层高度不能超过原线高度（一般约0.5～1cm），展开，当溶剂前沿距顶端约1～2cm时，取出薄层板，挥干展开剂，在紫外光灯下观察，确定斑点的位置及大小。

5. 检出

（1）定性　薄层板经斑点显色后，根据试样点与标准点的比移值 R_f 定性，见图4-2，比移值计算如下。

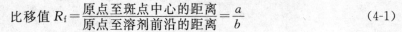

$$比移值 R_f = \frac{原点至斑点中心的距离}{原点至溶剂前沿的距离} = \frac{a}{b} \tag{4-1}$$

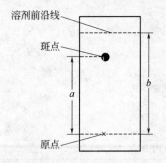

图4-2　比移值测量示意图

（2）半定量　在薄层板上测量或估计斑点面积或以颜色深浅作半定量。本实验条件下，可直接根据试样与标准的斑点面积大小及颜色深浅比较糖精的含量，记录其点样体积，进行半定量。

五、结果计算

试样中糖精钠含量计算如下。

$$X = \frac{A \times 1000}{m \times \dfrac{V_2}{V_1} \times 1000} \times \frac{205}{183} \tag{4-2}$$

式中，X 为试样中糖精钠的含量，g/kg 或 g/L；A 为测定用样液中糖精的质量，mg；m 为试样质量或体积，g 或 mL；V_1 为试样提取液残留物加入乙醇的体积，mL；V_2 为点样液体积，mL。

计算结果保留三位有效数字。

六、思考题

1. 样品处理时，酸化的目的是什么？
2. 薄层板制备前如何进行预处理？为什么？
3. 点样前为什么要对薄层板进行修整？
4. 展开时展开剂液层高度为什么不能超过原线高度？

（王启军）

实验二　气相色谱法测定苯甲酸、山梨酸含量

一、目的与要求

1. 了解气相色谱仪的基本原理及分析流程。

2. 掌握气相色谱分析法操作技术。

3. 掌握外标法定量的方法。

二、实验原理

样品酸化后，用乙醚提取山梨酸、苯甲酸，经浓缩后，用附氢火焰离子化检测器的气相色谱仪进行分离测定，用外标法与标准系列比较定量。

三、仪器与试剂

1. 仪器

气相色谱仪，带有氢火焰离子化检测器（FID）；具塞量筒；10mL 具塞刻度试管或 10mL 容量瓶；常用玻璃仪器。

2. 试剂

（1）乙醚　不含过氧化物。

（2）石油醚　沸程 30～60℃。

（3）盐酸溶液（1∶1）

（4）石油醚-乙醚（3+1）混合液

（5）氯化钠酸性溶液（40g/L）　于氯化钠溶液（40g/L）中加少量盐酸溶液酸化。

（6）无水硫酸钠

（7）苯甲酸、山梨酸标准贮备液　精确称取苯甲酸、山梨酸各 0.2000g，置于 100mL 容量瓶中，用石油醚-乙醚（3∶1）混合溶剂溶解并定容至刻度，混匀，此溶液每毫升相当于 2mg 苯甲酸或山梨酸。

（8）材料　饮料。

四、测定步骤

1. 样品的提取

吸取 10.00mL 均匀饮料（如样品中含有二氧化碳，先加热除去），放入 150mL 分液漏斗中，加 1∶1 盐酸 2mL，用 15mL、10mL 乙醚提取两次，每次振摇 1min，将上层醚提取液吸入另一个 25mL 带塞量筒中，合并乙醚提取液。用 3mL 氯化钠酸性溶液（40g/L）洗涤两次，静置 15min，用滴管将乙醚层通过无水硫酸钠滤入 25mL 容量瓶中。加乙醚至刻度，混匀。准确吸取 5.0mL 乙醚提取液于 10mL 带塞离心管中，置 40℃的水浴上挥干，加入 2mL 石油醚-乙醚（3+1）混合溶剂溶解残渣，密塞保存备用。

2. 色谱条件

（1）色谱柱　玻璃柱，2m×3mm，内装涂以质量分数为 5％DEGS＋1％H_3PO_4 固定液的 60～80 目 ChromosorbWAW。

（2）气体流速　载气为氮气，50mL/min（氮气和空气、氢气之比按各仪器型号不同选择各自的最佳比例条件）。

（3）温度　进样口（气化温度）230℃；柱温 170℃；检测器（FID）230℃。

3. 测定

① 取 6 支 10mL 容量瓶，编号，并按表 4-1 操作记录。

表 4-1　操作记录表

编号 试剂	1	2	3	4	5	6
取苯甲酸或山梨酸标准溶液/mL	0.25	0.5	0.75	1.00	1.25	
相当于苯甲酸或山梨酸量/μg	50	100	150	200	250	
取样品乙醚提取液体积/mL						2
用石油醚定容/mL	10	10	10	10	10	10
进样量/μL	2	2	2	2	2	2
测定峰高值						

② 以苯甲酸或山梨酸量（μg）为横坐标，与其对应的峰高值为纵坐标，绘制标准曲线。

③ 用样品测得的峰高值与标准曲线比较定量。

五、结果计算

$$X = \frac{A \times 1000}{m \times \frac{5}{25} \times \frac{V_2}{V_1} \times 1000} \tag{4-3}$$

式中，X 为样品中苯甲酸或山梨酸的含量，g/kg；A 为测定用样品液中苯甲酸或山梨酸的含量，μg；V_1 为样品提取液残留物定容的体积，mL；V_2 为进样体积，μL；m 为样品质量或体积，g 或 mL；5/25 为测定时吸取乙醚提取液的体积（mL）/样品乙醚提取液的总体积（mL）。

六、注意事项

1. 用测得的苯甲酸的量乘以 1.18，即为样品中苯甲酸钠的含量。

2. 样品处理时酸化可使山梨酸钾、苯甲酸钠转变为山梨酸、苯甲酸。

3. 乙醚提取液应用无水硫酸钠充分脱水，进样溶液中含水会影响测定结果。

4. 气相色谱仪的操作按仪器操作说明进行。

5. 注意点火前严禁打开氢气调节阀，以避免氢气逸出引起爆炸；点火后，不允许再转动放大调零旋钮。

七、思考题

乙醚提取液为什么要用无水硫酸钠处理？

（王启军）

实验三 硝酸盐、亚硝酸盐含量的检测

Ⅰ. 亚硝酸盐含量的检测

一、目的与要求
1. 学习肉制品中食品添加剂——亚硝酸盐的检测方法。
2. 掌握盐酸萘乙二胺法的基本操作技术。

二、实验原理
样品经沉淀蛋白质、除去脂肪后，在弱酸性条件下，亚硝酸盐与对氨基苯磺酸重氮化后，再与盐酸萘乙二胺偶合生成紫红色化合物，颜色的深浅与亚硝酸盐含量成正比，其最大吸收波长为 538nm，可测定吸光度并与标准比较定量。

三、仪器与试剂
1. 仪器

721 型分光光度计（见图 4-3）；比色管、各种移液管及常用玻璃仪器；小型绞肉机。

2. 试剂

（1）饱和硼砂溶液　溶解 5g 硼酸钠（$Na_2B_4O_7 \cdot 10H_2O$）于 100mL 热水中，冷却后备用。

（2）硫酸锌溶液　溶解 30g 硫酸锌（$ZnSO_4 \cdot 7H_2O$）于 100mL 水中。

（3）对氨基苯磺酸溶液（0.4%）　溶解 0.4g 对氨基苯磺酸于 100mL 20% 盐酸中，避光保存。

（4）盐酸萘乙二胺溶液（0.2%）　溶解 0.2g 盐酸萘乙二胺于 100mL 水中，避光保存。

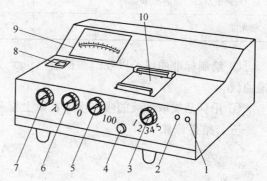

图 4-3　721 型分光光度计结构
1—指示灯；2—电源开关；3—灵敏度选择旋钮；4—比色皿座定位拉杆；5—透光率 100 电位器旋钮；6—透光率 0 电位器旋钮；7—波长调节旋钮；8—波长示窗；9—电表；10—比色皿暗箱盖

（5）亚硝酸钠标准溶液　精确称取 0.1000g 亚硝酸钠（硅胶干燥剂中干燥 24h），加水溶解，移入 500mL 容量瓶，并稀释至刻度，混匀，临用前吸取 5.00mL 于 200mL 容量瓶中，加水至刻度，混匀，此溶液每毫升相当 5μg 亚硝酸钠。

（6）材料　午餐肉或腊肠。

四、测定步骤
1. 样品中亚硝酸钠的提取

① 称取 2.50g 经绞碎混匀的样品于 50mL 烧杯中，加硼砂饱和溶液 6.3mL，搅拌均匀。

② 以 70℃ 左右的热水约 150mL 将样品全部洗入 250mL 容量瓶中，置沸水浴加热 15min。

③ 取出冷却至室温，一面转动，一面滴加 1.3mL 硫酸锌溶液以沉淀蛋白质，加水至刻度，混匀，放置 30min。

④ 除去上层脂肪，用滤纸过滤，弃去最初 20mL，滤液备用。

2. 样品测定

① 取 6 支 25mL 比色管，编号，按表 4-2 顺序加入各试剂及操作。

② 加水至 25.00mL，混匀，静置 15min，用 2cm 比色皿，以零号管调节零点，于波长 538nm 处测吸光度，记录。

表 4-2　加入试剂顺序及结果记录

管　号	0	1	2	3	4	5
$NaNO_2$ 标准溶液(5μg/mL)/mL	0	0.20	0.40	0.60	0.80	
相当于亚硝酸钠量/μg	0	1	2	3	4	
样品提取滤液/mL						20.00
0.4%对氨基苯磺酸溶液/mL	1.0	1.00	1.00	1.00	1.00	1.00
	混匀 3~5min					
0.2%盐酸萘乙二胺溶液/mL	0.50	0.50	0.50	0.50	0.50	0.50
吸光度						

③ 绘制标准曲线。以亚硝酸钠量（μg）为横坐标，与其对应的吸光度为纵坐标绘制标准曲线。

④ 用样品提取滤液的吸光度，在以上亚硝酸钠标准曲线上查出亚硝酸钠的量（μg）。

五、结果计算

$$X = \frac{A \times 1000}{m \times \frac{20}{250} \times 1000} \tag{4-4}$$

式中，X 为样品中亚硝酸盐的含量，mg/kg；A 为测定用滤液中亚硝酸钠的含量，μg；m 为样品的质量，g；20/250 为测定用样液体积（mL）/试样处理液总体积（mL）。

六、注意事项

1. 本法适用于肉制品中硝酸盐的测定。其方法是把沉淀蛋白质、除脂肪的溶液通过镉柱，使其中的硝酸根离子还原成亚硝酸根离子，按此法测得总量 B 减去试样中亚硝酸盐含量 C，即得试样中硝酸盐（以硝酸钠计）含量。

$$硝酸盐（以硝酸钠计）含量（g/kg）=(B-C) \times 1.232 \tag{4-5}$$

式中，1.232 为亚硝酸钠换算为硝酸钠的系数。

2. 样品提取时，也可用亚铁氰化钾溶液 2.5mL 和乙酸锌溶液 2.5mL 代替 1.3mL 硫酸锌溶液，以沉淀蛋白质，配法如下。

（1）亚铁氰化钾溶液　称取 106g 亚铁氰化钾 $[K_4Fe(CN)_6 \cdot 3H_2O]$，溶于水并稀释至 1000mL。

（2）乙酸锌溶液　称取 220g 乙酸锌 $[Zn(CH_3COO)_2 \cdot 2H_2O]$，加 30mL 冰醋酸溶于水，并稀释至 1000mL。

3. 本法与国标方法大同小异，只是用实验室现有的 25mL 比色管，所有试剂相应减少。

4. 当亚硝酸盐含量高时，过量的亚硝酸盐可以将偶氮化合物氧化变成黄色，而使红色消失，这时可以采取先加入试剂，然后滴加样液，从而避免亚硝酸盐过量。

附：721 型分光光度计操作步骤

1. 在仪器尚未接通电源时，电表的指针必须位于"0"刻度线上，若不是这种情况，则可以用电表上的校正螺丝进行调节。

2. 将仪器的电源开关接通，打开比色皿暗箱盖，选择需用的单色波长，调节"0"位旋钮，使电表指"0"，然后将比色皿暗箱盖合上使比色皿座中的蒸馏水进入光程中，旋转100%（满度）旋钮使电表指针指到满刻度附近，并让仪器预热约 20min。

3. 灵敏度有五档，是逐步增加的，"1"，档最低。其选择原则是：保证使空白档能良好地调到"100"的情况下，尽可能采用灵敏度较低档，这样对测量的稳定性和延长仪器使用寿命都有好处。在灵敏度不够时再逐步升高，但改变灵敏度后必须重新校正"0"和"100%"。

4. 预热后，一般按"2"档连续几次调整"0"和"100%"，即可将比色皿座的样品溶液推入光程，读取电表上的指示数。

5. 仪器测定完毕后，应关闭电源开关。

图 4-3 所示为 721 型分光光度计结构图。

Ⅱ. 硝酸盐含量的检测（镉柱法）

一、实验原理

试样经沉淀蛋白质、除去脂肪后，溶液通过镉柱，使其中的硝酸根离子还原成亚硝酸根离子，在弱酸性条件下，亚硝酸根与对氨基苯磺酸重氮化后，再与盐酸萘乙二胺偶合形成紫红色染料，即得亚硝酸盐总量，由总量减去亚硝酸盐含量即得硝酸盐含量。

二、仪器与试剂

1. 仪器

镉柱如图 4-4 所示。

(1) 海绵状镉的制备　投入足够的锌皮或锌棒于 500mL 硫酸镉溶液（200g/L）中，经 3～4h，当其中的镉全部被锌置换后，用玻璃棒轻轻刮下，取出残余锌棒，使镉沉底，倾去上层清液，以水用倾泻法多次洗涤，然后移入组织捣碎机中，加 500mL 水，捣碎约 2s，用水将金属细粒洗至标准筛上，取 20～40 目之间的部分。

(2) 镉柱的装填　如图 4-4 所示，用水装满镉柱玻璃管，并装入 2cm 高的玻璃棉作垫，将玻璃棉压向柱底时，应将其中所包含的空气全部排出，在轻轻敲击下加入海绵状镉 8～10cm 高，上面用 1cm 高的玻璃棉覆盖，上置一贮液漏斗，末端要穿过橡皮塞与镉柱玻璃管紧密连接（如无上述镉柱玻璃管时，可以 25mL 酸式滴定管代用）。当镉柱填装好后，先用 25mL 盐酸（0.1mol/L）洗涤，再以水洗两次，每次 25mL。镉柱不用时用水封盖，随时都要保持水平面在镉层之上，不得使镉层夹有气泡。

(3) 镉柱洗涤、存放　镉柱每次使用完毕后，应先以 25mL 盐酸（0.1mol/L）洗涤，再以水洗两次，每次 25mL，最后用水覆盖镉柱。

(4) 镉柱还原效率的测定　吸取 20mL 硝酸钠标准使用液于 50mL 烧杯中，以下按样品测定步骤中 2.②自"加入 5mL 氨缓冲溶液……"起～④依法进行操作。根据标准曲线计算测得结果，还原效率应大于98%为符合要求。

（5）还原效率计算　按下式进行计算。

$$X = \frac{A}{10} \times 100\% \qquad (4\text{-}6)$$

式中，X 为还原效率；A 为测得亚硝酸钠的质量，μg；10 为测定用溶液相当亚硝酸钠的质量，μg。

2. 试剂

（1）氨缓冲溶液　量取 20mL 盐酸注入 50mL 水中，混匀后加 50mL 氨水，再加水稀释至 1000mL，混匀。

（2）稀氨缓冲液　量取 50mL 氨缓冲溶液，加水稀释至 500mL，混匀。

（3）盐酸溶液（0.1mol/L）　吸取 5mL 盐酸，注入水中并稀释至 600mL。

（4）硝酸钠标准溶液　准确称取 0.1232g 于 110～120℃干燥至恒重的硝酸钠，加水溶解，移于 500mL 容量瓶中，并稀释至刻度。此溶液每毫升相当于 200μg 亚硝酸钠。

（5）硝酸钠标准使用液　临用时吸取硝酸钠标准溶液 2.50mL，置于 100mL 容量瓶中，加水稀释至刻度。此溶液每毫升相当于 5μg 亚硝酸钠。

（6）亚硝酸钠标准溶液　同Ⅰ. 亚硝酸盐含量的检测中三、2.（5）亚硝酸钠标准溶液。

（7）亚铁氰化钾溶液　称取 106.0g 亚铁氰化钾 $[K_4Fe(CN)_6 \cdot 3H_2O]$，用水溶解，并稀释至 1000nL。

（8）乙酸锌溶液　称取 220.0g 乙酸锌 $[Zn(CH_3COO)_2 \cdot 2H_2O]$，加 30mL 冰醋酸溶于水，并稀释至 1000mL。

（9）饱和硼砂溶液　同Ⅰ. 三、2.（1）。

（10）对氨基苯磺酸溶液（4g/L）　同Ⅰ. 三、2.（3）。

（11）盐酸萘乙二胺溶液（2g/L）　同Ⅰ. 三、2.（4）。

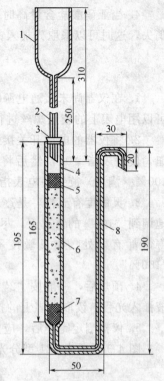

图 4-4　镉柱构造示意图

1—贮液漏斗，内径 35mm，外径 37mm；2—进液毛细管，内径 0.4mm，外径 6mm；3—橡皮塞；4—镉柱玻璃管，内径 12mm，外径 16mm；5,7—玻璃棉；6—海绵状镉；8—出液毛细管，内径 2mm，外径 8mm

三、分析步骤

1. 试样处理

称取 5.0g 经绞碎混匀的试样，置于 50mL 烧杯中，加 12.5mL 硼砂饱和液，搅拌均匀，以 70℃左右的水约 300mL 将试样洗入 500mL 容量瓶中，于沸水浴中加热 15min，取出后冷却至室温，然后一面转动，一面加入 5mL 亚铁氰化钾溶液，摇匀，再加入 5mL 乙酸锌溶液，以沉淀蛋白质。加水至刻度，摇匀，放置 0.5h，除去上层脂肪，清液用滤纸过滤，弃去初滤液 30mL，滤液备用。

2. 样品测定

① 先以 25mL 稀氨缓冲液冲洗镉柱，流速控制在 3～5mL/min（以滴定管代替的可控制在 2～3mL/min）。

② 吸取 20mL 处理过的样液于 50mL 烧杯中，加入 5mL 氨缓冲溶液，混合后注入贮液漏斗，使流经镉柱还原，以原烧杯收集流出液，当贮液漏斗中的样液流完后，再加 5mL 水

置换柱内留存的样液。

③ 将全部收集液如前再经镉柱还原一次，第二次流出液收集于 100mL 容量瓶中，继续以水流经镉柱洗涤三次，每次 20mL，洗液一并收集于同一容量瓶中，加水至刻度，混匀。

④ 亚硝酸钠总量的测定方法为：吸取 10～20mL 还原后的样液于 50mL 带塞比色管中，另吸取 0.00、0.20mL、0.40mL、0.80mL、1.00mL、1.50mL、2.00mL、2.50mL 亚硝酸钠标准使用液（相当于 0、1μg、2μg、4μg、5μg、7.5μg、10μg、12.5μg 亚硝酸钠），分别置于 50mL 带塞比色管中，于标准管与试样管中分别加入 2mL 对氨基苯磺酸溶液（4g/L），混匀，静置 3～5min 后各加入 1mL 盐酸萘乙二胺溶液（2g/L），加水至刻度，混匀，静置 15min，用 2cm 比色杯，以零管调节零点，于波长 538nm 处测吸光度，绘制标准曲线比较，同时做试剂空白。

⑤ 亚硝酸钠的测定为：吸取 40mL 经试样处理的样液于 50mL 带塞比色管中，以下按上④自"另吸取 0.00、0.20mL、0.40mL、0.60mL、0.80mL、1.00mL……"起依法操作。

四、结果计算

试样中硝酸盐的含量按下式进行计算。

$$X = \left[\frac{A_1 \times 1000}{m \times \dfrac{V_1}{V_2} \times \dfrac{V_4}{V_3} \times 1000} - \frac{A_2 \times 1000}{m \times \dfrac{V_6}{V_5} \times 1000} \right] \times 1.232 \qquad (4\text{-}7)$$

式中，X 为试样中硝酸钠的含量，mg/kg；m 为试样的质量，g；A_1 为经镉粉还原后测得亚硝酸钠的质量，μg；A_2 为直接测得亚硝酸钠的质量，μg；1.232 为亚硝酸钠换算成硝酸钠的系数；V_1 为测总亚硝酸钠的试样处理液总体积，mL；V_2 为测总亚硝酸钠的测定用样液体积，mL；V_3 为经镉柱还原后样液总体积，mL；V_4 为经镉柱还原后样液的测定用样液体积，mL；V_5 为直接测亚硝酸钠的试样处理液总体积，mL；V_6 为直接测亚硝酸钠的试样处理液的测定用样液体积，mL。

计算结果保留两位有效数字。

五、精密度

在重复性条件下获得的两次独立测定结果的绝对差值不得超过算术平均值的 10%。

六、注意事项

1. 本方法为国家标准方法（GB/T 5009.33—2003），适用于食品中硝酸盐的测定，最低检出限为 1.4mg/kg。

2. 在制取海绵状镉和装填镉柱时最好在水中进行，勿使镉粒暴露于空气中而被氧化。镉柱每次使用完毕后，应先以 25mL 0.1mol/L HCl 洗涤，再以水洗 2 次，每次 25mL，最后用水覆盖镉柱。

3. 为保证硝酸盐测定结果准确，镉柱还原效率应经常检查。镉柱维护得当，使用一年效能尚无显著变化。

4. 镉是有害的元素之一，在制作海绵状镉或处理镉柱时，其废弃液中含有大量的镉，不能将这些有害的镉放入下水道污染水源和农田，要经过处理之后再放入下水道。另外不要用手直接接触镉，同时不要弄到皮肤上，一旦接触，应立即用水冲洗。

5. 其他说明同亚硝酸钠含量的检测。

七、思考题

1. 若从标准曲线上查不到滤液所相当的亚硝酸钠量（即大于 4μg）时，应如何改进本实验?

2. 采用回归方程计算与从校正曲线直接求得亚硝酸钠的含量,各有什么优缺点?

3. 为什么要用试剂空白作参比溶液?

4. 简述硝酸盐和亚硝酸盐的护色机理是什么?

5. 镉柱法测定硝酸盐时,如何防止镉柱被氧化?

(王启军)

 **实验四　食品中合成色素的测定**

Ⅰ. 高效液相色谱法测定食品中的食用合成色素

一、目的与要求

1. 学习高效液相色谱法分离测定食品中合成着色素的实验原理。

2. 熟悉不同色素的提取方法以及高效液相色谱分离及检测技术。

二、实验原理

食品中人工合成着色素经聚酰胺吸附法或液-液分配提取，制备成水溶液，注入高效液相色谱仪，经反相色谱分离，根据保留时间定性及峰面积比较进行定量。

三、仪器与试剂

1. 仪器

高效液相色谱仪，带紫外检测器。

2. 试剂

(1) 正己烷；盐酸；乙酸；甲醇（经 $0.5\mu m$ 滤膜过滤）；聚酰胺粉（尼龙 6，过 200 目筛）。

(2) 0.02mol/L 乙酸铵溶液　称取 1.54g 乙酸铵，加水溶解至 1000mL，经 $0.45\mu m$ 滤膜过滤。

(3) 氨水　量取氨水 2mL，加水至 100mL 混匀。

(4) 0.02mol/L 氨水-乙酸铵溶液　量取氨水 0.5mL，加 0.02mol/L 乙酸铵溶液至 1000mL。

(5) 甲醇-甲酸溶液　量取甲醇溶液 60mL、甲酸溶液 40mL，混匀。

(6) 柠檬酸溶液　称取 20g 柠檬酸，加水至 100mL，溶解混匀。

(7) 无水乙醇-氨水-水溶液　量取无水乙醇 70mL，氨水 20mL，水 10mL，混匀备用。

(8) 5％三正辛胺正丁醇溶液　量取三正辛胺 5mL，加正丁醇至 100mL，混匀备用。

(9) 饱和硫酸钠溶液

(10) 0.2％硫酸钠溶液

(11) pH 为 6 的水　无离子水加柠檬酸溶液调 pH 为 6。

(12) 合成着色剂标准溶液　准确称取按其纯度折算为柠檬黄、日落黄、苋菜红、胭脂红、新红、赤藓红、亮蓝、靛蓝各 0.100g 置于 100mL 容量瓶中，加 pH 为 6 的水到刻度，配成浓度为 1.00mg/mL 的着色剂水溶液。

(13) 合成着色剂标准使用液　使用前，将上述溶液加水稀释 20 倍，经 $0.45\mu m$ 滤膜过滤，配成合成着色剂浓度为 $50.0\mu g/mL$ 的标准使用液。

四、实验步骤

1. 样品处理

(1) 橘子汁、果味水、果子露汽水等　称取 $20.0\sim40.0g$，放入 100mL 烧杯中，含二氧化碳的试样应加热驱除二氧化碳。

(2) 配制酒类　称取 $20.0\sim40.0g$，放入 100mL 烧杯中，加小碎瓷片数片，加热驱除乙醇。

（3）硬糖、蜜饯类、淀粉软糖等　称取 5.00～10.00g 粉碎试样，放入 100mL 烧杯中，加水 30mL，温热溶解，若试样溶液 pH 较高，用柠檬酸溶液调 pH 到 6 左右。

（4）巧克力豆及着色糖衣制品　称取 5.00～10.00g 放入 100mL 烧杯中，用水反复洗涤色素，到试样无色素为止，合并色素漂洗液为试样溶液。

2. 色素提取

（1）聚酰胺吸附法　试样溶液加柠檬酸溶液调 pH 到 6，加热至 60℃，将 1g 聚酰胺粉加少许水调成糊状，倒入试样溶液中，搅拌片刻，以 G3 垂融漏斗抽滤，用 60℃ pH 为 4～5 的水洗涤 3～5 次，然后用甲醇-甲酸混合液洗涤 3～5 次（含赤藓红的试样用液-液分配法处理），再用水洗至中性，用乙醇-氨水-水混合溶液解吸 3～5 次，每次 5mL，收集解吸液，加乙酸中和，蒸发至近干，加水溶解，定容至 5mL。经 0.45μm 滤膜过滤，取 10μL 用高效液相色谱仪分析。

（2）液-液分配法（适用于含赤藓红的试样）　将制备好的试样溶液放入分液漏斗中，加 2mL 盐酸、5％三正辛胺正丁醇溶液 10～20mL，振摇提取有机相，重复提取至有机相无色，合并有机相，用饱和硫酸钠溶液洗涤 2 次，每次 10mL，分取有机相，放蒸发皿中，水浴加热浓缩至 10mL，转移至分液漏斗中，加 60mL 正己烷，混匀后加氨水提取 2～3 次，每次 5mL，合并氨水溶液层（含水溶性酸性色素），用正己烷洗 2 次，氨水层加乙酸调成中性，水浴加热蒸发至近干，加水定容至 5mL。经 0.45μm 滤膜过滤，取 10μL 用高效液相色谱仪分析。

3. 样品测定

（1）高效液相色谱检测样品参考条件

柱：YWG-C$_{18}$，10μm 不锈钢柱，4.6mm×250mm；

流动相：甲醇-乙酸铵溶液（pH 为 4.0，0.02mol/L）；

梯度洗脱：甲醇 20％～35％，3％/min；35％～98％，9％/min；98％持续 6min；

流速：1mL/min；

检测波长：254nm。

（2）测定　取相同体积样液和合成着色剂标准使用液分别注入高效液相色谱仪，根据保留时间定性，外标峰面积法定量。

五、结果计算

试样中着色剂含量由下式计算，计算结果保留两位有效数字。

$$X = \frac{A \times 1000}{m \times \frac{V_2}{V_1} \times 1000 \times 1000} \qquad (4\text{-}8)$$

式中，X 为试样中着色剂的含量，g/kg；A 为样液中着色剂的含量，μg；V_2 为进样体积，mL；V_1 为试样稀释总体积，mL；m 为试样质量，g。

六、实验说明及注意事项

1. 本实验法的检出限为：新红 5ng、柠檬黄 4ng、

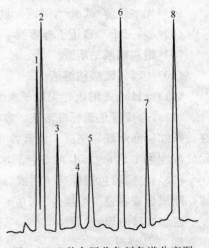

图 4-5　八种食用着色剂色谱分离图

1—新红；2—柠檬黄；3—苋菜红；

4—靛蓝；5—胭脂红；6—日落黄；

7—亮蓝；8—赤藓红

苋菜红 6ng、胭脂红 8ng、日落黄 7ng、赤藓红 18ng、亮蓝 26ng，当进样量相当 0.025g 时，以上各着色剂最低检出浓度分别为 0.2mg/kg、0.16mg/kg、0.24mg/kg、0.32mg/kg、0.28mg/kg、0.72mg/kg、1.04mg/kg。

2. 检测精密度要求：在重复条件下获得的两次独立测定结果的绝对差值不得超过算术平均值的 10%。

3. 样品测定时，测定一个样品后，将流动相中甲醇浓度恢复至 20%，平衡系统 20min 后，再开始测定第二个样品。

4. 八种着色剂色谱分离图例如图 4-5 所示。

七、思考题

1. 用聚酰胺粉吸附提取色素时，用柠檬酸调整样液的 pH 到 6 的目的是什么？

2. 如何解吸被聚酰胺粉吸附的色素？

Ⅱ．薄层色谱法测定食品中的食用合成色素

一、目的与要求

1. 了解薄层色谱法分离鉴定、定量测定合成着色素的实验原理。

2. 掌握薄层色谱分离检测技术。

二、实验原理

样品经处理后，水溶性酸性合成着色剂在酸性条件下被聚酰胺吸附，而后在碱性条件下解吸附，再用纸色谱法或薄层色谱法进行分离，与标准样品比较定性、定量。

三、仪器与试剂

1. 仪器

可见光分光光度计；展开槽（25cm×6cm×4cm）；层析缸；水泵；玻璃板（5cm×20cm）；滤纸（中速滤纸，纸色谱用）；血色素吸管和电吹风。

2. 试剂

（1）石油醚（沸程 60～90℃）；甲醇；聚酰胺粉（尼龙 6），200 目；硅胶 G；氢氧化钠溶液（50g/L）；50%乙醇；盐酸溶液（体积分数 1/11）；柠檬酸溶液（200g/L）；钨酸钠溶液（100g/L）。

（2）硫酸溶液　1 体积硫酸缓缓加入 10 体积水中。

（3）甲醇-甲酸溶液　甲醇与甲酸体积比为 6：4。

（4）海砂　先用盐酸溶液煮沸 15min，用水洗至中性；再用氢氧化钠溶液（50g/L）煮沸 15min，用水洗至中性；于 105℃干燥，贮于具玻璃塞的瓶中备用。

（5）乙醇-氨溶液　取 1mL 氨水，加 70%乙醇至 100mL。

（6）pH6 的水　用 20%柠檬酸溶液调节至 pH 为 6。

（7）碎瓷片　处理方法与处理海砂方法相同。

（8）展开剂

① 正丁醇-无水乙醇-1%氨水（体积比为 6：2：3），供纸色谱用。

② 正丁醇-吡啶-1%氨水（体积比为 6：2：4），供纸色谱用。

③ 甲乙酮-丙酮-水（体积比为 7：3：3），供纸色谱用。

④ 甲醇-乙二胺-氨水（体积比为 10：3：2），供薄层色谱用。

⑤ 甲醇-氨水-乙醇（体积比为 5：1：10），供薄层色谱用。

⑥柠檬酸钠溶液（25g/L）-氨水-乙醇（体积比为8：1：2），供薄层色谱用。

（9）合成着色剂标准溶液　准确称取纯度为100％的各种着色剂，分别置于100mL容量瓶中，加pH6的水定容，配成浓度为1.0mg/mL的标准溶液。

（10）着色剂标准使用液　临用时吸取色素标准溶液各5.0mL，分别置于50mL容量瓶中，加pH6的水稀释至刻度。此溶液着色剂浓度为0.10mg/mL。

四、实验步骤

1. 样品处理

（1）果味水、果子露、汽水　于100mL烧杯中称取50.0g样品。汽水需加热驱除二氧化碳。

（2）配制酒　称取100.0g样品于100mL烧杯中，加碎瓷片数块，加热驱除乙醇。

（3）硬糖、蜜饯类、淀粉软糖　称取5.0g或10.0g粉碎的试样，加30mL水，温热溶解。若试样溶液pH较高，用柠檬酸溶液（200g/L）调整至pH4左右。

（4）奶糖　称取10.0g粉碎样品，加30mL乙醇-氨溶液溶解，置水浴上加热浓缩到20mL左右，立即用硫酸溶液（1：10）调至微酸性，再继续滴加1mL硫酸溶液（1：10），再加1mL 10%钨酸钠溶液使蛋白质沉淀，过滤，用少量水洗涤，收集滤液备用。

（5）蛋糕类　称取样品10g，粉碎，放少量海砂，混匀，用电吹风吹干，加入30mL石油醚搅拌静置片刻，倾出石油醚，如此重复2～3次以去除油脂，再吹干研细，然后转入漏斗中，用乙醇-氨溶液溶解提取色素，以下操作同（4）奶糖类的处理。

2. 样品吸附分离

将处理后所得的溶液加热至70℃，加入0.5～1.0g聚酰胺粉充分搅拌，用柠檬酸溶液（200g/L）调pH至4，使着色剂完全被吸附，如溶液还有颜色，可再加一些聚酰胺粉。将吸附着色剂的聚酰胺粉全部转入漏斗中过滤（如用G3垂融漏斗过滤可以慢慢地抽滤）。用pH4的70℃水反复洗涤，每次20mL，边洗边搅拌，若含有天然着色剂，再用甲醇-甲酸溶液洗涤1～3次，每次20mL，至洗液无色为止。再用70℃水多次洗涤至流出的溶液为中性。洗涤过程中应充分搅拌。然后用乙醇-氨溶液分次解吸全部着色剂，收集全部解吸液，于水浴上驱氨。如果为单色，则用水准确稀释至50mL，用分光光度法进行测定。如果为多种着色剂混合液，则进行纸色谱或薄层色谱法分离后测定，即将上述溶液置水浴上浓缩至2mL后移入5mL容量瓶中，用50%乙醇洗涤容器，洗液并入容量瓶中并定容。

3. 着色剂的定性

（1）纸色谱定性着色剂　按层析缸大小裁剪一定规格的滤纸条，在距底边2cm的起始点上分别点3～10μL试样溶液、1～2μL着色剂标准溶液，挂于分别盛有：正丁醇-无水乙醇-氨水、正丁醇-吡啶-氨水展开剂的层析缸中，用上法展开，待溶剂前沿展至15cm处，将滤纸取出于空气中晾干，与标准斑比较定性。

（2）薄层色谱定性着色剂

①薄层板的制备。称取1.6g聚酰胺粉、0.4g可溶性淀粉及2g硅胶G置于合适的研钵中，加15mL水研匀后，立即置于玻璃板中均匀涂布铺成0.3mm的薄板。在室温晾干后，于80℃干燥1h，置于干燥器中备用。

②点样。点样前对玻璃板进行修整。然后在离板底边2cm处将0.5mL样液从左到右点成与底边平行的条状，板的左边点2mL色素标准溶液。

③展开。苋菜红与胭脂红用甲醇-乙二胺-氨水展开剂；靛蓝与亮蓝用甲醇-氨水-乙醇展

开剂；柠檬黄与其他着色剂用柠檬酸钠-氨水-乙醇展开剂。取适量展开剂倒入展开槽中，将薄层板放入层析槽中，等着色剂明显分开后取出晾干，与标准斑比较，R_f 值相同的即为同一色素。

4. 着色剂的定量测定

（1）样品测定　将纸色谱中相关的色斑分别剪下，用少量热水洗涤数次，合并洗液，移入 10mL 比色管中，并加水稀释至刻度。

将薄层色谱相关的色斑（包括有扩散的部分）分别用刮刀刮下，移入漏斗中，用乙醇-氨水溶液解吸着色剂，少量反复多次至解吸，解吸液并入蒸发皿中，于水浴上挥去氨，移入 10mL 比色管中，加水至刻度，进行比色。

（2）标准曲线制备　分别吸取 0、0.5mL、1.0mL、2.0mL、3.0mL、4.0mL 胭脂红、苋菜红、柠檬黄、日落黄、色素标准使用液，或 0、0.2mL、0.6mL、0.8mL、1.0mL 亮蓝、靛蓝、色素标准使用液，分别置于 10mL 比色管中，各加水稀释至刻度。

上述试样与标准管分别用 1cm 比色杯，以零管为参比，于一定波长下（胭脂红 510nm，苋菜红 520nm，柠檬黄 430nm，日落黄 482nm，亮蓝 627nm，靛蓝 620nm）测定吸光度，分别绘制标准曲线，与标准曲线比较，计算样品着色素含量。

五、结果计算

样品中着色剂含量用下式计算，结果保留两位有效数字。

$$X = \frac{A \times 1000}{m \times \dfrac{V_2}{V_1} \times 1000} \tag{4-9}$$

式中，X 为样品中着色剂的含量，g/kg；A 为测定用样液中色素含量，mg；m 为试样质量或体积，g 或 mL；V_1 为试样解吸后体积，mL；V_2 为样液点斑（纸）的体积，mL。

六、注意事项及说明

1. 本实验方法的最低检出限量为 $50\mu g$，点样量为 $1\mu L$ 时，最低检出浓度约为 50mg/kg。

2. 在提纯的样品溶液（奶糖、蛋糕类）进行蒸发浓缩时，控制水浴温度在 70～80℃，使其缓慢蒸发，勿溅出皿外，要经常摇动蒸发皿，防止色素干结在蒸发皿的壁上。

3. 纸色谱展开时，为避免靛蓝在碱性条件下易褪色，可选用甲乙酮-丙酮-水展开剂。

4. 点样前应对薄层板进行修整，即用刮刀垂直由下往上刮去上行展开薄层板两侧约 0.5cm 的硅胶层。目的是防止薄板展开时产生边缘效应，影响 R_f 值。

5. 点样时，用吹风机边点边吹干，防止点样点过大。

七、思考题

1. 薄层色谱法中的点样展开操作应注意什么问题？

2. 薄层色谱法是怎样进行定性和定量的？

（任仙娥）

 **实验五** 亚硫酸盐及 SO_2 含量的检测

Ⅰ. 盐酸副玫瑰苯胺法

一、目的与要求

1. 学习盐酸副玫瑰苯胺显色比色法测定食品中亚硫酸盐的实验原理。
2. 掌握实验的操作要点及测定方法。

二、实验原理

亚硫酸盐与四氯汞钠反应，生成稳定的络合物，再与甲醛及盐酸副玫瑰苯胺作用生成紫红色络合物，此络合物于波长 550nm 处有最大吸收峰，且在一定范围内其颜色的深浅与亚硫酸盐的浓度成正比，可以比色定量。结果以试样中二氧化硫的含量表示。

三、仪器与试剂

1. 仪器

分光光度计。

2. 试剂

(1) 四氯汞钠吸收液 称取 13.6g 氯化高汞及 6.0g 氯化钠，溶于水中并稀释至 1000mL，放置过夜，过滤后备用。

(2) 1.2%氨基磺酸铵溶液（12g/L）

(3) 甲醛溶液（2g/L） 吸取 0.55mL 无聚合沉淀的甲醛（36%），加水稀释至 100mL，混匀。

(4) 淀粉指示液 称取 1g 可溶性淀粉，用少许水调成糊状，缓缓倾入 100mL 沸水中，搅拌煮沸，放冷备用，此溶液应在使用时配制。

(5) 亚铁氰化钾溶液 称取 10.6g 亚铁氰化钾，加水溶解并稀释至 100mL。

(6) 乙酸锌溶液 称取 22g 乙酸锌溶于少量水中，加入 3mL 冰醋酸，加水稀释至 100mL。

(7) 盐酸副玫瑰苯胺溶液 称取 0.1g 盐酸副玫瑰苯胺（$C_{19}H_{18}N_3Cl \cdot 4H_2O$）于研钵中，加少量水研磨溶解并稀释至 100mL。取出 20mL 置于 100mL 容量瓶中，加盐酸溶液（浓盐酸体积分数为 50%）充分摇匀后使溶液由红变黄，如不变黄再滴加少量盐酸至出现黄色，再加水定容，备用。

(8) 碘溶液（$c_{1/2I_2} = 0.100mol/L$）

(9) 硫代硫酸钠标准溶液（$c_{Na_2S_2O_3 \cdot 5H_2O} = 0.100mol/L$）

(10) 二氧化硫标准溶液 称取 0.5g 亚硫酸氢钠，溶于 200mL 四氯汞钠吸收液中，放置过夜，上清液用定量滤纸过滤备用。

二氧化硫标准溶液的标定方法如下：吸取 10.0mL 亚硫酸氢钠-四氯汞钠溶液于 250mL 碘量瓶中，加 100mL 水，准确加入 20.00mL 碘溶液（0.1mol/L）、5mL 冰醋酸，放置于暗处，2min 后迅速以 0.100mol/L 硫代硫酸钠标准溶液滴定至淡黄色，加 0.5mL 淀粉指示剂，继续滴定至无色。另取 100mL 水，准确加入 0.1mol/L 碘溶液 20.0mL、5mL 冰醋酸，按同一方法做试剂空白对照。

二氧化硫标准溶液的浓度按下式进行计算：

$$X = \frac{(V_2 - V_1) \times c \times 32.03}{10}$$

(4-10)

式中，X 为二氧化硫标准溶液浓度，mg/mL；V_1 为测定用亚硫酸氢钠-四氯汞钠溶液消耗硫代硫酸钠标准溶液体积，mL；V_2 为试剂空白消耗硫代硫酸钠标准溶液体积，mL；c 为硫代硫酸钠标准溶液浓度，mol/L；32.03 为每毫升硫代硫酸钠标准溶液（$c_{\mathrm{Na_2S_2O_3 \cdot 5H_2O}} = 1.000\mathrm{mol/L}$）相当于二氧化硫的体积（mL）。

(11) 二氧化硫使用液　临用前将二氧化硫标准溶液以四氯汞钠溶液稀释为每毫升相当于 2μg 二氧化硫。

(12) 氢氧化钠溶液　20g/L。

(13) 硫酸溶液　1 份浓硫酸缓缓加入到 71 份水中。

四、实验步骤

1. 样品处理

(1) 水溶性固体试样如白砂糖等　可称取约 10.00g 均匀试样（试样量可视含量高低而定），以少量水溶解，置于 100mL 容量瓶中，加入 4mL 氢氧化钠溶液（20g/L），5min 后加入 4mL 硫酸溶液，再加入 20mL 四氯汞钠，以水定容。

(2) 固体试样如饼干、粉丝等　可称取 5.0～10.0g 研磨均匀的试样，以少量水湿润并移入 100mL 容量瓶中，然后加入 20mL 四氯汞钠溶液，浸泡 4h 以上，若上层溶液不澄清可加入亚铁氰化钾溶液及乙酸锌溶液各 2.5mL，最后用水定容，过滤备用。

(3) 液体试样如葡萄酒等　可直接吸取 5.0～10.0mL 试样，置于 100mL 容量瓶中，以少量水稀释，加 20mL 四氯汞钠溶液，再加入水定容，必要时过滤备用。

2. 测定

吸取 0.50～5.0mL 上述试样处理液于 20mL 带塞比色管中。另吸取 0、0.20mL、0.40mL、0.60mL、0.80mL、1.50mL、2.00mL 二氧化硫标准使用液（相当于 0、0.4μg、0.8μg、1.2μg、1.6μg、3.0μg、4.0μg 二氧化硫），分别置于 25mL 带塞比色管中。

于试样及标准管中各加入四氯汞钠溶液至 10mL，然后再加入 1mL 氨基磺酸铵溶液（12g/L）、1mL 甲醛溶液（2g/L）及 1mL 盐酸副玫瑰苯胺溶液，摇匀，放置 20min。用 1cm 比色杯，以零管为参比，于波长 550nm 处测吸光度，绘制标准曲线比较。

五、结果计算

测试样中二氧化硫含量由下式计算，结果保留三位有效数字。

$$X = \frac{A \times 1000}{\dfrac{m}{100} \times V \times 1000 \times 1000}$$

(4-11)

式中，X 为测试样中二氧化硫的含量，g/kg；A 为测定用样液中二氧化硫的质量，μg；m 为试样质量，g；V 为测定用样液的体积，mL。

六、注意事项

1. 本试验最低检出浓度为 1mg/kg。

2. 要求在重复性条件下获得两次独立测定结果的绝对差值不得超过 10%。

3. 亚硫酸和食品中的醛、酮和糖相结合，以结合型的亚硫酸存在于食品中。加碱是为了将食品中的二氧化硫释放出来，加硫酸是为了中和碱，这是因为总的显色反应应在微酸条件下进行。

4. 显色时间对显色有影响，所以在显色时要严格控制显色时间。

5. 盐酸副玫瑰苯胺的精制方法为：称取 20g 盐酸副玫瑰苯胺于 400mL 水中，用 50mL 体积分数为 1/6 的盐酸溶液酸化，徐徐搅拌，加入 4～5g 活性炭，加热煮沸 2min。混合物用保温漏斗趁热过滤。滤液放置过夜并出现结晶，用布氏漏斗抽滤，于 1000mL 乙醚-乙醇（体积比为 10∶1）的混合液中振摇 3～5min，以布氏漏斗抽滤，再用乙醚反复洗涤至醚层不带色为止，于硫酸干燥器中干燥，研细或贮于棕色瓶中保存。

6. 如无盐酸副玫瑰苯胺可用盐酸品红代替。

7. 氯化高汞试剂有毒，使用时应注意。

8. 氨基磺酸铵溶液不稳定，宜随配随用，隔绝空气保存，可稳定一周。

七、思考题

1. 二氧化硫标准溶液使用时为何要对其浓度进行标定？

2. 饼干、粉丝等样品处理时，加入亚铁氰化钾溶液以及乙酸锌溶液的目的是什么？

Ⅱ. 蒸馏法

一、目的与要求

学习掌握蒸馏法测定食品中亚硫酸盐的原理和方法。

二、实验原理

在密闭容器中对试样进行酸化并加热蒸馏，以释放出其中的二氧化硫，释放物用乙酸铅溶液吸收。吸收后用浓硫酸酸化，再以碘标准溶液滴定，根据所消耗的碘标准溶液量计算出试样中的二氧化硫含量。

三、仪器与试剂

1. 仪器

全玻璃蒸馏器；碘量瓶；酸式滴定管。

2. 试剂

（1）盐酸（1+1）　浓盐酸用水稀释 1 倍。

（2）乙酸铅溶液（20g/L）　称取 2g 乙酸铅，溶于少量水中并稀释至 100mL。

（3）碘标准滴定溶液（0.010mol/L）　将碘标准溶液（0.100mol/L）用水稀释 10 倍。

（4）淀粉指示液（10g/L）　称取 1g 可溶性淀粉，用少许水调成糊状，缓缓倾入 100mL 沸水中，随加随搅拌，煮沸 2min，放冷，备用，此溶液应临用时新制。

四、实验步骤

1. 试样处理

固体试样用刀切或剪刀剪成碎末后混匀，称取约 5.00g 均匀试样（试样量可视含量高低而定）。液体试样可直接吸取 5.0～10.0mL，置于 500mL 圆底蒸馏烧瓶中。

2. 测定

（1）蒸馏　将称好的试样置于圆底蒸馏烧瓶中，加入 250mL 水，装上冷凝装置，冷凝管下端应插入碘量瓶中的 25mL 乙酸铅（20g/L）吸收液中，然后在蒸馏瓶中加入 10mL 盐酸（1+1），立即盖塞，加热蒸馏。当蒸馏液约 200mL 时，使冷凝管下端离开液面，再蒸馏 1min。用少量蒸馏水冲洗插入乙酸铅溶液的装置部分。在检测试样的同时要做空白试验。

（2）滴定　向取下的碘量瓶中依次加入 10mL 浓盐酸、1mL 淀粉指示剂（10g/L），摇匀后用碘标准溶液（0.010mol/L）滴定至变蓝且在 30s 内不褪色为止。

五、结果计算

试样中的二氧化硫总含量按下式计算：

$$X = \frac{(A-B) \times 0.01 \times 0.032 \times 1000}{m}$$

（4-12）

式中，X 为试样中的二氧化硫总含量，g/kg；A 为滴定试样所用碘标准溶液（0.01mol/L）的体积，mL；B 为滴定试剂空白所用碘标准溶液（0.01mol/L）的体积，mL；m 为试样质量，g；0.032 为 1mL 碘标准溶液相当的二氧化硫的质量，g。

六、思考题

1. 做好本实验应注意哪些问题？
2. 蒸馏法和盐酸副玫瑰苯胺比色法各适用于哪些样品的测定？

（任仙娥）

 **实验六** 气相色谱法检测抗氧化剂 BHA、BHT 的含量

一、目的与要求

1. 学习气相色谱法测定 BHA 与 BHT 的实验原理和方法。

2. 掌握气相色谱法检测技术。

二、实验原理

样品中的叔丁基羟基茴香醚（BHA）和 2,6-二叔丁基对甲酚（BHT）用石油醚提取，通过色谱柱使 BHA 和 BHT 净化，浓缩后经气相色谱分离氢火焰离子化检测器检测，根据试样峰高与标准峰高比较定量。

三、仪器与试剂

1. 仪器

气相色谱仪（FID 检测器）；蒸发器（容积 200mL）；振荡器；色谱柱（1cm×30cm 玻璃柱，带活塞）；气相色谱柱（3mm×1.5m），玻璃柱内装涂质量分数为 10% 的 QF-1GasChromQ（80～100 目）。

2. 试剂

(1) 石油醚（沸程 30～60℃）；二氯甲烷；二硫化碳；无水硫酸钠。

(2) 硅胶 G 60～80 目，于 120℃活化 4h 后放于干燥器备用。

(3) 弗罗里矽土（Florisil） 60～80 目，于 120℃活化 4h 后放于干燥器备用。

(4) BHA、BHT 混合标准贮备液 准确称取 BHA、BHT（纯度为 99.0%）各 0.1g 混合后用二硫化碳溶解，于 100mL 容量瓶中定容，此溶液 BHA、BHT 浓度分别为 1.0mg/mL，置冰箱中保存。

(5) BHA、BHT 混合标准溶液 吸取标准贮备液 4.0mL 于 100mL 容量瓶中，用二硫化碳定容，此溶液 BHA、BHT 浓度分别为 0.040mg/mL，置冰箱中保存。

四、实验步骤

1. 固体样品的制备

称取 500g 含油脂较多的试样，含油脂少的试样取 1000g，然后沿对角线取四分之二或六分之二。或根据试样情况取有代表性的试样，在玻璃乳钵中研碎，混合均匀后放置广口瓶内保存于冰箱中。

(1) 脂肪的提取

① 含油脂高的试样（如桃酥）。称取 50g 均匀样品置于 250mL 具塞锥形瓶中，加 50mL 石油醚，放置过夜，用快速滤纸过滤后，减压回收溶剂，残留脂肪备用。

② 含油脂中等的试样（如蛋糕）。称取 100g 左右均匀样品，置于 500mL 具塞锥形瓶中，加 100～200mL 石油醚，放置过夜，用快速滤纸过滤后，减压回收溶剂，残留脂肪备用。

③ 含油脂少的试样（如面包、饼干等）。称取 250～300g 均匀样品，置于 500mL 具塞锥形瓶中，加入适量石油醚浸泡过夜，用快速滤纸过滤后，减压回收溶剂，残留脂肪备用。

(2) 试样的净化处理

① 色谱柱制备。于色谱柱底部加入少量玻璃棉、少量无水硫酸钠，将硅胶-弗罗里矽土

（质量比为 6：4）共 10g，用石油醚湿法混合装柱，柱顶部再加入少量无水硫酸钠。

② 脂肪提取物净化处理。称取经上述方法提取的脂肪 1.50～2.00g，放入 50mL 烧杯中，加 30mL 石油醚溶解，转移到色谱柱上，再用 10mL 石油醚分数次洗涤烧杯，并转入到色谱柱。用 100mL 三氯甲烷分 5 次淋洗，合并淋洗液，减压浓缩近干，用二硫化碳定容至 2.0mL，该溶液为待测溶液。

2. 植物油试样的制备

直接称取均匀试样 2.00g，放入 50mL 烧杯，样品净化方法与固体样品脂肪提取物净化处理方法相同。

3. 测定

① 气相色谱条件　检测器：FID。

温度：检测室温度 200℃，进样口温度 200℃，柱温 140℃。

载气流量：氮气 70mL/min；氢气 50mL/min；空气 500mL/min。

② 分别注入气相色谱标准使用液 3.0μL、样品净化待测溶液（视试样的含量而定） 3.0μL，样品与标准品峰高或面积比较计算含量。

五、结果计算

1. 待测溶液 BHA（或 BHT）的质量计算。

$$m_1 = \frac{h_i}{h_s} \times \frac{V_m}{V_i} \times V_s \times c_s \qquad (4\text{-}13)$$

式中，m_1 为待测溶液 BHA（或 BHT）的质量，mg；h_i 为注入色谱试样中 BHA（或 BHT）的峰高或峰面积；h_s 为标准使用液中 BHA（或 BHT）的峰高或峰面积；V_i 为注入色谱试样溶液的体积，mL；V_m 为待测试样定容的体积，mL；V_s 为注入色谱柱中标准使用液的体积，mL；c_s 为标准使用液的浓度，mg/mL。

2. 食品中以脂肪计 BHA（或 BHT）的含量计算。

$$X_1 = \frac{m_1 \times 1000}{m_2 \times 1000} \qquad (4\text{-}14)$$

式中，X_1 为食品中以脂肪计 BHA（或 BHT）的含量，g/kg；m_1 为待测溶液中 BHA（或 BHT）的质量，mg；m_2 为油脂（或食品中脂肪）的质量，g。

以上计算结果保留三位有效数字。

六、注意事项及说明

1. 本实验检出限为 2.0μg，油脂取样量为 0.50g 时最低检出浓度为 4.0mg/kg。气相色谱最佳线性范围为 0.0～100.0μg。

2. BHA、BHT 气相色谱参考谱图参考图 4-6。

3. 抗氧化剂随存放时间延长，其含量逐渐下降，因此采集来的样品应及时检测，不宜久存。

4. 脂肪过柱净化处理时应注意：待湿法装柱后石油醚自色谱柱停止流出时，立即将样品提取液倾入柱内，以防止时间过长柱层断裂，影响净化效果。

5. 还可以采用硅胶 G 为吸附剂，以正己烷-二氧六环-乙酸（体积比为 42：6：3）或异辛烷-丙酮-乙酸（体积比为 70：5：12）为展开剂，以 2,6-二氯醌-氯亚胺的乙醇溶液（2g/L）为显色剂，做薄层色谱，进行定性及半

图 4-6　BHA、BHT 气相色谱图

定量分析。

七、思考题

1. 气相色谱实验技术的操作要点是什么？

2. 简述氢火焰离子化检测器的工作原理。

3. 为预防实验过程中氢气可能发生泄漏，实验室防火安全措施有哪些？

（任仙娥）

第五章 食品中有害物质含量的检测

 **实验一** 食品中有机磷农药残留量的检测

Ⅰ. 气相色谱法

一、目的与要求
1. 掌握气相色谱仪的工作原理及使用方法。
2. 学习食品中有机磷农药残留的气相色谱测定方法。

二、实验原理
食品中残留的有机磷农药经有机溶剂提取并经纯化、浓缩后，注入气相色谱仪，气化后在载气携带下于色谱柱中分离，由火焰光度检测器检测。当含有机磷的试样在检测器中的富氢焰上燃烧时，以 HPO 碎片的形式，放射出波长为 526nm 的特殊光，这种光经检测器的单色器（滤光片）将非特征光谱滤除后，由光电倍增管接收，产生电信号而被检出。将试样的峰面积或峰高与标准品的峰面积或峰高进行比较定量。

三、仪器与试剂
1. 仪器

气相色谱仪带有火焰光度检测器，PED；电动振荡器；组织捣碎机；旋转蒸发仪。

2. 试剂

（1）二氯甲烷；丙酮；无水硫酸钠（700℃灼烧 4h 后备用）；中性氧化铝（500℃灼烧 4h 后备用）；硫酸钠溶液。

（2）有机磷农药标准贮备液　分别准确称取有机磷农药标准品敌敌畏、乐果、马拉硫磷、对硫磷、甲拌磷、稻瘟净、倍硫磷、杀螟硫磷及虫螨磷各 10.0mg，用苯（或三氯甲烷）溶解并稀释至 100mL，放在冰箱中保存。

（3）有机磷农药标准使用液　使用时用二氯甲烷稀释上述贮备液为使用液，使敌敌畏、乐果、马拉硫磷、对硫磷、甲拌磷浓度为 1.0μg/mL，稻瘟净、倍硫磷、杀螟硫磷及虫螨磷浓度为 2.0μg/mL。

四、实验步骤
1. 样品处理

（1）蔬菜　取适量蔬菜擦净，去掉不可食部分后称取蔬菜试样，将蔬菜切碎均匀。称取 10.0g 混匀的试样，置于 250mL 具塞锥形瓶中，加 30～100g 无水硫酸钠脱水，剧烈振摇后如有固体硫酸钠存在，说明所加无水硫酸钠量已足够。加 0.2～0.8g 活性炭脱色。加 70mL 二氯甲烷，在振荡器上振摇 0.5h 后用滤纸过滤。量取 35mL 滤液，在通风柜中室温下自然挥发至近干，用二氯甲烷少量多次研洗残渣，移入 10mL 具塞刻度试管中，并定容至 2mL，

备用。

(2) 谷物　将样品磨成粉状（稻谷先脱壳），过 20 目筛，混匀。称取 10g 置于具塞锥形瓶中，加入 0.5g 中性氧化铝（小麦、玉米再加 0.2g 活性炭）及 20mL 二氯甲烷，振摇 0.5h 后过滤，滤液直接进样。若农药残留低，则加 30mL 二氯甲烷，振摇过滤，量取 15mL 滤液浓缩，并定容至 2mL 进样。

(3) 植物油　称取 5.0g 混匀的试样，用 50mL 丙酮分次溶解并洗入分液漏斗中，摇匀后，加 10mL 水，轻轻旋转振摇 1min，静置 1h 以上。弃去下面析出的油层，上层溶液自分液漏斗上口倾入另一分液漏斗中，尽量不使剩余的油滴倒入（如乳化严重，分层不清，则放入 50mL 离心管中，于 2500r/min 转速下离心 0.5h，用滴管吸出上层清液）。加 30mL 二氯甲烷、100mL 50g/L 硫酸钠溶液，振摇 1min。静置分层后将二氯甲烷提取液移至蒸发皿中。丙酮水溶液再用 10mL 二氯甲烷提取一次，分层后，合并至蒸发皿中。自然挥发后，如无水，可用二氯甲烷少量多次研洗蒸发皿中残留液移入具塞量筒中，并定容至 5mL。加 2g 无水硫酸钠振摇脱水，再加 1g 中性氧化铝、0.2g 活性炭（毛油可加 0.5g）振荡脱油和脱色，过滤后滤液直接进样。如自然挥发后尚有少量水，则需反复抽油提取后再按上述方法操作。

2. 色谱条件

(1) 色谱柱　玻璃柱，3mm×(1.5～2.0)m。

① 分离测定敌敌畏、乐果、马拉硫磷和对硫磷的色谱柱

a. 内装涂以 2.5% SE-30 和 3% QF-1 混合固定液的 60～80 目 Chromosorb WAWD-MCS；

b. 内装涂以 1.5% OV-17 和 2% QF-1 混合固定液的 60～80 目 Chromosorb WAWD-MCS；

c. 内装涂以 2% OV-101 和 2% QF-1 混合固定液的 60～80 目 Chromosorb WAWD-MCS。

② 分离测定甲拌磷、稻瘟净、倍硫磷、杀螟硫磷及虫螨磷的色谱柱

a. 内装涂以 3%PEGA 和 5%QF-1 混合固定液的 60～80 目 Chromosorb WAWD-MCS；

b. 内装涂以 2%NPGA 和 3%QF-1 混合固定液的 60～80 目 Chromosorb WAWD-MCS。

(2) 气流速度　载气为氮气 80mL/min；空气 50mL/min；氢气 180mL/min（氮气、空气和氢气之比按各个仪器型号不同选择各自的最佳比例条件）。

(3) 温度　进样口 220℃；检测器 240℃；柱温 180℃（注意测定敌敌畏时温度为 130℃）。

3. 测定

将有机磷农药标准使用液 2～5μL 注入气相色谱仪中，可测得不同浓度有机磷标准溶液的峰高，绘制有机磷农药质量-峰高标准曲线。同时取试样溶液 2～5μL 注入气相色谱仪，测得峰高，从标准曲线查出相应的含量。

五、结果计算

试样中有机磷农药含量按下式计算，结果保留两位有效数字。

$$X=\frac{A}{m\times1000} \tag{5-1}$$

式中，X 为试样中有机磷农药的含量，mg/kg；A 为进样体积中有机磷农药的质量，由标准曲线查得，ng；m 为与进样体积（μL）相当的试样质量，g。

六、注意事项

1. 本法采用毒性较小且价格较为便宜的二氯甲烷作为提取试剂，国际上多用乙腈作为有机磷农药的提取试剂及分配净化试剂，但毒性较大。

2. 有些稳定性较差的有机磷农药（如敌敌畏）易被色谱柱中的担体吸附，故本法采用降低操作温度来克服上述困难。另外，也可采用缩短色谱柱至 $1\sim1.3m$ 或减少固定液涂渍的厚度等措施来克服。

七、思考题

1. 本试验的气路系统包括哪些，各有何作用？
2. 简述电子捕获检测器及火焰光度检测器的原理及适用范围。
3. 如何检验该试验方法的准确度？如何提高检测结果的准确度？

Ⅱ. 胆碱酯酶抑制法

一、目的与要求

1. 掌握胆碱酯酶抑制法测定有机磷农药残留的原理。
2. 学习食品中有机磷农药残留的快速检测法。

二、实验原理

在一定的条件下，有机磷农药对胆碱酯酶的正常功能有抑制作用，其抑制率与农药的浓度呈正相关。正常情况下，酶催化神经传导代谢产物（乙酰胆碱）水解，其水解产物与显色剂反应产生黄色物质，用分光光度计在 412nm 处测定吸光度随时间的变化值，可计算出抑制率，通过抑制率可以判断出样品中是否有高剂量有机磷农药的存在。

三、仪器与试剂

1. 仪器

分光光度计；常量天平；恒温水浴或恒温箱。

2. 试剂

（1）pH8.0 缓冲液　分别称取 11.9g 无水磷酸氢二钾与 3.2g 磷酸氢二钾，用 1000mL 蒸馏水溶解。

（2）显色剂　分别称取 160mg 二硫代二硝基苯甲酸（DTNB）和 15.6mg 碳酸氢钠，用 20mL 缓冲液溶解，4℃冰箱中保存。

（3）底物　称取 25.0mg 硫代乙酰胆碱，加 3.0mL 蒸馏水溶解，摇匀后置冰箱中保存备用。保存期不超过两周。

（4）乙酰胆碱酯酶　根据酶的活性情况，用缓冲液溶解，3min 时的吸光度变化 ΔA_0 值应控制在 0.3 以上。摇匀后置 4℃冰箱中保存备用，保存期不超过 4 天。

四、实验步骤

1. 样品处理

选取有代表性的蔬菜样品，去掉不可食部分后取蔬菜试样，冲洗掉表面泥土，剪成 1cm 左右碎片。取样品 1g，放入烧杯或提取瓶中，加入 5mL 缓冲溶液，振荡 $1\sim2min$，倒出提取液，静置 $3\sim5min$，待用。

2. 对照溶液测试

先于试管中加入 2.5mL 缓冲溶液，再加入 0.1mL 酶液、0.1mL 显色剂，摇匀后于 37℃放置 15min 以上（每批样品的控制时间应一致）。加入 0.1mL 底物摇匀，此时检液开始显色反应，应立即放入仪器比色池中，记录反应时间 3min 时的吸光度变化值 ΔA_0。

3. 样品溶液测试

先于试管中加入 2.5mL 样品提取液，其他操作与对照溶液测试相同，记录反应 3min 时的吸光度变化值 ΔA_t。

五、结果计算

$$抑制率(\%)=\frac{\Delta A_0 - \Delta A_t}{\Delta A_0}\times 100 \tag{5-2}$$

式中，ΔA_0 为对照溶液反应 3min 吸光度的变化值；ΔA_t 为样品溶液反应 3min 吸光度的变化值。

六、注意事项

1. 葱、蒜、萝卜、韭菜、芹菜、香菜、茭白、蘑菇及番茄汁中含有对酶有影响的植物次生物质，容易产生假阳性。处理这类样品时，可采取整株蔬菜浸提。对一些含叶绿素较高的蔬菜，也可以采取整株蔬菜浸提的方法，以减少色素的干扰。

2. 当温度低于 37℃时，酶反应的速度随之减慢，加入酶液和显色剂后放置反应的时间应相对延长，延长时间的确定应以胆碱酯酶空白对照测试的吸光度变化 ΔA_0 值在 0.3 以上为准。注意样品放置时间应与空白对照溶液放置时间一致才有可比性。酶的活性不够和温度太低都可能造成胆碱酯酶空白对照溶液 3min 时的吸光度变化 ΔA_0 值不足 0.3。

3. 当蔬菜样品提取液对酶的抑制率大于 50% 时，表示样品中有高剂量有机磷或氨基甲酸酯类农药存在，可判定样品为阳性结果（需重复检验两次以上），然后用其他方法进一步定性和定量。

4. 该法适用于大量蔬菜样本的筛测，不适合作为最后的仲裁检测方法。

七、思考题

1. 影响胆碱酯酶法测定有机磷农药残留量准确性的因素有哪些？如何减少其影响？

2. 是否还能用其他的酶来设计测定有机磷农药的方法？

3. 胆碱酯酶抑制法和气相色谱法测定有机磷农药残留各有何优缺点？

（任仙娥）

 **实验二** 酶联免疫吸附法检测对虾中的氯霉素残留

一、目的与要求

1. 了解酶联免疫吸附法测定氯霉素的方法和原理。

2. 掌握酶联免疫吸附法测定对虾中氯霉素残留量的操作技术和计算方法。

3. 通过对实验结果的分析，了解影响测定准确性的因素。

二、实验原理

酶标板的微孔包被有偶联抗原，当加入标准品或待测样品，再加入氯霉素抗体时，包被抗原与加入的标准品或待测样品竞争抗体，加入酶标记物，酶标记物与抗体结合。通过洗涤除去游离的抗原、抗体及抗原-抗体复合物。加入底物液，底物被结合到酶标板上的酶标记物催化而显色，在450nm处测量吸光度值，与标准曲线比较定量。在整个反应过程中，样品中氯霉素含量越高，反应显色就越淡，即氯霉素含量与吸光度值成反比。

三、仪器与试剂

1. 仪器

酶标仪（配450nm滤光片）；旋转蒸发仪；组织匀浆器；冷冻离心机；振荡器；氮吹仪。

2. 试剂

所用试剂均为分析纯；水为符合GB/T 6682规定的二级水。

（1）乙酸乙酯

（2）正己烷

（3）氯霉素酶联免疫试剂盒　2～8℃冰箱中保存。

① 酶标板：8孔×12条，包被有偶联抗原；

② 氯霉素系列标准溶液：0、0.05μg/L、0.15μg/L、0.45μg/L、1.35μg/L、4.05μg/L；

③ 酶标记物；

④ 氯霉素抗体（浓缩液）；

⑤ 底物液（A液、B液）；

⑥ 终止液；

⑦ 洗涤液（浓缩液）；

⑧ 缓冲液（浓缩液）。

四、实验步骤

1. 样品提取

① 将对虾肉匀浆，4℃冷藏备用。

② 称取制备好的对虾样品（3±0.01）g，置50mL离心管中，加入乙酸乙酯6mL振荡10min，室温3800r/min以上离心10min。吸取上层液4mL（约相当于2g样本），50℃下氮气吹干，加入正己烷1mL溶解残留物，再加缓冲液工作液1mL强烈振荡1min，再次离心15min，取50μL用于分析。稀释倍数为0.5倍。做空白对照。

2. 试剂的准备

从4℃冷藏环境中取出所需试剂，置室温（20～25℃）平衡30min以上，每种液体试剂

使用前均需摇匀。

(1) 洗涤液工作液 将浓缩洗涤液（20倍浓缩）40mL用水稀释至800mL备用。

(2) 缓冲液工作液 将浓缩缓冲液（2倍浓缩）50mL用水稀释至100mL备用。

(3) 氯霉素抗体工作液 用缓冲液工作液按1∶10的比例稀释氯霉素抗体浓缩液（如400μL浓缩液＋4mL的缓冲液工作液，足够4个微孔板条32孔用）。

3. 测定

① 将铝箔袋沿着外沿剪开，取出需要数量的微孔板及框架，平衡至室温。将样品和标准品对应微孔按序编号，每个样品和标准品做2孔平行，并记录标准孔和样品孔所在的位置。

② 加入标准品或处理好的试样50μL到各自的微孔中，然后加入氯霉素抗体工作液50μL，盖板，轻轻振荡混匀，室温环境中反应1h。取出酶标板，将孔内液体甩干，于每孔中加入洗涤液工作液250μL，洗涤4～5次，用吸水纸拍干。

③ 每个微孔中加入酶标记物100μL，盖板，室温环境中反应30min。取出酶标板，将孔内液体甩干，每个微孔中加入洗涤液工作液250μL，洗涤4～5次，用吸水纸拍干。

④ 加入底物液A液50μL和底物液B液50μL到微孔中，轻轻振荡混匀，室温环境中避光显色30min。

⑤ 加入终止液50μL到微孔中，轻轻振荡混匀，设定酶标仪于450nm处，测定每孔吸光度值。

五、结果计算

1. 定性测定

示例：以0.45μg/L标准液的吸光度值为判断标准，样品吸光度值大于或等于该值为未检出，小于该值为可疑，建议用确证法确证。

2. 定量测定

按下式计算百分吸光度值。

$$相对吸光度值 = \frac{B}{B_0} \times 100\%$$ (5-3)

式中，B为标准溶液或样品的平均吸光度值；B_0为0浓度的标准溶液平均吸光度值。

将计算的相对吸光度值（％）对应氯霉素（ng/mL）的自然对数做半对数坐标系统曲线图，对应的试样浓度可从校正曲线算出，按下式计算样品中氯霉素的含量。

$$X = \frac{A \times f}{m \times 1000}$$ (5-4)

式中，X为试样中氯霉素的含量，μg/kg或μg/L；A为试样的相对吸光度值（％）对应的氯霉素含量，μg/L；f为试样稀释倍数；m为试样的取样量，g或mL。

计算结果表示到小数点后两位。

六、注意事项

1. 本方法摘自农业部1025号公告-26-2008，在对虾样品中氯霉素的检测限为50.0ng/kg，回收率为50％～110％，变异系数小于20％。

2. 试剂盒内的试剂和微孔板在使用完后，剩余的部分应立即放回冰箱，2～8℃保存。

3. 洗涤液、缓冲液和氯霉素抗体在使用前必须按所要求的倍数稀释。

4. 加样时必须小心，枪头勿接触微孔。枪头尖必须置于微孔板上板面上方约0.5cm垂直加入，勿溅出微孔外，以免造成其他微孔的污染。吸取不同的液体时一定要更换微量移液器的吸头，避免交叉污染。

5. 洗涤时必须充分，绝对避免注入板孔中的液体接触到或溅到移液器管尖上而将孔中的物质带回洗涤液中。

6. 温育时，要盖上盖板膜，置于暗处，不到温育时间不要随意取出。

7. 试剂盒较贵且试剂量少，请准确量取，避免浪费。

七、思考题

1. 影响酶联免疫吸附试验法检测虾中氯霉素含量准确性的因素可能有哪些？

2. 在本实验中，为什么样品中氯霉素的含量与显色呈反比？

3. 计算结果时，本实验中样品的稀释倍数是多少？为什么？

4. 试分析如果洗涤不彻底会给实验结果造成怎样的影响？

（吴晓萍）

 **实验三　酶联免疫吸附法检测鲜河豚鱼中的河豚毒素**

一、目的与要求

1. 了解酶联免疫吸附法测定河豚毒素的方法和原理。

2. 掌握酶联免疫吸附法测定河豚毒素含量的操作技术和计算方法。

3. 通过对实验结果的分析，了解影响测定准确性的因素。

二、实验原理

样品中的河豚毒素（TTX）经提取、脱脂后与定量的特异性酶标抗体反应，多余的游离酶标抗体则与酶标板内的包被酶标抗原结合，加入底物后显色，与标准曲线比较定量。

三、仪器与试剂

1. 仪器

全波长光栅酶标仪或配有 450nm 滤光片的酶标仪；可拆卸 96 孔酶标微孔板；温控磁力搅拌器；组织匀浆器；高速离心机；旋转蒸发仪。

2. 试剂

除河豚毒素标准品外，实验所用的化学试剂均为分析纯。

(1) 乙酸钠溶液（0.2mol/L）；乙酸溶液（1g/L）；氢氧化钠溶液（1mol/L）；乙醚。

(2) 乙酸盐缓冲溶液（0.2mol/L，pH4.0）　取 0.2mol/L 乙酸钠溶液 2.0mL 和 0.2mol/L 乙酸溶液 8.0mL 混合而成。

(3) 磷酸盐缓冲溶液（PBS）（0.01mol/L，pH7.4）　分别称取磷酸二氢钾 0.2g、磷酸氢二钠 2.9g、氯化钠 8.0g、氯化钾 0.2g，加水溶解并定容至 1000mL。

(4) 河豚毒素酶联免疫试剂盒　2～8℃冰箱中保存。

① 包被缓冲液：碳酸盐缓冲液（0.05mol/L，pH9.6）。

② 封闭液：称取 2.0g 牛血清白蛋白加 PBS 溶液溶解，定容至 1000mL。

③ 洗液：将 0.5mL 吐温-20 加入到 999.5mL 的 PBS 溶液中混匀。

④ 抗体稀释液：称取 1.0g 牛血清白蛋白加 PBS 溶液溶解并定容至 1000mL。

⑤ 底物缓冲液：将柠檬酸溶液（0.1mol/L）、磷酸氢二钠溶液（0.2mol/L）和水按照 24.3∶25.7∶50 的比例现用现配。

⑥ 3,3,5,5-四甲基联苯胺（TMB）贮备液：将 200mg TMB 溶于 N,N-二甲基甲酰胺中，4℃避光保存。

⑦ 底物溶液：75μL TMB 贮备液、10mL 底物缓冲液和 10μL 过氧化氢混合而成。

⑧ 终止液：硫酸溶液（2mol/L）。

⑨ 抗 TTX 单克隆抗体：以杂交瘤技术生产并经纯化的抗河豚毒素单克隆抗体。

⑩ 人工抗原：牛血清白蛋白-甲醛-河豚毒素连接物（BSA-HCHO-TTX），−20℃保存，冷冻干燥后的人工抗原可室温或 4℃保存。

⑪ 辣根过氧化物酶（HRP）标记的抗 TTX 单克隆抗体：−20℃保存，冷冻干燥后的酶标抗体可室温或 4℃保存。

(5) TTX 标准贮备液　将河豚毒素标准品溶于乙酸盐缓冲溶液中，配制浓度为 1.0g/L 的标准贮备液，密封后 4℃保存备用。

（6）河豚毒素标准使用液　取河豚毒素标准贮备液用 PBS 溶液稀释成浓度分别为 1000.00μg/L、500.00μg/L、250.00μg/L、100.00μg/L、50.00μg/L、25.00μg/L、10.00μg/L、5.00μg/L、1.00μg/L、0.50μg/L、0.10μg/L、0.05μg/L，现用现配。

四、实验步骤

1. 样品提取

① 将待测河豚组织用剪刀剪碎，加入 5 倍体积乙酸（1g/L）溶液（即 1g 组织中加入乙酸溶液 5mL），用组织匀浆器磨成糊状。

② 取相当于 5g 河豚组织的匀浆糊（25mL）于烧杯中，置温控磁力搅拌器上边加热边搅拌，达 100℃时持续 10min 后取下，冷却至室温后，8000r/min 离心 15min，快速过滤于 125mL 分液漏斗中。

③ 滤纸残渣用 20mL 乙酸溶液（1g/L）分次洗净，洗液合并于原烧杯中，置温控磁力搅拌器上边加热边搅拌，达 100℃时持续 3min 后取下，8000r/min 离心 15min，过滤，滤液合并于②中的 125mL 分液漏斗中。

④ 在分液漏斗的滤液中加入等体积乙醚振摇脱脂，静置分层后，放出水层至另一分液漏斗中并以等体积乙醚再重复脱脂一次，将水层放入 100mL 锥形瓶中，减压浓缩去除其中残留的乙醚后，将提取液移入 50mL 容量瓶中。

⑤ 提取液用氢氧化钠溶液（1mol/L）调 pH 至 6.5～7.0，并用 PBS 溶液定容至 50mL，立即用于检测（每毫升提取液相当于 0.1g 河豚组织样品）。

2. 测定

（1）包被酶标微孔板　用 BSA-HCHO-TTX 人工抗原包被酶标板，120μL/孔，4℃静置 12h。

（2）抗体、抗原反应　将辣根过氧化物酶标记的纯化 TTX 单克隆抗体稀释后分别：

① 与等体积不同浓度的河豚毒素标准溶液在 2mL 试管内混合后，4℃静置 12h 或 37℃温育 2h 备用。此液用于制作 TTX 标准抑制曲线。

② 与等体积提取液在 2mL 试管内混合后，4℃静置 12h 或 37℃温育 2h 备用。此液用于测定样品中的 TTX 含量。

（3）封闭　已包被的酶标板用洗液洗 3 次（每次浸泡 3min）后，加封闭液封闭，200μL/孔，置 37℃温育 2h。

（4）测定　封闭后的酶标板用洗液洗 3×3min 后，加抗原-抗体反应液（在酶标板的适当孔位加抗体稀释液作为阴性对照），100μL/孔，37℃温育 2h，酶标板洗 5×3min 后，加新配制的底物溶液，100μL/孔，37℃温育 10min 后，每孔加入 50μL 终止液终止反应，于波长 450nm 处测定吸光度值。

五、结果计算

$$X = \frac{m_1 \times V \times D}{V_1 \times m} \tag{5-5}$$

式中，X 为样品中 TTX 的含量，μg/kg；m_1 为酶标板上测得的 TTX 质量，ng；V 为样品提取液的体积，mL；D 为样品提取液的稀释倍数；V_1 为酶标板上每孔加入的样液体积，mL；m 为样品质量，g。

六、注意事项

1. 本方法摘自 GB/T 5009.206—2007，适用于鲜河豚鱼中 TTX 的测定，检出限为 0.1μg/L，相当于样品中 1μg/kg 的 TTX，标准曲线范围为 5～500μg/L。

2. 若无条件自备河豚毒素酶联免疫试剂，也可从市场购置河豚毒素酶联免疫试剂盒。

3. 当天不能检测的提取液经减压浓缩去除其中残存的乙醚后不用氢氧化钠调 pH，密封后于 −20℃ 以下冷冻保存，在检测前调节 pH 并定容至 50mL 立即检测。

4. 每次吸取不同的液体时一定要换移液枪的吸头，避免交叉污染。

5. 加样时必须小心，枪头请勿接触微孔。枪头尖必须置于微孔板上板面上方约 0.5cm 垂直加入，勿溅出微孔外，以免造成其他微孔的污染。

6. 洗涤必须充分，重复 3 次，绝对避免注入板孔中的液体接触到或溅到移液器管尖上而将孔中的物质带回洗涤用水中。

7. 温育时，要盖上塑料片或标签纸，置于暗处，不到温育时间不要随意取出。

七、思考题

1. 为什么试样中河豚毒素含量越高，测定的吸光度值却越低？

2. 检测河豚毒素的方法还有哪些？说出它们的原理。

（吴晓萍）

实验四　石墨炉原子吸收光谱法测定食品中限量元素镉

一、目的与要求

1. 了解原子吸收法测定食品中限量元素镉的方法和原理。
2. 熟悉样品消解的操作技术。
3. 掌握石墨炉原子吸收分光光度计的使用方法。

二、实验原理

试样经灰化或酸消解后，注入原子吸收分光光度计石墨炉中，电热原子化后吸收 228.8nm 共振线，在一定浓度范围，其吸收值与镉含量成正比，与标准系列比较定量。

三、仪器与试剂

1. 仪器

（1）石墨炉原子吸收分光光度计（具氘灯或塞曼效应扣除背景装置）；镉元素空心阴极灯。

（2）马弗炉；恒温干燥箱；可调式电热板；可调式电炉；压力消化罐。

2. 试剂

分析用水均为去离子水（电阻率在 $8 \times 10^5 \Omega$ 以上），所使用的化学试剂均为优级纯以上。

（1）过硫酸铵；过氧化氢（30%）；高氯酸；盐酸（1+1）；硝酸（1+1）；硝酸（0.5mol/L）；磷酸铵溶液（20g/L）；混合酸：硝酸-高氯酸（4+1）。

（2）镉标准贮备液　准确称取 1.0000g 金属镉（99.99%），分次加 20mL 盐酸（1+1）溶解，加 2 滴硝酸，移入 1000mL 容量瓶，加水至刻度，混匀。此溶液每毫升含 1.0mg 镉。

（3）镉标准使用液　每次吸取镉标准贮备液 1.0mL 于 100mL 容量瓶中，加硝酸（0.5mol/L）至刻度。如此经多次稀释成每毫升含 100.0ng 镉的溶液。

四、实验步骤

1. 样品预处理

粮食、豆类去杂后，磨碎，过 20 目筛，贮于塑料瓶中，保存备用。蔬菜、水果、鱼类、肉类及蛋类等水分含量高的鲜样，用食品加工机或匀浆机打成匀浆，贮于塑料瓶中于 -18℃ 条件下冻藏备用。

2. 样品消化

经处理好的上述样品可根据实验室条件选用以下任一种方法消化，同时做试剂空白试验。

（1）压力消化罐消化法　称取 1.00~2.00g 样品于聚四氟乙烯内罐，加硝酸 2~4mL 浸泡过夜，再加过氧化氢 2~3mL。盖好内盖，旋紧不锈钢外套，放入恒温干燥箱，120~140℃保持 3~4h，在箱内自然冷却至室温，用水分次洗入 10~25mL 刻度试管中，并定容至刻度，混匀备用。

（2）干法消化　称取 1.00~5.00g 样品于瓷坩埚中，先小火在电炉上炭化至无烟，移入马弗炉 500℃ 灰化 6~8h 后，冷却。若个别样品灰化不彻底，则加 1mL 混合酸在电炉上小火加热，反复多次直至消化完全为止。放冷，用硝酸（0.5mol/L）将灰分溶解后用水分次洗入 10～25mL 刻度试管中，并定容至刻度，混匀备用。

（3）湿式消化法　称取样品 1.00～5.00g 于 150mL 的锥形瓶中，放数粒玻璃珠，加 10～30mL 混合酸，加盖，浸泡过夜。次日锥形瓶上加一小漏斗于电热板上逐渐升温加热，若溶液变棕黑色，再滴加硝酸，直至冒白烟，取下放冷后，加入约 10mL 水继续加热赶酸至冒白烟为止。冷却后用水分次洗入 10～25mL 刻度试管中，并定容至刻度，混匀备用。

3. 测定

（1）仪器条件　根据各自仪器性能调至最佳状态，可参考表 5-1 和表 5-2 设定仪器条件。

表 5-1　光谱仪工作条件

灯电流/mA	狭缝/nm	波长/nm	背景扣除方式
8～10	0.5～1.0	228.8	氘灯或塞曼效应

表 5-2　石墨炉工作条件

干　燥		灰　化		原 子 化		净　化	
温度	时间	温度	时间	温度	时间	温度	时间
120℃	20s	350℃	15～20s	1700～1800℃	4s	1900℃	4～5s

（2）标准曲线绘制　准确吸取镉标准使用液 0、1.0mL、2.0mL、3.0mL、5.0mL、7.0mL、10.0mL，分别置于 100mL 容量瓶中，用硝酸（0.5mol/L）稀释至刻度，混匀，此标准系列含镉分别为 0、1.0ng/mL、2.0ng/mL、3.0ng/mL、5.0ng/mL、7.0ng/mL、10.0ng/mL。各吸取 10μL 注入石墨炉，测得其吸光值并求得吸光值与浓度关系的一元线性回归方程。

（3）样品测定　分别吸取样液和试剂空白液各 10μL 注入石墨炉，测其吸光值，代入标准系列的一元线性回归方程中求得样液中的镉含量。

（4）基体改进剂的使用　对有干扰样品，则注入 5μL 磷酸铵溶液消除干扰。绘制镉标准曲线也要加入与样品测定时等量的基体改进剂磷酸铵溶液。

五、结果计算

1. 计算公式

$$x = \frac{(c-c_0) \times V \times 1000}{m \times 1000} \tag{5-6}$$

式中，x 为样品中元素的含量，μg/kg；c 为测定样品中镉的浓度，ng/mL；c_0 为试剂空白液中镉的浓度，ng/mL；V 为样品定容体积，mL；m 为样品的质量（或体积），g（mL）。

计算结果保留两位有效数字。

报告算术平均值的两位有效数字，相对误差不大于 20%。

2. 数据处理及误差分析

① 用表格记录每一实验结果，在表中应包含计算公式中的每一项数据，若有平行测定，应设平均值与精密度项。

② 测定结果的精密度计算。

③ 讨论实验过程中出现的问题。

六、注意事项

1. 食品中镉的测定方法有石墨炉原子吸收光谱法、火焰原子吸收测定法和比色法，其中石墨炉原子吸收光谱法最低检出浓度为 $0.1\mu g/kg$，火焰原子化法为 $5.0\mu g/kg$，比色法为 $50\mu g/kg$。石墨炉原子吸收光谱法准确、检出限低，是国际上通用的方法，也是国标的第一法。

2. 所有玻璃器皿均需以硝酸（1+5）浸泡过夜，用水反复冲洗，最后用去离子水冲洗干净。

3. 由于仪器型号规格不同，测定条件有所差别，可根据仪器说明书选择最佳测试条件。

七、思考题

1. 测定时加入基体改进剂的作用是什么？

2. 石墨炉原子吸收如何表示检出限？哪些因素影响准确度和精密度？

3. 分析镉的测定条件有哪些？

4. 用原子吸收法测定重金属有什么优点？

（吴晓萍）

实验五 肉制品中苯并［a］芘的测定方法

Ⅰ. 荧光分光光度法

一、目的与要求

学习分析检测苯并［a］芘的原理和方法。

二、实验原理

苯并［a］芘是多环芳烃类化合物中的一种主要食品污染物。粮食谷物在烟道中直接烘干或熏制鱼、肉等制品（特别是熏烤时食品直接与炭火接触）时，即可受到苯并［a］芘的污染或产生苯并［a］芘。

检测时试样先用有机溶剂提取，或经皂化后提取，提取液经萃取或色谱柱纯化后，在乙酰化滤纸上分离苯并［a］芘。苯并［a］芘在紫外光照射下呈蓝色荧光斑点，将分离后有苯并［a］芘的滤纸部分剪下，用溶剂浸出后，以荧光分光光度计测定荧光强度并与标准比较定量。

三、仪器与试剂

1. 仪器

脂肪抽提器；色谱柱：10mm×350mm，上端有内径 25mm、长 80～100mm 的内径漏斗，下端具有活塞；层析缸；K-D 全玻璃浓缩器；紫外光灯：带有波长 365nm 或 254nm 的滤光片；回流皂化装置：锥形瓶磨口处接冷凝管；荧光分光光度计。

2. 试剂

（1）苯（重蒸馏）；环己烷（重蒸馏或经氧化铝柱处理至无荧光）或石油醚（沸程 30～60℃）；二甲基甲酰胺或二甲基亚砜；无水乙醇（重蒸馏）；无水硫酸钠。

（2）展开剂 95%乙醇-二氯甲烷（体积比 2：1）。

（3）硅镁吸附剂 将 60～100 目筛孔的硅镁吸附剂水洗四次（每次用水量为吸附剂质量的 4 倍）于垂融漏斗上抽滤后，再以等量的甲醇洗（甲醇与吸附剂质量相等）；抽滤干后，吸附剂铺于干净瓷盘上于 130℃干燥 5h，装瓶贮存于干燥器内，临用前加 5%水减活，混匀并平衡 4h 以上，最好放置过夜。

（4）色谱分离用氧化铝（中性） 120℃活化 4h。

（5）乙酰化滤纸 将中速色谱用滤纸裁成 30cm×4cm 的条状，逐步放入盛有乙酰化混合液（180mL 苯，130mL 乙酸酐，0.1mL 硫酸）的 500mL 烧杯中，使滤纸充分接触溶液，保持溶液温度在 21℃以上，不断搅拌，反应 6h，再放置过夜。取出滤纸条，在通风橱内吹干，再放入无水乙醇中浸泡 4h，取出后放在垫有滤纸的干净白瓷盘上，在室温下风干压平备用。一次可处理滤纸 15～18 条。

（6）苯并［a］芘标准溶液 精密称取 10.0mg 苯并［a］芘，用苯溶解后移入 100mL 棕色容量瓶中定容，此溶液苯并［a］芘浓度为 $100\mu g/mL$。放置冰箱中保存。

（7）苯并［a］芘标准使用液 吸取 1.00mL 苯并［a］芘标准溶液置于 10mL 容量瓶中，用苯定容，同法依次用苯稀释，最后配成苯并［a］芘浓度分别为 $1.0\mu g/mL$ 和 $0.1\mu g/mL$ 的两种标准使用液，放置冰箱中保存。

四、实验步骤

1. 样品制备

称取 50.0～60.0g 切碎混匀的熏肉,用无水硫酸钠搅拌(样品与无水硫酸钠的比例为 1:1 或 1:2),然后装入滤纸筒内,放入脂肪提取器,加入 100mL 环己烷于 90℃水浴上回流提取 6～8h,然后将提取液倒入 250mL 分液漏斗中,再用 6～8mL 环己烷淋洗滤纸筒,洗液合并于 250mL 分液漏斗中,以环己烷饱和过的二甲基甲酰胺提取三次(每次 40mL,振摇 1min),合并二甲基甲酰胺提取液,用 40mL 经二甲基甲酰胺饱和过的环己烷提取一次,弃去环己烷液层。二甲基甲酰胺提取液合并于预先装有 240mL 硫酸钠溶液(20g/L)的 500mL 分液漏斗中,混匀后静置数分钟,用环己烷提取两次(每次 100mL,振摇 3min),环己烷提取液合并于第一个 500mL 分液漏斗。

2. 样品提取液的净化处理

① 于色谱柱下端填入少许玻璃棉,先装入 5～6cm 的氧化铝,轻轻敲管壁使氧化铝层填实、无空隙,顶面平齐;再同样装入 5～6cm 的硅镁型吸附剂,上面再装入 5～6cm 的无水硫酸钠。用 30mL 环己烷淋洗装好的色谱柱,待环己烷液面流下至无水硫酸钠层时关闭活塞。

② 将试样环己烷提取液倒入色谱柱中,打开活塞,调节流速为 1mL/min,必要时可用适当方法加压,待环己烷液面下降至无水硫酸钠层时,用 30mL 苯洗脱。此时应在紫外光灯下观察,以蓝紫色荧光物质完全从氧化铝层洗下为止,如 30mL 苯不足,可适当增加苯量。收集苯液于 50～60℃减压浓缩至 0.1～0.5mL(根据试样中苯并[a]芘含量而定,注意不可蒸干)。

3. 样品提取液的分离

① 在乙酰化滤纸条上的一端 5cm 处,用铅笔画一横线为起始线,吸取一定量净化后的浓缩液,点于滤纸条上。用电吹风从纸条后面吹冷风,使溶剂挥散。同时点 20μL 苯并[a]芘的标准使用液(1μg/mL),点样时斑点的直径不超过 3mm,层析缸内盛有展开剂,滤纸条下端浸入展开剂约 1cm,待溶剂前沿至约 20cm 时取出阴干。

② 在 365nm 或 254nm 紫外光灯下观察展开后的滤纸条,用铅笔画出标准苯并[a]芘及与其同一位置的试样的蓝紫色斑点。剪下此斑点分别放入小比色管中,各加 4mL 苯加盖,插入 50～60℃水浴中振摇浸泡 15min。

4. 样品测定

① 将试样及标准斑点的苯浸出液移入荧光分光光度计的石英比色皿中,以 365nm 为激发光波长,在 365～460nm 波长范围进行荧光扫描,所得荧光光谱与标准苯并[a]芘的荧光光谱比较定性。

② 与试样分析的同时做试剂空白对照,包括处理试样所用的全部试剂同样操作,分别读取试样、标准及试剂空白于波长 406nm、(406+5)nm、(406-5)nm 处的荧光强度(F_{406}、F_{411}、F_{401}),按基线法由下式计算而得的数值,为荧光强度(F)。

$$F = F_{406} - \frac{F_{401} + F_{411}}{2} \tag{5-7}$$

五、结果计算

试样中苯并[a]芘含量按下式计算,结果保留小数点后一位。

$$X = \frac{\frac{S}{F} \times (F_1 - F_2) \times 1000}{m \times \frac{V_1}{V_2}}$$

(5-8)

式中，X 为试样中苯并 [a] 芘的含量，$\mu g/kg$；S 为苯并 [a] 芘标准斑点的质量，μg；F 为标准斑点浸出液荧光强度，mm；F_1 为试剂斑点浸出液荧光强度，mm；F_2 为试剂空白浸出液荧光强度，mm；V_1 为试样浓缩液体积，mL；V_2 为点样体积，mL；m 为试样质量，g；

六、注意事项

1. 制备乙酰化滤纸时，必须严格控制处理时间与温度。温度高处理时间长，乙酰化程度过大，则展开时分离困难（R_f 值过小）；反之则乙酰化程度太低，展开时几乎与溶剂前沿相近（R_f 值过大）。一般展开后的苯并 [a] 芘的 R_f 值在 $0.1 \sim 0.2$ 之间较为适宜。

2. 实验用的滤纸规格，乙酰化混合液的数量，乙酰化温度、时间及滤纸与乙酰化混合液的接触程度均对乙酰化程度有影响，应严格依规程操作。

3. 供测的玻璃仪器不能用洗衣粉洗涤，以防止荧光性物质干扰，产生实验测定误差。

4. 苯并 [a] 芘是致癌活性物质，操作时应戴手套。接触苯并 [a] 芘的玻璃应由 $5\% \sim 10\%$ 硝酸溶液浸泡后，再进行清洗。

5. 实验精密度要求为：在重复性条件下获得两次独立测定结果的绝对差值不得超过算术平均值的 20%。

七、思考题

1. 了解荧光分光光度计的基本结构及使用注意事项。

2. 预习样品净化处理以及样品分离等关键操作，思考实验中可能会产生实验误差的环节。

Ⅱ. 目测比色法

一、目的与要求

学习目测比色法概略定量肉制品中苯并 [a] 芘的测定方法。

二、实验原理

试样经提取、净化后用乙酰化滤纸进行纸色谱分离苯并 [a] 芘，分离出的苯并 [a] 芘斑点在波长为 365nm 的紫外灯下观测，与标准斑点进行目测比色概略定量。

三、仪器与试剂

1. 仪器

与荧光测定法相同（不含荧光分光光度计）。

2. 试剂

与荧光测定法相同。

四、实验步骤

1. 样品制备

与荧光测定法相同。

2. 样品净化处理

与荧光测定法相同。

3. 样品测定

(1) 点样　根据浓缩处理后试样中苯并［a］芘的含量，吸取 5μL、10μL、15μL、20μL 或 50μL 试样，以及苯并［a］芘标准使用液 10μL 或 20μL，点于同一乙酰化滤纸上，样点分布如图 5-1 所示。点样过程借助电吹风，控制样点直径在 3mm。

(2) 展开　把点样后的滤纸条置于层析缸中，滤纸条下端浸入展开剂约 1cm，待溶剂前沿至 20cm 时取出阴干。

(3) 测定　于暗室 365nm 紫外灯下目测比较，找出相当于标准斑点荧光强度的试样浓缩液体积，如试剂含量太高，可稀释后再重点，应尽量使试样浓度在两个标准斑点之间。

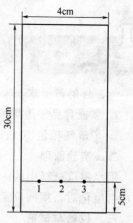

图 5-1　纸色谱点样示意

五、结果计算

$$X = \frac{m_2 \times 1000}{m_1 \times \dfrac{V_2}{V_1}} \qquad (5\text{-}9)$$

式中，X 为试样中苯并［a］芘的含量，$\mu g/kg$；m_2 为试样斑点相当于苯并［a］芘的质量，μg；V_1 为试样浓缩体积，mL；V_2 为点样体积，mL；m_1 为试样质量，g。

六、注意事项

1. 点样时样点定位应分布均匀，避免展开过程相互干扰，影响分离效果。

2. 点样时注意控制斑点直径大小的一致性，减少定量误差。

七、思考题

实验中影响测定准确性的因素可能有哪些？

（任仙娥）

 **实验六 食品中丙烯酰胺的检测**

一、目的与要求

1. 掌握食品中丙烯酰胺的检测原理和方法。

2. 了解气相色谱-质谱联用仪的工作原理和操作步骤。

二、实验原理

用水提取试样中的丙烯酰胺，提取液经石墨化炭黑色谱柱净化，净化液中的丙烯酰胺经溴水衍生化后，用同位素标记的内标法，以气相色谱-质谱联用仪（GC-MS）检测。

三、仪器与试剂

1. 仪器

气相色谱-质谱仪，带 EI 源；旋转蒸发仪；振荡器；冷冻离心机；氮吹仪；固相提取装置；天平（精确到 0.001g）。

2. 试剂

（1）正己烷　重蒸馏。

（2）乙酸乙酯　重蒸馏。

（3）丙烯酰胺标准品　纯度≥99%。

（4）（^{13}C）标记的丙烯酰胺标准品　1000mg/L。

（5）丙烯酰胺标准溶液　准确称取适量的丙烯酰胺标准品（精确至 0.1mg），用水溶解，配制成浓度为 10mg/L 的标准贮备溶液。根据需要用水稀释成适用浓度的标准工作溶液。

（6）（^{13}C）标记的丙烯酰胺标准溶液　移取（^{13}C）标记的丙烯酰胺标准品 1mL，用水配制成浓度为 10mg/L 的标准贮备溶液。根据需要用水稀释成适用浓度的标准工作溶液。

（7）无水硫酸钠　650℃灼烧 4h，置于干燥器内保存。

（8）石墨化炭黑固相萃取柱　内填石墨化炭黑 500mg，使用前分别用 5mL 甲醇和 5mL 水活化。

（9）溴水　含溴≥3%。

（10）氢溴酸　含量≥40.0%。

（11）玻璃棉

（12）硫代硫酸钠水溶液　0.2mol/L。

四、实验步骤

1. 提取

准确称取已粉碎的样品 20g（精确至 1mg）于 250mL 锥形瓶中，加水 100mL，加 1mL 浓度为 500ng/mL ^{13}C 同位素标记的丙烯酰胺内标，振荡 30min，取上清液 25mL 于 50mL 离心管中，加入正己烷 20mL，振荡 10min，3000r/min 离心 5min，弃去正己烷层。

2. 净化

将离心管在 12000r/min 下，于 4℃高速冷冻离心 30min，上清液用玻璃棉过滤，将滤液加入石墨化炭黑固相萃取柱中，收集流出液，再用 20mL 纯净水淋洗，合并流出液和淋洗液用于衍生化。

3. 衍生化

在净化液中加入 7.5g 溴化钾，用氢溴酸调节净化液 pH 至 1～3，再加 8mL 溴水，在 4℃条件下衍生过夜。滴加硫代硫酸钠溶液至黄色消失以除去残余的溴。将溶液转移到分液漏斗中，加 20mL 乙酸乙酯，振荡 10min，静置分层，再分别用 10mL 乙酸乙酯提取两次，合并乙酸乙酯提取液。乙酸乙酯过无水硫酸钠后，旋转浓缩并定容至 1.0mL，供气相色谱-质谱测定。

4. 测定

（1）色谱条件

色谱柱：HP-5 30m×0.25mm（内径）×0.25μm（膜厚），HP-5（或相当者）；色谱柱温度：65℃（1min）→15℃/min→280℃（15min）；进样口温度：280℃；离子源温度：230℃；传输线温度：280℃；离子源：EI 源；测定方式：选择离子监测方式；选择监测离子（m/z）：106、150、152、110、153、155；载气：氢气，纯度 99.999%，流速 1.0mL/min；进样方式：无分流进样；进样量：1.0μL；电子能量：70eV。

（2）色谱-质谱确证和测定　在上述仪器条件下经衍生化的丙烯酰胺保留时间约为 8.26min。符合下列条件即可确定样品中含有丙烯酰胺：在保留时间 8.26min 附近有峰出现，选定的质谱碎片离子在样品的选择离子质谱图中都能出现，样品峰的质谱图中各碎片离子的相对丰度为 153:155=1、150:152=1、106:150=0.6、110:153=0.6，以上离子相对丰度的偏差比不超过 20%。以 150 和 153 定量。

（3）空白试验　除不加试样外，按上述测定步骤进行。

五、结果计算

1. 丙烯酰胺和其同位素内标的相对校正因子按下式计算：

$$R = \frac{A_n \times c_1}{A_1 \times c_n} \tag{5-10}$$

式中，R 为丙烯酰胺和其同位素内标的相对校正因子；A_n 为丙烯酰胺标样的峰面积（峰高）；A_1 为同位素内标的峰面积（峰高）；c_n 为丙烯酰胺标样的浓度，ng/mL；c_1 为同位素内标的浓度，ng/mL。

2. 试样中丙烯酰胺的含量按下式计算：

$$X = \frac{A_{sn} \times m_{s1}}{A_{s1} \times R \times m} \tag{5-11}$$

式中，X 为试样中丙烯酰胺的含量，ng/g；R 为丙烯酰胺和其同位素内标的相对校正因子；A_{sn} 为实际样品丙烯酰胺衍生物的峰面积（峰高）；A_{s1} 为实际测定时同位素内标的峰面积（峰高）；m_{s1} 为实际测定时同位素内标的量，ng；m 为样品的质量，g。

六、注意事项

1. 本方法的最低检出限为 5ng/g。丙烯酰胺添加浓度在 5～1000ng/g 范围，回收率为 85%～106%。

2. 本方法适用于油炸和焙烤食品中丙烯酰胺的检测。

3. 气相色谱-质谱选择离子总离子流图参见图 5-2。气相色谱-质谱图参见图 5-3 和图 5-4。

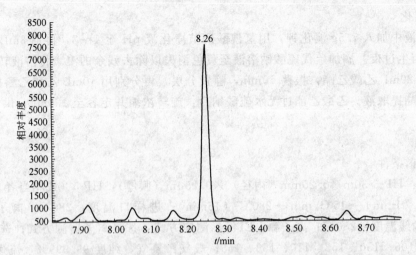

图 5-2　丙烯酰胺标准品衍生物气相色谱-质谱选择离子总离子流图（TIC）

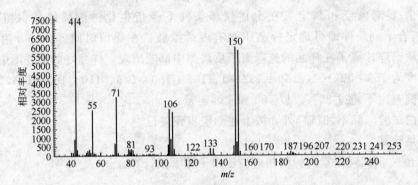

图 5-3　丙烯酰胺衍生物标准品气相色谱-全扫描质谱图

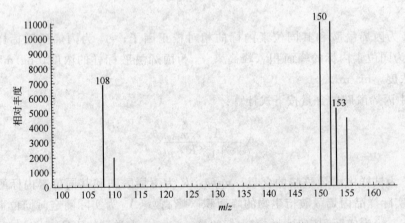

图 5-4　丙烯酰胺和其同位素的标记丙烯酰胺质谱图（SIM）

七、思考题

1. 为什么要对净化液中的丙烯酰胺进行衍生化？

2. 你对气相色谱-质谱联用仪用于食品成分的检测有何体会？

（任仙娥　王启军）

实验七 反式脂肪酸的检测

一、目的与要求

1. 掌握反式脂肪酸含量测定原理。

2. 学习脂肪酸甲酯化，以及气相色谱法分离顺式和反式脂肪酸甲酯的基本操作。

二、实验原理

植物油脂在碱性条件下与甲醇进行酯交换反应，生成脂肪酸甲酯。采用气相色谱法分离顺式脂肪酸甲酯和反式脂肪酸甲酯，依据内标定量反式脂肪酸。

三、仪器与试剂

1. 仪器

(1) 分析天平　精度 0.1mg。

(2) 气相色谱仪　配有氢火焰离子化检测器。

(3) 色谱柱　石英交联毛细管柱；固定液——高氰丙基取代的聚硅氧烷；柱长 100cm，内径 0.25mm，涂膜厚度 0.2μm；或性能相当的色谱柱。

(4) 粉碎机

(5) 组织捣碎机

(6) 电子天平

2. 试剂（材料）

(1) 盐酸（优级纯）、无水乙醇、乙醚、石油醚（60～90℃）、异辛烷（色谱纯）、一水合硫酸氢钠、无水硫酸钠、氢氧化钾-甲醇溶液（2mol/L）、十三烷酸甲酯标准品（纯度不低于 99%）。

(2) 内标溶液　称取适量十三烷酸甲酯，用异辛烷配制成浓度为 1mg/mL 的溶液。

(3) 脂肪酸甲酯标准品　已知含量的十八烷酸甲酯、反-9-十八碳烯酸甲酯、顺-9-十八碳烯酸甲酯、反-9,12-十八碳二烯酸甲酯、顺-9,12-十八碳二烯酸甲酯、反-9,12,15-十八碳三烯酸甲酯、顺-9,12,15-十八碳三烯酸甲酯、二十烷酸甲酯、顺-11-二十碳烯酸甲酯。

(4) 脂肪酸甲酯混合标准溶液 I　称取适量脂肪酸甲酯标准品（精确到 0.1mg），用异辛烷配制成每种脂肪酸甲酯含量约为 0.02～0.1mg/mL 的溶液。

(5) 脂肪酸甲酯混合标准溶液 II　称取适量十三烷酸甲酯、反-9-十八碳烯酸甲酯、反-9,12-十八碳二烯酸甲酯、顺-9,12,15-十八碳三烯酸甲酯各 10mg（精确到 0.1mg）于 100mL 的容量瓶中，用异辛烷定容至刻度，混合均匀。

四、实验内容

1. 脂肪酸甲酯的制备

称取约 60mg（精确到 0.1mg）油脂样品，置于 10mL 具塞试管中，依次加入 0.5mL 内标溶液、4mL 异辛烷、0.2mL 氢氧化钾-甲醇溶液，塞紧试管塞，剧烈振摇 1～2min，至试管内混合溶液澄清。加入 1g 一水合硫酸氢钠，剧烈振摇 0.5min，静置，取上清液待测。

2. 气相色谱测定

色谱条件如下所述。

色谱柱温度：采用程序升温法，色谱柱初温 60℃，保持 5min，然后以 5℃/min 的速度升至 165℃，1min 后以 2℃/min 的速度升至 225℃，保持 17min。

气化室温度：240℃。

检测器温度：250℃。

空气流速：300mL/min。

载气：氦气，纯度大于 99.995%，流速 1.3mL/min。

分流比：1：30。

五、结果计算

（1）相对质量校正因子的确定　吸取 1μL 脂肪酸甲酯混合标准溶液Ⅱ注入气相色谱仪，在上述色谱条件下确定十三烷酸甲酯、反-9-十八碳烯酸甲酯、反-9,12-十八碳二烯酸甲酯、顺-9,12,15-十八碳三烯酸甲酯各自色谱峰的位置和色谱峰面积。色谱图见图 5-5。反-9-十八碳烯酸甲酯、反-9,12-十八碳二烯酸甲酯、顺-9,12,15-十八碳三烯酸甲酯与十三烷酸甲酯相对应的质量校正因子（f_m）按下式计算：

$$f_m = \frac{m_j A_{st}}{m_{st} A_j} \tag{5-12}$$

式中，m_j 为脂肪酸甲酯混合标准液Ⅱ中反-9-十八碳烯酸甲酯、反-9,12-十八碳二烯酸甲酯或顺-9,12,15-十八碳三烯酸甲酯的质量，mg；A_{st} 为十三烷酸甲酯的色谱峰面积；m_{st} 为脂肪酸甲酯混合标准液Ⅱ中十三烷酸甲酯的质量，mg；A_j 为反-9-十八碳烯酸甲酯、反-9,12-十八碳二烯酸甲酯或顺-9,12,15-十八碳三烯酸甲酯的色谱峰面积。

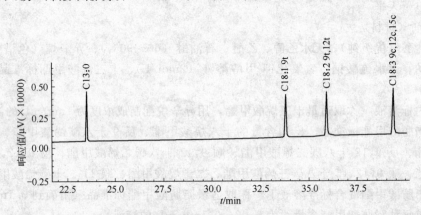

图 5-5　脂肪酸甲酯混合标准溶液Ⅱ色谱图

注意事项：

① 相对质量校正因子至少一个月测定一次，或每次重新安装色谱柱后也应测定。

② 反式十八碳一烯酸甲酯、反式十八碳二烯酸甲酯、反式十八碳三烯酸甲酯的相对质量校正因子值分别对应于反-9-十八碳烯酸甲酯、反-9,12-十八碳二烯酸甲酯、顺-9,12,15-十八碳三烯酸甲酯的校正因子值。

（2）反式脂肪酸甲酯色谱峰的判断　吸取 1μL 脂肪酸甲酯混合标准溶液Ⅰ注入气相色谱仪。在上述色谱条件下，反式十八碳一烯酸甲酯、反式十八碳二烯酸甲酯、反式十八碳三烯酸甲酯色谱峰的位置应符合图 5-6 所示。

（3）试样中反式脂肪酸的定量　吸取 1μL 待测试液注入气相色谱仪。在上述色谱条件下测定试液中各组分的保留时间和色谱峰面积。

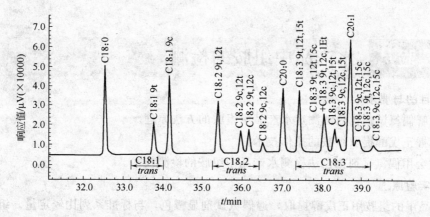

图 5-6 脂肪酸甲酯混合标准溶液 I 色谱图

某种反式脂肪酸占总脂肪的质量分数（X_i）按下式计算：

$$X_i = \frac{m_s \times A_i \times f_m \times M_{ai}}{m \times A_s \times M_{ei}} \times 100 \qquad (5\text{-}13)$$

式中，m_s 为加入样品中的内标物质（十三烷酸甲酯）的质量，mg；A_s 为加入样品中的内标物质（十三烷酸甲酯）的色谱峰面积；A_i 为成分 i 脂肪酸甲酯的色谱峰面积；m 为称取脂肪的质量，mg；M_{ai} 为成分 i 脂肪酸的相对分子质量；M_{ei} 为成分 i 脂肪酸甲酯的相对分子质量；f_m 为相对质量校对因子。

脂肪中反式脂肪酸的质量分数（X_t）按下式计算：

$$X_t = \sum X_i \qquad (5\text{-}14)$$

六、注意事项

1. 无水硫酸钠在使用前要在约 650℃灼烧 4h，降温后贮于干燥器内。

2. 氢氧化钾-甲醇溶液（2mol/L）采用下法配置：称取 13.1g 氢氧化钾，溶于约 80mL 甲醇中，冷却至室温，用甲醇定容至 100mL，加入约 5g 无水硫酸钠，充分搅拌后过滤，保留滤液。

3. 参考 GB/T 22110—2008。

七、思考题

食品中的反式脂肪酸含量如何测定？

（杨继国）

实验八 水产品中组胺的检测

一、目的与要求

1. 了解偶氮试剂比色法测定水产品中组胺的方法原理。

2. 掌握正戊醇提取组胺的操作技术。

3. 学会用偶氮试剂比色法检测水产品中组胺的检测技术。

二、实验原理

水产品中的组胺用正戊醇提取，遇偶氮试剂显橙色，与标准系列比较定量。组胺是水产品中游离的组氨酸在组氨酸脱羧酶作用下，发生脱羧反应而形成的一种胺类物质。脱羧酶来自一些含有组氨酸脱羧酶的微生物，如某些肠杆菌、弧菌属等，其中最主要的是摩根变形杆菌和组胺无色杆菌。当水产品受到这些细菌污染后，会产生大量的组胺，从而反映出水产品受微生物污染的程度。

三、仪器与试剂

（1）正戊醇；三氯乙酸溶液（100g/L）；碳酸钠溶液（50g/L）；氢氧化钠溶液（250g/L）；盐酸（1+11）。

（2）偶氮试剂

① 甲液：称取 0.5g 对硝基苯胺，加 5mL 盐酸溶液溶解后，再加水稀释至 200mL，置冰箱中。

② 乙液：亚硝酸钠溶液（5g/L），临用现配。

甲液 5mL、乙液 40mL 混合后立即使用。

（3）磷酸组胺标准贮备液　准确称取 0.2767g 于 （100±5）℃干燥 2h 的磷酸组胺，溶于水，移入 100mL 容量瓶中，加水至刻度。此溶液每毫升相当于 1.0mg 组胺。

（4）磷酸组胺标准使用液　吸取 1.0mL 磷酸组胺标准贮备液，置于 50mL 容量瓶中，加水稀释至刻度。此溶液每毫升相当于 20μg 组胺。

四、实验步骤

1. 样品处理

称取 5.00～10.00g 切碎样品，置于具塞锥形瓶中，加入 15～20mL 三氯乙酸溶液，浸泡 2～3h，过滤。吸取 2.0mL 滤液，置于分液漏斗中，加氢氧化钠溶液使呈碱性。每次加入 3mL 正戊醇，振摇 5min，提取三次。合并正戊醇提取液并稀释至 10.0mL。吸取 2.0mL 正戊醇提取液于分液漏斗中，每次加 3mL 盐酸（1+11）振摇提取三次，合并盐酸提取液并稀释至 10.0mL。备用。

2. 测定

吸取 2.0mL 盐酸提取液于 10mL 比色管中。另吸取 0、0.20mL、0.40mL、0.60mL、0.80mL、1.0mL 组胺标准使用液（相当于 0、4μg、8μg、12μg、16μg、20μg 组胺），分别置于 10mL 比色管中，加水至 1mL，再各加 1mL 盐酸溶液。样品与标准管各加 3mL 碳酸钠溶液、3mL 偶氮试剂，加水至刻度，混匀，放置 10min 后用 1cm 比色杯以零管为参比，于 480nm 波长处测吸光度，绘制标准曲线比较，或与标准系列目测比较。

五、结果计算

（1）计算公式

$$X = \frac{m_1}{m_2 \times \dfrac{2}{V_1} \times \dfrac{2}{10} \times \dfrac{2}{10} \times 1000} \times 100 \qquad (5\text{-}15)$$

式中，X 为样品中组胺的含量，mg/100g；V_1 为加入三氯乙酸溶液的体积，mL；m_1 为测定时试样中组胺的含量，μg；m_2 为试样质量，g。

（2）结果的表述　报告算术平均值精确至小数点后一位。

六、注意事项

1. 本方法的最低检出浓度为 5mg/100g，允许相对误差≤10％。

2. 用正戊醇提取三氯乙酸溶液中的组胺时，必须用氢氧化钠溶液调 pH 至碱性，以便于游离组胺的提取。

七、思考题

1. 组胺与偶氮试剂反应为什么要在酸性条件下进行？

2. 检验水产品新鲜度的方法还有哪些？说出它们的原理。

（杨继国）

实验九　挥发性盐基氮的检测

Ⅰ. 半微量定氮法

一、目的与要求
1. 掌握挥发性盐基氮的测定原理和操作方法。
2. 了解鲜（冻）肉、鱼、禽类等动物性食品新鲜程度的鉴别标准。

二、实验原理
挥发性盐基氮是指动物性食品由于酶和细菌的作用，在腐败过程中，使蛋白质分解而产生的氨以及胺类等碱性含氮物质，此类物质具有挥发性，可在弱碱性试剂氧化镁的作用下游离并蒸馏出来，被硼酸溶液吸收，用标准酸溶液滴定，从而计算其含量。

三、仪器与试剂
1. 仪器
定氮蒸馏装置；微量滴定管：最小分度 0.01mL。
2. 试剂
(1) 氧化镁混悬液（10g/L）　称取 1.0g 氧化镁，加 100mL 水，振摇成混悬液。
(2) 硼酸吸收液（20g/L）
(3) 0.010mol/L 盐酸标准溶液
(4) 混合指示剂　甲基红-乙醇指示剂（2g/L），次甲基蓝指示剂（1g/L），临用时将上述两种指示剂等量混合为混合指示液。

四、实验步骤
1. 试样处理
将试样除去脂肪、骨及腱后，绞碎搅匀，称取约 10.0g，置于锥形瓶中，加 100mL 水，不时振摇，浸渍 30min 后过滤，滤液置冰箱备用。
2. 蒸馏滴定
将盛有 10mL 吸收液及 5～6 滴混合指示剂的锥形瓶置于冷凝管下端，并使其下端插入吸收液的液面下，准确吸取 5.00mL 上述试样滤液于蒸馏器反应室内，加 5mL 氧化镁混悬液，迅速盖塞，并加水以防漏气，通入蒸汽进行蒸馏，蒸馏 5min 即停止，吸收液用 0.010mol/L 盐酸标准溶液滴定，终点至蓝紫色。同时做试剂空白试验。

五、结果计算
试样中挥发性盐基氮的含量按下面的公式计算。

$$X = \frac{(V_1 - V_2) \times c \times 14}{m \times 5/100} \times 100 \qquad (5\text{-}16)$$

式中，X 为试样中挥发性盐基氮的含量，mg/100g；V_1 为测定用样液消耗盐酸标准溶液体积，mL；V_2 为试剂空白消耗盐酸标准溶液体积，mL；c 为盐酸标准溶液的实际浓度，mol/L；14 为与 1.00mL 盐酸标准滴定溶液相当的氮的质量，mg；m 为试样质量，g。

六、注意事项
1. 样品浸渍液可用滤纸或多层纱布过滤除渣，如过滤液不立刻使用，应放冰箱保存。

2. 半微量蒸馏装置在使用前要用蒸馏水并通入水蒸气对其内室充分洗涤后，再开始进行空白试验。操作结束后用稀硫酸溶液并通入水蒸气洗净其内室残留物，再用蒸馏水清洗。进行样品蒸馏时，每个样品测定之间应用蒸馏水洗涤 2～3 次蒸馏器。

Ⅱ. 微量扩散法

一、目的与要求

1. 掌握微量扩散法测定挥发性盐基氮的具体方法。

2. 了解挥发性盐基氮的测定意义。

二、实验原理

挥发性含氮物质可在 37℃ 碱性溶液中释出，挥发后吸收于硼酸吸收液中，用标准酸溶液滴定，计算含量。

三、仪器与试剂

1. 仪器

微量扩散皿（标准型）：玻璃质，内外室总直径 61mm，内室直径 35mm；内室深度 5mm；外室壁厚 3mm，内室壁厚 2.5mm，加磨砂厚玻璃盖。

2. 试剂

（1）饱和碳酸钾溶液 称取 50g 碳酸钾，加 50mL 水，微加热助溶，使用上清液。

（2）水溶性胶 称取 10g 阿拉伯胶，加 10mL 水，再加 5mL 甘油及 5g 无水碳酸钾（或无水碳酸钠），研磨均匀。

（3）其余试剂 同半微量定氮法。

四、实验步骤

① 将水溶性胶涂于扩散皿的边缘，在皿中央内室加入 1mL 吸收液及 1 滴混合指示液。在皿外室一侧加入 1.00mL 按半微量定氮法中制备的样液，另一侧加入 1mL 饱和碳酸钾溶液，注意勿使两液接触。

② 盖上皿盖，密封后将皿于桌面上轻轻转动，使样液与碱液混合，然后于 37℃ 温箱内放置 2h，揭去盖，用盐酸标准溶液（0.010mol/L）滴定，终点呈蓝紫色。同时做试剂空白试验。

五、结果计算

试样中挥发性盐基氮的含量按下面的公式计算。

$$X = \frac{(V_1 - V_2) \times c \times 14}{m \times 1/100} \times 100 \tag{5-17}$$

式中，X 为试样中挥发性盐基氮的含量，mg/100g；V_1 为测定用样液消耗盐酸标准溶液体积，mL；V_2 为试剂空白消耗盐酸标准溶液体积，mL；c 为盐酸的实际浓度，mol/L；14 为与 1.00mL 盐酸标准滴定溶液相当的氮的质量，mg；m 为试样质量，g。

六、注意事项

1. 进行滴定终点观察时，空白试验与样品试验应色调一致。

2. 在重复条件下获得的两次独立测定结果的绝对差值不得超过算术平均值的 10%。

七、思考题

1. 本实验的两种方法中，为什么前者使用氧化镁而后者使用碳酸钾作碱性试剂？

2. 在微量扩散法中，中央内室的吸收剂为什么要采用硼酸，能用稀盐酸溶液代替吗？

（蒋志红）

实验十　分子水平检测食品中的病原微生物

一、目的与要求

1. 了解聚合酶链式反应法快速检测食品中病原微生物的实验方法。

2. 学习应用 PCR 检测法检测沙门菌的实验方法，掌握本实验的操作要点。

二、实验原理

聚合酶链式反应（polymerase chain reaction，PCR）的基本原理是在体外对特定的双链 DNA 片段进行高效扩增，故又称基因体外扩增法。该法首先是将靶 DNA 双链加热变性为单链，然后加入两段人工合成的与靶 DNA 两端互补的寡核苷酸片段作为引物，即左端引物和右端引物。该对引物与互补的 DNA 单链碱基互补结合后，在有 DNA 聚合酶和 4 种 dNTPs 底物存在的情况下，引物沿模板 DNA 链按 5′端→3′端方向延伸，自动合成新的 DNA 双链。新合成 DNA 双链又可作为扩增的模板，继续重复以上的 DNA 多聚酶链反应。经过 25～35 次循环，可将靶 DNA 序列扩增近百万倍。

三、仪器与试剂

1. 仪器

匀质器；振荡器；电子天平；冰箱；恒温培养箱；无菌锥形瓶；无菌试管；PCR 仪；电泳装置；凝胶分析成像系统；高速离心机。

2. 试剂

试剂盒组成：DNA 提取液；Tris 饱和酚；三氯甲烷；亚硫酸铋（BS）琼脂；HE（Hektoen Enteric）琼脂；木糖赖氨酸脱氧胆盐（XLD）琼脂；科玛嘉沙门菌属显色培养基；PCR 反应液；PCR 检测试剂盒；琼脂糖；50×TAE 缓冲液；DNA 分子量标记物（100～1000bp）；10×PCR 缓冲液。

四、实验步骤

1. 样品的制备、增菌和分离

称取 25g（mL）样品放入盛有 225mL 缓冲蛋白胨水（BPW）的无菌匀质杯中，以 8000～10000r/min 匀质 1～2min，或置于盛有 225mL BPW 的无菌匀质袋中，用拍击式匀质器拍打 1～2min，若样品为液态，则不需要匀质，振荡混匀。如需要测定 pH 值，用 1mol/mL 无菌氢氧化钠或盐酸调节 pH 至 6.8±0.2。无菌操作将样品转移至 500mL 锥形瓶中，如使用匀质袋，可直接进行培养，于（36±1）℃培养 8～18h。

轻轻摇动培养过的样品混合物，取 1mL 转种于 10mL 四硫磺酸盐煌绿增菌液（TTB）内，于（42±1）℃培养 18～24h。同时，另取 1mL 转种于 10mL 亚硒酸盐胱氨酸增菌液（SC）内，于（36±1）℃培养 18～24h。

分别用接种环取增菌液 1 环，划线接种于一个 BS 琼脂平板和一个 XLD 琼脂平板（或 HE 琼脂平板或嘉显色培养基平板）上。于（36±1）℃分别培养 BS 琼脂平板 40～48h 和 XLD 琼脂平板（或 HE 琼脂平板或嘉显色培养基平板）18～24h，观察各个平板上生长的菌落。各个平板上的菌落特征如表 5-3 所示。

2. 细菌模板 DNA 的提取

表 5-3 菌落特征对照表

琼脂平板	沙门菌菌落特征
BS 琼脂	菌落为黑色有金属光泽、棕褐色或灰色,菌落周围培养基可呈黑色或棕色;有些菌株形成灰绿色的菌落,周围培养基不变
XLD 琼脂	菌落呈粉红色,带或不带黑色中心,有些菌株可呈现大的带光泽的黑色中心,或呈现全部黑色菌落;有些菌株为黄色菌落,带或不带黑色中心
HE 琼脂	菌落呈蓝绿色或蓝色,多数菌落中心黑色或几乎全黑色;有些菌株为黄色,中心黑色或几乎全黑色
嘉显色培养基	菌落为紫红色

(1) 直接提取法　取 1mL 培养的增菌液加入 1.5mL 的离心试管中,8000r/min 离心分离 5min,除去上层清液;加入 50μL DNA 提取液,混匀后沸水浴 5min,12000r/min 离心分离 5min,取上层清液保存于 -20℃备用待检。取分离到的可疑菌落,加入 50μL DNA 提取液,重复上述操作步骤制备模板 DNA 以待检。

(2) 有机溶剂提纯法　取 1mL 培养的增菌液加入 1.5mL 的离心试管中,8000r/min 离心分离 4min,除去上层清液;加入 750μL DNA 提取液,混匀后沸水浴 5min,加 700μL 酚-三氯甲烷 (1:1),振荡均匀,13000r/min 离心分离 5min,除去上层清液,加入 70% 乙醇溶液洗涤,13000r/min 离心分离 5min,沉淀置于 20μL 核酸溶解液中,保存于 -20℃备用待检。

3. PCR 扩增

① 引物的序列见表 5-4。

表 5-4　PCR 检测沙门菌的引物序列

病原菌	引物名称	引物序列	扩增片段
沙门菌	invA	5′-gtg aaa tta tcg cca cgt tcg ggc aa-3′ 5′-tca tcg cac cgt caa agg aac c-3′	284bp

② 对照设置。空白对照为以水代替 DNA 模板;阴性对照采用非目标菌的 DNA 作为 PCR 反应的模板;阳性对照采用含有检测序列的 DNA 作为 PCR 反应的模板。

将抗体与等量样品提取液在玻璃试管内混合振荡后,室温下静置 15min。启封酶标板,用洗液 2×3min 洗板后在吸水纸上拍干,分别在适当孔位加入此抗体-抗原反应液及空白对照液 (3 孔) 和阴性对照液 (3 孔),130μL/孔,37℃湿盒中孵育 (或加盖以保持相对湿度),2h 后,倒掉反应液并拍干,用洗液 3×3min 洗板,拍干。

③ PCR 反应体系见表 5-5。

表 5-5　PCR 反应体系

组　分	反应体系	组　分	反应体系
10×PCR 缓冲液	2.5μL	反向引物(10pmol/L)	1μL
dNTPs(各 2.5mol/L)	1.0μL	Taq 酶(5U/μL)	0.5μL
氯化镁(25mmol/L)	3.0μL	模板(样品的 DNA)	2.0μg
UNG 酶(1U/μL)	0.06μL	水	补足反应体系 25μL 的总体积
正向引物(10pmol/L)	1μL		

④ PCR 反应参数见表 5-6。

⑤ PCR 扩增产物的电泳检测。用 1×TAE (或 0.5×TBE) 电泳缓冲液制备 1.8%～2%琼脂糖凝胶 (55～60℃时加入溴化乙锭,至浓度为 0.5μg/mL)。取 8～15μL PCR 扩增产

表 5-6　PCR 检测反应参数

病原菌	预变性	扩增	循环数	后延伸
沙门菌	95℃/5min	95℃/30s 64℃/30s 72℃/30s	35	72℃/5min

物，分别与 $2\mu L$ 上述缓冲液均匀混合，用 DNA 分子量标记物作参照，选择电压为 $3\sim5mV$ 进行电泳，电泳时间为 $20\sim40min$。用凝胶成像系统进行观察分析并记录结果。

五、结果分析

在阴性对照未出现条带，阳性对照出现预期大小的扩增条带条件下，如待测样品未出现相应大小的扩增条带，则可报告该样品检验结果为阴性；如待测样品出现相应大小扩增条带则可判定该样品结果为假定阳性，则回到传统的检测步骤，进一步按照 GB/T 4789.4 标准方法进行确认。

如阴性对照出现条带和/或阳性对照未出现预期大小的扩增条带，则该次待检样品的检测结果无效，需在排除污染因素的条件下重新取样，重新检测。

六、思考题

1. 同一对引物是否可以同时检测出几种病原微生物？
2. PCR 用于检测病原微生物的依据有哪几个方面？

（李　铁）

 **实验十一** 食品塑料包装材料中氯乙烯单体的检测

一、目的与要求

1. 了解气相色谱法测定食品塑料包装材料中氯乙烯单体的方法和原理。

2. 学习固体试样中的挥发性成分顶空气相色谱分析技术。

3. 掌握气相色谱仪的使用方法。

二、实验原理

试样在密闭的玻璃瓶中，用 N,N-二甲基乙酰胺溶解，经一定时间的加热调节，使残留氯乙烯单体（RVCM）在气液两相之间达到热力学平衡，气体自顶空取出，注入气相色谱柱分离，以氢火焰离子化检测器（FID）检出，与标准系列比较定量。

三、仪器与试剂

1. 仪器

① 气相色谱仪，具氢火焰离子化检测器（FID）。

② 恒温器，可控制在（70～90）℃±1℃。

③ 磁力搅拌器（镀铬铁丝 2cm×20cm 为搅拌棒）。

④ 气密注射器（1mL、2mL、5mL 或其他适宜体积）。

⑤ 微量注射器（10μL、100μL、200μL 或其他适宜体积）。

⑥ 玻璃样品瓶及密封盖，（25±0.5）mL，使用温度70℃，耐压 0.05MPa。带密封垫和金属螺旋密封帽，密封垫中不能产生对氯乙烯的干扰峰。

2. 试剂

① N,N-二甲基乙酰胺（DMAC），在测试条件下不含与氯乙烯的色谱保留时间相同的任何杂质。

② 氯乙烯单体（VCM），纯度大于 99.5%。

四、实验步骤

1. 色谱条件

（1）色谱柱　不锈钢柱，2m×4mm；407 有机担体，60～80 目，200℃老化 4h。

（2）温度　柱温100℃；进样口温度150℃；检测器（FID）温度150℃。

（3）气体流速　氮气 30mL/min；氢气 50mL/min；空气 350～400mL/min。

2. 标准气的配制

取一只玻璃样品瓶，放几粒玻璃珠，盖紧密封盖后称量，精确至 0.0001g。用气密注射器取 5mL 氯乙烯气体（99.5%）注入样品瓶中称量，精确至 0.0001g，摇匀后静置 10min，立即使用。

该标准气的浓度按下式计算。

$$c_1 = \frac{W_2 - W_1}{V_1 + V_2} \times 10^6 \tag{5-18}$$

式中，c_1 为氯乙烯标准气的浓度，μg/mL；W_1 为放进玻璃珠的样品瓶质量，g；W_2 为放进玻璃珠的样品瓶注入 5mL 氯乙烯气体后的质量，g；V_1 为样品瓶的体积，mL；V_2 为加入氯乙烯气体的体积，mL。

3. 标准样的配制

用微量注射器吸取 0、5μg、10μg、15μg、20μg、25μg 的标准气，分别注入预先装有 3mL DMAC 的 6 只样品瓶中（精确吸取），摇匀待用。配成 0～5.0μg/mL 氯乙烯标准系列。

4. 试样的制备

将样品剪成细小颗粒，迅速称取 0.1～1g，精确至 0.1mg。放入玻璃样品瓶中，再放入一根镀锌的 φ2mm×20mm 铁丝，立即密封。将上述样品瓶放在磁力搅拌器上，在缓慢搅拌下，用气密注射器精确注入 3mL DMAC，使样品溶解。

5. 试样的平衡

将标准瓶和试样瓶一起置于恒温器中，于（70±1）℃恒温 30min 以上，使氯乙烯气液达到平衡。

6. 测定

将气密注射器预先恒温至与试样溶液相同的温度，依次从平衡后的标准样和试样瓶中迅速吸取 1mL 顶空气注入色谱仪，检测记录氯乙烯峰面积。

五、结果计算

$$c_{RVCM} = \frac{A_1 \times W_{VCM}}{A_2 \times W}$$ (5-19)

式中，c_{RVCM} 为试样中氯乙烯单体含量，mg/kg；A_1 为试样中氯乙烯的峰面积，mm²；A_2 为与试样峰面积相近的标准样的峰面积，mm²；W_{VCM} 为与试样峰面积相近的标准样中 VCM 的质量，μg；W 为试样质量，g。

六、注意事项

1. 本方法摘自 GB/T 4615—2008 中方法 A。方法的最低检出限为 0.5mg/kg，相对标准差≤15%。

2. 氯乙烯是有毒物质，接触操作必须在通风橱中进行。

3. 为了得到准确的结果，样品的制备应尽快完成，以使残留单体的损失最少。对于氯乙烯均聚及共聚树脂样品，当试验室需要交换或者贮存时，需将样品填满玻璃瓶并密封。如超过 24h，试验报告中需注明样品的贮存时间。

4. 氯乙烯标准气也可使用市售的含氮气、空气或氦气的已知浓度的氯乙烯标准气直接制备标准样。

5. 每一试样平行进行两次测定，以两次测定值的算术平均值为测试结果。

七、思考题

1. 应用顶空气相色谱技术检测氯乙烯残留量属于直接测定法还是间接测定法？

2. 试样平衡过程中为什么对平衡温度的波动范围有要求？

（吴晓萍）

实验十二 水发食品中甲醛含量检测

Ⅰ. 定性筛选法

一、目的与要求

掌握定性筛选水发食品是否含有甲醛的快速方法，灵活应用于水发食品中甲醛含量的检测。

二、实验原理

水发食品是指为了使产品食用方便或外观美观等原因，经水浸泡加工而成的食品原材料，如水发虾仁、水发海参、水发牛百叶、水发海带等。若在浸泡水中加入甲醛则可使水发出来的产品形态饱满、色泽鲜亮、体积增大且持水性好。但甲醛是一种化学试剂，其毒性约是甲醇的 30 倍，对人的神经系统、肺、肝脏都有损害，还会引起人体内分泌功能紊乱，引发过敏性皮炎、哮喘等，因此对含甲醛的水发食品必须严格检测并清出市场，以维护人们的饮食安全。利用水溶液中游离的甲醛与某些化学试剂的特异性反应形成特定的颜色进行鉴别。

三、仪器与试剂

1. 仪器

组织捣碎机或研钵；10mL 纳氏比色管。

2. 试剂

（1）1％间苯三酚溶液　称取固体间苯三酚 1g，溶于 100mL 12％氢氧化钠溶液中，此溶液临用时现配。

（2）4％盐酸苯肼溶液

（3）盐酸溶液（1+9）　量取盐酸 100mL，加到 900mL 的水中。

（4）5％亚硝基亚铁氰化钠溶液

（5）10％氢氧化钾溶液

四、实验步骤

1. 取样

可取样品的水发溶液直接测定，也可将样品沥水后取可食部分用组织捣碎机捣碎，称取 10g 于锥形瓶中，加入 20mL 蒸馏水，振荡 30min，离心后取上清液作为制备液进行定性测定。

2. 测定

（1）间苯三酚法　取样品制备液 5mL 于 10mL 纳氏比色管中，后加入 1mL 1％间苯三酚溶液，2min 内观察颜色变化。溶液若呈橙红色，则有甲醛存在，且甲醛含量较高；溶液若呈浅红色，则含有甲醛，且含量较低；溶液若无颜色变化，则甲醛未检出。

（2）亚硝基亚铁氰化钠法　取样品制备液 5mL 于 10mL 纳氏比色管中，后加入 1mL 4％盐酸苯肼溶液以及 3～5 滴新配的 5％亚硝基亚铁氰化钠溶液，再加入 3～5 滴 10％氢氧化钾溶液，5min 内观察颜色变化。溶液呈蓝色或灰蓝色，说明有甲醛，且甲醛含量高；溶液若呈浅蓝色，说明有甲醛，且甲醛含量低；溶液若呈淡黄色，则甲醛未检出。

1. 水发鱿鱼、水发虾仁等样品的制备液因带浅红色，不适合间苯三酚法。

2. 以上两种方法中任何一种方法都可作为甲醛的定性测定方法，必要时两种方法同时使用。

Ⅱ. 定量测定法

一、目的与要求

学习掌握定量测定水发食品中甲醛含量的测定原理和方法。

二、实验原理

样品中的甲醛在磷酸介质中经水蒸气加热蒸馏，冷凝后经水溶液吸收，蒸馏液与乙酰丙酮反应，生成黄色的二乙酰基二氢二甲基吡啶，用分光光度计在 413nm 处比色定量。

三、仪器与试剂

1. 仪器

分光光度计；圆底烧瓶：1000mL、250mL；容量瓶：200mL；纳氏比色管：20mL；调温电热套或电炉；组织捣碎机；蒸馏液冷凝接收装置。

2. 试剂

(1) 磷酸溶液 (1+9) 取 100mL 磷酸，加到 900mL 的水中，混匀。

(2) 乙酰丙酮溶液 称取乙酸铵 25g，溶于 100mL 蒸馏水中，加冰醋酸 3mL 和乙酰丙酮 0.4mL，混匀，贮存于棕色瓶，在 2~8℃冰箱内保存。

(3) 0.1mol/L 碘溶液 称取 40g 碘化钾，溶于 25mL 水中，加入 12.7g 碘，待碘完全溶解后，加水定容至 1000mL，移入棕色瓶中，暗处贮存。

(4) 1mol/L 氢氧化钠溶液

(5) 硫酸溶液 (1+9)

(6) 0.1mol/L 硫代硫酸钠标准溶液

(7) 0.5％淀粉溶液 此液应当日配制。

(8) 甲醛标准贮备液 吸取 0.3mL 含量为 36％~38％的甲醛溶液于 100mL 容量瓶中，加水稀释至刻度，即为甲醛标准贮备液，冷藏保存两周。

(9) 甲醛标准溶液 (5μg/mL) 根据甲醛标准贮备液的浓度，精密吸取适量于 100mL 容量瓶中，用水定容至刻度，配制甲醛标准溶液，混匀备用，此液应当日配制。

四、实验步骤

1. 样品处理

取样品的水发溶液或将样品沥水后取可食部分用组织捣碎机捣碎，称取 10g 于 250mL 圆底烧瓶中，加入 20mL 蒸馏水，用玻璃棒搅拌混匀，浸泡 30min 后加 10mL 磷酸 (1+9) 溶液后立即通入水蒸气蒸馏。接收管下口事先插入盛有 20mL 蒸馏水且置于冰浴的蒸馏液接收装置中。收集蒸馏液至 200mL，同时做空白对照实验。

2. 甲醛标准贮备液的标定

精密吸取配好的甲醛溶液 10.00mL，置于 250mL 碘量瓶中，加入 25.00mL 0.1mol/L 碘溶液、7.50mL 1mol/L 氢氧化钠溶液，放置 15min；再加入 10.00mL (1+9) 硫酸，放置 15min；用浓度为 0.1mol/L 的硫代硫酸钠标准溶液滴定，当滴至淡黄色时，加入 1.00mL 0.5％淀粉指示剂，继续滴定至蓝色消失，记录所用硫代硫酸钠体积 V₁ (mL)。同时用水作试剂做空白滴定，记录空白滴定所用硫代硫酸钠体积 V_0（mL）。

甲醛标准贮备液的浓度用下式计算。

$$X_1 = \frac{(V_0 - V_1) \times c \times 15 \times 1000}{10} \tag{5-20}$$

式中，X_1 为甲醛标准贮备液中甲醛的浓度，mg/L；V_0 为空白滴定消耗硫代硫酸钠标准溶液的体积，mL；V_1 为滴定甲醛消耗硫代硫酸钠标准溶液的体积，mL；c 为硫代硫酸钠溶液的摩尔浓度，mol/L；15 为 1mL 1mol/L 碘相当的甲醛的量，mg；10 为所用甲醛标准贮备液的体积，mL。

3. 标准曲线的绘制

精密吸取 5μg/mL 甲醛标准液 0、2.0mL、4.0mL、6.0mL、8.0mL、10.0mL 于 20mL 纳氏比色管中，加水至 10mL；加入 1mL 乙酰丙酮溶液，混合均匀，置沸水浴中加热 10min，取出用水冷却至室温；以空白液为参比，于波长 413nm 处，以 1cm 比色皿进行比色，测定吸光度，绘制标准曲线。

4. 样品测定

根据样品蒸馏液中甲醛浓度高低，吸取蒸馏液 1～10mL，补充蒸馏水至 10mL，测定过程同标准曲线的绘制，记录吸光度。每个样品应做两个平行测定，以其算术平均值为分析结果。

五、结果计算

$$X_2 = \frac{c_2 \times 10}{m_2 \times V_2} \times 200 \tag{5-21}$$

式中，X_2 为样品中的甲醛含量，mg/kg；c_2 为查曲线结果，μg/mL；10 为显色溶液的总体积，mL；m_2 为样品质量，g；V_2 为样品测定取蒸馏液的体积，mL；200 为蒸馏液总体积，mL。

六、注意事项

1. 样品中甲醛的检出限为 0.50mg/kg。
2. 甲醛标准液使用前应标定。

七、思考题

1. 定性筛选法和定量测定法各有什么优缺点？
2. 影响定量测定准确性的因素有哪些？

（任仙娥）

 **实验十三　奶制品中三聚氰胺的检测**

一、目的与要求

利用高效液相色谱法（HPLC）快速有效地检测出奶制品中的三聚氰胺含量，保证食用奶制品的安全。

二、实验原理

试样用三氯乙酸溶液-乙腈提取，经阳离子交换固相萃取柱净化后，用高效液相色谱测定，以外标法定量。

三、仪器与试剂

1. 仪器

(1) 高效液相色谱（HPLC）仪　配有紫外检测器或二极管阵列检测器。

(2) 分析天平　感量为 0.0001g 和 0.01g。

(3) 离心机　转速不低于 4000r/min。

(4) 超声波水浴

(5) 固相萃取装置

(6) 氮气吹干仪

(7) 涡旋混合器

(8) 具塞塑料离心管　50mL。

(9) 研钵

2. 试剂

除非另有说明，所有试剂均为分析纯，水为 GB/T 6682 规定的一级水。

(1) 甲醇　色谱纯。

(2) 乙腈　色谱纯。

(3) 氨水　含量为 25%～28%。

(4) 三氯乙酸

(5) 柠檬酸

(6) 辛烷磺酸钠　色谱纯。

(7) 甲醇水溶液　准确量取 50mL 甲醇和 50mL 水，混匀后备用。

(8) 三氯乙酸溶液（1%）　准确称取 10g 三氯乙酸于 1L 容量瓶中，用水溶解并定容至刻度，混匀后备用。

(9) 氨化甲醇溶液（5%）　准确量取 5mL 氨水和 95mL 甲醇，混匀后备用。

(10) 离子对试剂缓冲液　准确称取 2.10g 柠檬酸和 2.16g 辛烷磺酸钠，加入约 980mL 水溶解，调节 pH 至 3.0 后，定容至 1L 备用。

(11) 三聚氰胺标准品　CAS 108-78-01，纯度大于 99.0%。

(12) 三聚氰胺标准贮备液　准确称取 100mg（精确到 0.1mg）三聚氰胺标准品于 100mL 容量瓶中，用甲醇水溶液溶解并定容至刻度，配制成浓度为 1mg/mL 的标准贮备液，于 4℃ 避光保存。

(13) 阳离子交换固相萃取柱　混合型阳离子交换固相萃取柱，基质为苯磺酸化的聚苯乙烯-二乙烯基苯高聚物，60mg，3mL，或相当者。使用前依次用 3mL 甲醇、5mL 水活化。

（14）定性滤纸

（15）海砂　化学纯，粒度 0.65～0.85mm，二氧化硅（SiO_2）含量为 99%。

（16）微孔滤膜　0.2μm，有机相。

（17）氮气　纯度≥99.999%。

四、实验步骤

1. 样品处理

（1）提取

① 液态奶、奶粉、酸奶、冰激凌和奶糖等。称取 2g（精确至 0.01g）试样于 50mL 具塞塑料离心管中，加入 15mL 三氯乙酸溶液和 5mL 乙腈，超声提取 10min，再振荡提取 10min 后，以不低于 4000r/min 离心 10min。上清液经三氯乙酸溶液润湿的滤纸过滤后，用三氯乙酸溶液定容至 25mL，移取 5mL 滤液，加入 5mL 水混匀后做待净化液。

② 奶酪、奶油和巧克力等。称取 2g（精确至 0.01g）试样于研钵中，加入适量海砂（试样质量的 4～6 倍）研磨成干粉状，转移至 50mL 具塞塑料离心管中，用 15mL 三氯乙酸溶液分数次清洗研钵，清洗液转入离心管中，再往离心管中加入 5mL 乙腈，余下操作同上。

注：若样品中脂肪含量较高，可以用三氯乙酸溶液饱和的正己烷液-液分配除脂后再用固相萃取柱（SPE柱）净化。

（2）净化　将上述待净化液转移至固相萃取柱中，依次用 3mL 水和 3mL 甲醇洗涤，抽至近干后，用 6mL 氨化甲醇溶液洗脱。整个固相萃取过程流速不超过 1mL/min。洗脱液于 50℃下用氮气吹干，残留物（相当于 0.4g 样品）用 1mL 流动相定容，涡旋混合 1min，过微孔滤膜后，供 HPLC 测定。

2. 高效液相色谱测定

（1）HPLC 参考条件

① 色谱柱：C8 柱，250mm×4.6mm（i.d.），5μm，或相当者；C18 柱，250mm×4.6mm（i.d.），5μm，或相当者。

② 流动相：C8 柱，离子对试剂缓冲液-乙腈（85+15，体积比），混匀；C18 柱，离子对试剂缓冲液-乙腈（90+10，体积比），混匀。

③ 流速：1.0mL/min。

④ 柱温：40℃。

⑤ 波长：240nm。

⑥ 进样量：20μL。

（2）标准曲线的绘制　用流动相将三聚氰胺标准贮备液逐级稀释得到的浓度为 0.8μg/mL、2μg/mL、20μg/mL、40μg/mL、80μg/mL 的标准工作液，浓度由低到高进样检测，以峰面积-浓度作图，得到标准曲线回归方程。

（3）定量测定　待测样液中三聚氰胺的响应值应在标准曲线线性范围内，超过线性范围则应稀释后再进样分析。

五、结果计算

试样中三聚氰胺的含量由色谱数据处理软件或按下式计算获得。

$$X = \frac{A \times c \times V \times 1000}{A_s \times m \times 1000} \times f \qquad (5\text{-}22)$$

式中，X 为试样中三聚氰胺的含量，mg/kg；A 为样液中三聚氰胺的峰面积；c 为标准溶液中三聚氰胺的浓度，μg/mL；V 为样液最终定容体积，mL；A_s 为标准溶液中三聚氰胺的峰面积；m 为试样的质量，g；f 为稀释倍数。

六、注意事项

1. 设置空白试验。

2. 参考 GB/T 22388—2008，本方法的定量限为 2mg/kg。

3. 在添加浓度 2～10mg/kg 范围内，回收率在 80%～110% 之间，相对标准偏差小于 10%。

4. 在重复性条件下获得的两次独立测定结果的绝对差值不得超过算术平均值的 10%。

（杨继国）

实验十四　食品中苏丹红染料的测定

一、目的与要求

学习食品中苏丹红染料高效液相色谱法测定的原理和方法。

二、实验原理

苏丹红色素是应用于油彩蜡、地板蜡和香皂等化工产品中的一种非生物合成的着色剂、非食用色素，长期食用具有致癌、致畸作用。苏丹红色素一般不溶于水，易溶于有机溶剂，待测样品经有机溶剂提取，经浓缩及氧化铝柱分离萃取净化，用反相高效液相色谱-紫外可见光检测器进行分析，采用外标法定量。

三、仪器与试剂

1. 仪器

高效液相色谱仪（配有紫外可见光检测器）；分析天平（感量 0.1mg）；旋转蒸发仪；匀质机或匀浆机；粉碎机；离心机；0.45μm 有机滤膜。

2. 试剂

（1）乙腈（HPLC）；丙酮（HPLC，分析纯）；甲酸（分析纯）；乙醚（分析纯）；正己烷（分析纯）；无水硫酸钠（分析纯）。

（2）色谱柱管　1cm×5cm 的注射器管。

（3）氧化铝（中性，100～200 目）　105℃干燥 2h，于干燥器中冷却至室温，每 100g 中加入 2mL 水降活，均匀后密封，放置 12h 后使用。

（4）氧化铝色谱柱　在色谱柱管底部塞入一薄层脱脂棉，干法装入处理过的氧化铝至3cm 高，经敲实后加一薄层脱脂棉，用 10cm 正己烷预淋洗，洗净柱杂质后备用。

（5）5％丙酮的正己烷溶液　吸收 50mL 丙酮用正己烷定容至 1L。

（6）标准物质　苏丹红Ⅰ、苏丹红Ⅱ、苏丹红Ⅲ、苏丹红Ⅳ（各物质纯度≥95％）。

（7）标准贮备溶液　分别称取苏丹红Ⅰ、苏丹红Ⅱ、苏丹红Ⅲ及苏丹红Ⅳ 10.0mg（按实际含量折算），用乙醚溶解后用正己烷定容至 250mL。

四、实验步骤

1. 样品制备

将液体、浆状样品混合均匀，固体样品需粉碎研磨。

2. 样品处理

（1）红辣椒粉等粉状样品　称取 1～2g（准确至 0.001g）样品于锥形瓶中，加入 10～20mL 正己烷，超声处理 5min，过滤，用 10mL 正己烷洗涤残渣数次，至洗出液无色，合并正己烷液，用旋转蒸发仪浓缩至 5mL 以下，慢慢加入氧化铝色谱柱中。为保证色谱分离效果，在柱中保持正己烷液面为 2mm 左右时上样，在全程色谱过程中不应使柱变干，用正己烷少量多次淋洗浓缩瓶，一并注入色谱柱。控制氧化铝表面吸附的色素带宽宜小于 0.5cm，待样液完全流出后，视样品中含油类杂质的多少用 10～30mL 正己烷洗柱，直至流出液无色，弃去全部正己烷淋洗液，用含 5％丙酮的正己烷液 60mL 洗脱，收集、浓缩后，用丙酮转移并定容至 5mL，经 0.45μm 有机滤膜过滤后待测。

（2）红辣椒油、火锅料、奶油等油状样品　称取 0.5～2g（准确至 0.001g）样品于小烧杯中，加入约 1～10mL 正己烷溶解，难溶解的样品可于正己烷中加温溶解。然后上柱，以下操作同（1）。

（3）辣椒酱、番茄沙司等含水量较大的样品 称取 10～20g（准确至 0.01g）样品于离心管中，加 10～20mL 水将其分散成糊状，含增稠剂的样品多加水，加入 30mL 正己烷-丙酮（3∶1），匀浆 5min，3000r/min 离心 10min，吸出正己烷层，于下层再 2 次加入 20mL 正己烷匀浆并过滤。合并正己烷层，加入无水硫酸钠 5g 脱水，过滤后用旋转蒸发仪蒸干并保持 5min，用 5mL 正己烷溶解残渣后上柱，以下操作同（1）。

（4）香肠等肉制品 称取粉碎样品 10～20g（准确至 0.01g）于锥形瓶中，加入 60mL 正己烷充分匀浆 5min，滤出清液，再 2 次用 20mL 正己烷匀浆并过滤。合并 3 次滤液，加入 5g 无水硫酸钠脱水，过滤后于旋转蒸发仪上蒸至 5mL 以下上柱，以下操作同（1）。

3. 测定

（1）色谱检测条件

色谱柱：Zorbax SB-C18，3.5μm，4.6mm×150mm（或相当型号色谱柱）。

流动相：溶剂 A 为 0.1%甲酸的水溶液∶乙腈（体积比为 85∶15）；溶剂 B 为 0.1%甲酸的乙腈溶液∶丙酮（体积比为 80∶20）。

梯度洗脱条件见表 5-7。

表 5-7 梯度洗脱条件

| 流速/(mL/min) | 时间/min | 流 动 相 | | 曲 线 |
		A/%	B/%	
1.0	0	25	75	线性
1.0	10.0	25	75	线性
1.0	25.0	0	100	线性
1.0	32.0	0	100	线性
1.0	35.0	25	75	线性
1.0	40.0	25	75	线性

柱温：30℃。

检测波长：苏丹红Ⅰ 478nm；苏丹红Ⅱ、苏丹红Ⅲ、苏丹红Ⅳ 520nm；于苏丹红Ⅰ出峰后切换。

（2）标准曲线制备 吸取标准贮备溶液 0、0.1mL、0.2mL、0.4mL、0.8mL、1.6mL，用正己烷定容至 25mL，此标准系列浓度为 0、0.16μg/mL、0.32μg/mL、0.64μg/mL、1.28μg/mL、2.56μg/mL，各进样 10μL，绘制标准曲线。

（3）样品测定 吸取 10μL 样品处理液，按标准曲线制备检测色谱条件对样品进行测定。与标样对照，根据峰保留时间定性以及相应峰面积定量。

五、结果计算

样品中苏丹红含量由下式计算。

$$X = \frac{c \times V}{m} \tag{5-23}$$

式中，X 为样品中苏丹红含量，mg/kg；c 为由标准曲线得出的样液中苏丹红浓度，μg/mL；V 为样液定容体积，mL；m 为样品质量，g。

六、注意事项

1. 不同厂家和不同批号氧化铝的活度有差异，应根据购置的氧化铝产品略作调整。活度的调整是采用标准溶液过柱，将 $1\mu g/mL$ 的苏丹红混合标准溶液 1mL 加到柱中，用 5% 丙酮正己烷溶液 60mL 完全洗脱为准，4 种苏丹红在色谱柱上的流出顺序为苏丹红Ⅱ、苏丹红Ⅳ、苏丹红Ⅰ、苏丹红Ⅲ，可根据每种苏丹红回收率做出判断。苏丹红Ⅱ、苏丹红Ⅳ的回收率较低，表明氧化铝活性偏低，苏丹红Ⅲ的回收率偏低时表明活性偏高。

2. 苏丹红色素色谱分离图如图 5-7 所示。

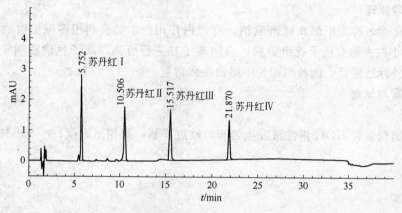

图 5-7　苏丹红标准色谱图

七、思考题

1. 样品前处理时，使色素提取液过氧化铝柱可去除哪些杂质？
2. 做完本实验你有哪些体会？

（任仙娥）

实验十五　面粉中吊白块的检测

一、目的与要求

1. 了解离子色谱仪的结构和分析方法。

2. 掌握离子色谱法检测面粉中吊白块的方法。

二、实验原理

吊白块化学名称为甲醛次硫酸氢钠，有漂白作用。本实验利用稀碱提取面粉中的吊白块，过 C18 小柱去除有机干扰组分后，以阴离子柱进行分离，离子色谱法测定。依据保留时间定性，外标法定量，能检测面粉中吊白块残留量。

三、仪器与试剂

1. 仪器

离子色谱仪：带 KOH 淋洗液发生器和自动进样器；固相萃取仪；C18 小柱；超声波清洗器。

2. 试剂

(1) 甲醇

(2) 氢氧化钠

(3) 超纯水（Milipore 纯水系统制备）

(4) 0.01mol/L NaOH 提取液　称取 0.40g 氢氧化钠固体，加水溶解，定容至 1000mL。

(5) 吊白块标准贮备溶液　精确称取 0.1000g 甲醛次硫酸氢钠（吊白块）固体于 100mL 容量瓶中，用 NaOH 提取液溶解并定容至刻度，摇匀。临用时用 NaOH 提取液稀释成 0.01mg/mL 的吊白块标准溶液。

四、实验步骤

1. 色谱条件

① AS-19 阴离子柱分析柱，AG-19 型保护柱，柱温 30℃；

② KOH(10mmol/L) I 淋洗液，流速：1.0mL/min；

③ ASRS-UL-TRAIL 4mm 抑制器，自循环模式，抑制电流 50mA；

④ 电导检测器，检测池温度 30℃；

⑤ 进样体积：25μL。

2. 标准曲线绘制

分别吸取吊白块标准溶液（0.01mg/mL）0.00、0.50mL、1.00mL、1.50mL、2.00mL 于 10mL 比色管中，用 NaOH 提取液定容至刻度，摇匀，配成相当于浓度为 0.00、0.50mg/L、1.00mg/L、1.50mg/L、2.00mg/L 的吊白块标准系列溶液，经 0.2μm 微孔滤膜过滤后装入自动进样器样品管中进行检测，以峰面积（A）对浓度（c，mg/L）作图，得标准曲线。

3. 试样的制备

称取约 5.00g 面粉样品于 100mL 烧杯中，加 NaOH 提取液 30mL 超声提取 10min，过滤，滤渣继续用 NaOH 提取液洗涤 2～3 次后弃去，合并滤液于 100mL 容量瓶中，用提取液定容至刻度，摇匀。于固相萃取仪上以 10 滴/min 的流速将 C18 小柱依次用 5mL 甲醇和 10mL 超纯水清洗后，将样品溶液上柱，弃去前 5mL 流出液，收集 5mL 流出液，经 0.2μm 微孔滤膜过滤后装入自动进样器样品管中，供离子色谱分析。

五、结果计算

$$X = \frac{c \times V}{m} \tag{5-24}$$

式中，X 为甲醛次硫酸氢钠含量，mg/kg；c 为样液中甲醛次硫酸氢钠浓度（从标准曲线上查得），mg/L；V 为样液总体积，mL；m 为样品质量，g。

六、注意事项

1. 吊白块是一种弱酸盐，在碱性条件下其水溶液会电离产生稳定存在于溶液中的甲醛次硫酸氢根，采用超声提取 10min 可提高提取速度，使样液中微量残留的吊白块浓度较快达到最大值。

2. 本法定量检出限为 0.05mg/L。

七、思考题

1. 吊白块经加热后可分解成甲醛和二氧化硫，利用检测甲醛和二氧化硫的方法，将所得的结果叠加，是否能得出吊白块的含量？与本实验的方法比较，有哪些不妥之处？

2. 本方法中，使用 C18 小柱的主要目的是什么？

（戚穗坚）

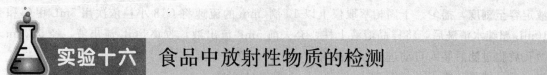

一、目的与要求

1. 了解食品中放射性物质检验的国家标准。

2. 学习食品中放射性氢-3的检测方法。

二、实验原理

鲜样经燃烧-氧化，使游离水和有机物中的氢全部转化成水。收集的水经纯化后以电解法浓集氚，用液体闪烁计数器测量氚的放射性。

三、仪器与试剂

1. 仪器

（1）液体闪烁计数器　本底计数率不大于60计数/min，^{3}H计数效率不小于20%。

（2）燃烧-氧化装置　见图5-8。

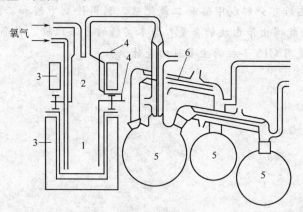

图 5-8　燃烧-氧化装置

1—燃烧室；2—氧化室；3—高温炉；4—热电偶；5—水接收瓶；6—冷凝管

（3）电解装置　见图5-9和图5-10。

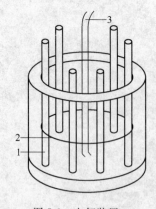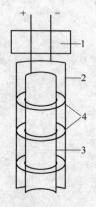

图 5-9　电解装置

1—电解池；2—固定架；3—冷却水管

图 5-10　电极

1—橡皮塞；2—镍阴极；3—镍阳极；4—塑料环

2. 试剂

（1）闪烁液　取6g 2,5-二苯基噁唑（PPO）、0.3g 1,4-双-2-(5-苯基噁唑)-苯（POPOP）和100g萘，溶解于蒸馏纯化过的二氧六环中并稀释至1L。保存在黑纸包好的棕色瓶内，避光备用。PPO和POPOP均为闪烁纯。

（2）标准氚水　已知准确[3]H活度，稀释后备用。

（3）本底水　电导率小于$2 \times 10^{-6}\Omega \cdot cm^{-1}$。

（4）过硫酸钾

（5）过氧化钠

（6）磷酸

四、实验步骤

1. 样品采样和可食部分采集

参考GB 14883.1。对氢-3（[3]H）的放射化学测定法应直接采用鲜样分析。需水洗涤的样品，洗后用干净干布擦去表面水，或晾至表面水刚除尽立即称量，其质量即为鲜样质量。

2. 样品的燃烧-氧化

称取1.00kg洗净、晾干的食品鲜样，装入燃烧室内，按图5-8将燃烧-氧化装置连接好。先通氧气，流速控制在0.5～0.7L/min，赶尽装置内空气；然后接通两个高温炉电源，使氧化室的温度升至700℃，再加热燃烧室，当燃烧室的温度升至100℃时，就有水分流入接收瓶。保持这个温度，直到水分流出速度变慢时再缓慢升温。当温度升到200～300℃时，升温要尽可能慢，并仔细观察通氧情况。一般燃烧室温度升至500℃以上就无馏分流出。控制在600℃，继续燃烧一段时间，使食品样品完全氧化，然后切断电源，停止加热和通气。燃烧室中产生的气体经氧化室时被氧化，水蒸气通过冷凝管收集于接收瓶。

3. 水样纯化

测量所收集的水量总体积后转入500mL蒸馏瓶，加入20～30g过硫酸钾，氧化回流约2h，若溶液仍带色，可再加10g左右过硫酸钾后回流2h。重复氧化回流操作直至完全褪色。将蒸馏瓶接入蒸馏装置蒸馏，所得的水密封在磨口烧瓶内。

4. 电解浓集

电解过程是在如图5-9所示装置内进行的。记录电解前纯化过的水样体积并配成1%过氧化钠溶液作为电解液。电解前镍电极（图5-10）应事先浸泡在热的稀磷酸溶液中数分钟，取出后用水冲洗烘干，然后装入电解池（图5-9）。电解时电流密度为65mA/cm²，用自来水冷却。每次电解样品水的同时，在电解池的对称位置电解两个加有标准氚水与样品等体积的水样，以测定电解过程[3]H的回收率。电解直到电解液体积缩小至1/10左右结束，记录电解后体积。电解完毕后，直接蒸馏样品三次，把浓集了[3]H的水从电解液中分离出来。

5. 测量

准确吸取浓集后水样2.00mL于聚四氟乙烯测量瓶内，与8.00mL闪烁液混匀，放入液体闪烁计数器的样品室内避光数小时（一般是当天制的样品放入样品室，于第二天测量）。按样品—本底—样品的顺序在相同条件下进行放射性测量。

五、结果计算

$$A = \frac{N \times V}{60V_s PYEW} \tag{5-25}$$

$$A_T = \frac{138.9N}{V_s PYE}$$

式中，A 为样品中 ^3H 含量，Bq/kg 或 Bq/L；A_T 为样品中 ^3H 含量，氚单位；E 为仪器对 ^3H 的测量效率；N 为样品净计数率，计数/min；P 为浓集系数，$P=V_i/V_e$（V_i、V_e 分别为电解前、后样品水的体积）；V 为燃烧过程收集的样品水体积，mL；V_s 为测量样品体积，mL；W 为分析样品鲜样量，kg；Y 为电解过程 ^3H 的回收率，$Y=\dfrac{I_e V_e}{I_i V_i}$（$I_i$、$V_i$ 和 I_e、V_e 分别为标准氚水电解前、后的放射性活度和体积）。

六、注意事项

1. 食品放射性检验实验室和所用器皿应严防放射性污染。

2. 检验时必须做平行样品。

3. 进行食品放射性检验的实验室应采取质量控制的措施。工作人员在进行食品放射性物质检验前应熟悉检验方法原理、分析程序及注意事项，并具备相应的分析操作基本技能，应尽可能防止和减少非系统误差。实验室内应定期进行标准参考物质的分析，以检验系统误差，当发现较大系统误差时必须及时查找产生原因并采取纠正的措施。每天至少用所用测量仪器测量标准源一次，以校验测量仪器是否处于正常状态及测量效率波动情况。

4. 食品中放射性物质检验的采样、预处理和检验结果报告以及其他放射性物质的检测，可参阅 GB 14883.1～14883.10。食品中放射性物质限制浓度标准可参阅 GB 14882。

七、思考题

1. 根据样品 ^3H 含量的计算公式，讨论影响结果准确度的因素是什么？

2. 本方法中，使用过硫酸钾的主要目的是什么？

(戚穗坚)

 **实验十七　转基因大豆的测定**

一、目的与要求

1. 了解检测转基因大豆的实验原理和实验方法，以及相关的国内外检测转基因大豆安全性的限定要求。

2. 学习和实际应用 PCR 检测法定性检测转基因大豆中转基因成分的实验方法，掌握实验仪器的操作要点。

二、实验原理

目前，可用于检测大豆中转基因作物成分的方法有很多，但就其原理而言大致可分为两类：基于 DNA 的检测方法和基于蛋白质的检测方法。

应用聚合酶链式反应（PCR）方法检测大豆中转基因成分的原理是：首先提取样品中的总 DNA，然后根据样品可能出现的转基因作物中的外源 DNA 序列，设计相应引物，在最佳反应条件下进行 PCR 扩增，经过一定的反应时间试样中所含有的微量转基因成分就被扩大了，经过凝胶电泳在紫外光下就可显示出来。应用该方法检测灵敏度高，因此其是最常用的检测 DNA 的方法。但是应用这种方法只能对大豆中是否含有转基因成分进行定性检测，不能定量，并且容易出现假阳性结果，有时往往还需要其他方法来验证。为了增强检测的准确性和进行定量，定量 PCR 开始用于检测转基因成分。该方法是在 PCR 反应体系中加入了可以产生荧光的特异性探针，这种探针在 PCR 进行过程中由于合成产物量的不同而发出不同亮度的荧光，因此，可以根据 PCR 反应中荧光的变化而进行估计反应体系中 DNA 的量。

三、仪器与试剂

1. 仪器

天平；恒温孵育装置；离心机；研钵或适当的粉碎装置；冰箱；振荡器；高温灭菌器；高温干燥箱；分光光度计；微量移液管；基因扩增仪；电泳仪；凝胶成像分析仪；实时荧光 PCR 仪。

2. 试剂

CTAB 缓冲液：十六烷基三甲基溴化铵（CTAB）20/L，Tris-HCl 0.1mol/L（pH 8.0），乙二胺四乙酸（EDTA）0.02mol/L；Tris 饱和酚；三氯甲烷/异戊醇（24∶1）；异丙醇；TE 溶液（10mmol/L Tris，1mmol/L EDTA，pH 8.0）；RNA 酶溶液：5μg/μL；10×PCR 反应液；终止液；PBS-T 洗液；氯化镁：25mmol/L；dNTPs（dATP，dCTP，dGTP，dUTP）溶液：各 25mmol/L；*Taq* 酶：5U/μL；引物：检测转基因大豆的内源基因和外源基因时，所用的引物序列如表 5-8 所示。实验蒸馏水；溴化乙锭（EB）：10mg/mL；DNA 分子量标记物；琼脂糖；50×TAE 缓冲液：242g Tris 碱，57.1mL 冰醋酸，100mL 0.5mol/L EDTA（pH 8.0）；RRS 标准样，非转基因大豆标准样。

四、实验步骤

1. 样品的预处理

称取 50g 待检大豆样品，用经过湿热灭菌（121℃/30min）或干热灭菌（180℃/2h）处

表 5-8　引物序列

检测基因	引 物 序 列	扩增片段长度	基因属性
Lectin：植物凝集素基因	正：5′-gcc ctc tac tcc acc ccc atc c-3′ 反：5′-gcc cat ctg caa gcc ttt ttg tg-3′	118bp	内源基因
	正：5′-tgc cga agc aac caa aca tga tcc t-3′ 反：5′-tga tgg atc tga tag aat tga cgt t-3′	438bp	
CaMV35S：启动子	正：5′-gat agt ggg att gtg cgt ca-3′ 反：5′-gct cct aca aat gcc atc a-3′	195bp	外源基因
NOS：终止子	正：5′-gaa tcc tgt tgc cgg tct tg-3′ 反：5′-tta tcc tag ttt gcg cgc ta-3′	180bp	外源基因
CP4 EPSPS：标记基因	正：5′-ctt ctg tgc tgt agc cac tga tgc-3′ 反：5′-cca cta tcc ttc gca aga ccc ttc c-3′	320bp	外源基因
	正：5′-cct tcg caa gac cct tcc tct ata-3′ 反：5′-atc ctg gcg ccc atg gcc tgc atg-3′	513bp	

理过的研钵或适当的粉碎装置将其粉碎成 0.5mm 左右的样品颗粒。

2. 提取样品的 DNA

（1）CTAB 法　分别称取 100mg 预处理过的样品，加入到两支 1.5mL 离心试管中，同时设定试剂提取对照。加入 600μL CTAB 缓冲液，振荡均匀，65℃恒温培育 30min。加入 500μL Tris 饱和酚/三氯甲烷/异戊醇（25∶24∶1），振荡均匀后，12000r/min 离心分离 15min。吸取上层清液，注入一支新的离心试管，加入等体积的异丙醇，12000r/min 离心分离 10min。除去上层清液，加入 70%乙醇溶液洗涤，12000r/min 离心分离 1min。再次除去上层清液，干燥后用 50μL TE 溶液溶解沉淀。加入 5μL RNA 酶溶液，37℃恒温培育 30min。加入 400μL CTAB 溶液，振荡均匀。加入 250μL Tris 饱和酚/三氯甲烷/异戊醇，振荡均匀后，12000r/min 离心分离 15min。吸取上层清液，注入一支新的离心试管，加入 200μL 异丙醇，12000r/min 离心分离 10min。除去上层清液，干燥后用 50μL TE 溶液溶解沉淀。

（2）试剂盒法　使用根据不同提取原理的基因组提取试剂盒时，按照操作说明书进行操作。选择试剂盒时以所提取 DNA 的质量和提取率高为原则。

3. 提取样品 DNA 的质量评估

（1）紫外分光光度法　将样品中提取的 DNA 用分光光度计测定，分别计算核酸的纯度和浓度，DNA 在 260nm 处有最大的吸收峰，蛋白质在 280nm 处有最大的吸收峰。因此，可以用 260nm 波长进行测定 DNA 浓度，OD 值为 1 相当于大约 50μg/mL 双链 DNA 或 38μg/mL 单链 DNA。根据此时读出的 OD_{260} 值即可计算出样品中 DNA 稀释前的浓度。

$$DNA\ 浓度(\mu g/mL) = \frac{OD_{260} \times 稀释倍数}{0.026 \times L} \tag{5-26}$$

式中，L 为光径，一般为 1cm。

$$DNA\ 纯度 = OD_{260}/OD_{280} \tag{5-27}$$

此比值在 1.7~2.0 较好，符合 PCR 检测要求，若比值较高说明含有 RNA，比值较低说明有残余蛋白质存在。

（2）电泳检测法　用 1%凝胶电泳进行检测，PCR 扩增反应完成之后，必须通过严格的鉴定，才能确定是否真正得到了准确可靠的预期特定扩增产物。与标准的 DNA 标记物（Marker）对照，根据电泳结果确定所得的 DNA 为目标 DNA。

（3）定性 PCR 检测法　通过定性 PCR 来检测大豆样品中固有的内源基因 *Lectin*，根据检测结果判定提取的 DNA 是否满足 PCR 检测要求，PCR 的反应体系和循环参数见表 5-9 和表 5-10，操作步骤参见"定性 PCR 检测"部分。

4. 定性 PCR 检测

检测转基因大豆中的内源基因和外源基因采用的 PCR 检测反应体系见表 5-9，反应体系也可根据需要作适当的调整。

表 5-9　PCR 检测反应体系

组　分	反应体系	组　分	反应体系
10×PCR 缓冲液	$5\mu L$	反向引物(10pmol/L)	$1\mu L$
dNTPs(各 2.5mol/L)	$4\mu L$	*Taq* 酶(5U/μL)	$0.5\mu L$
氯化镁(25mmol/L)	$4\mu L$	模板(样品的 DNA)	$0.5\sim3\mu g$
正向引物(10pmol/L)	$1\mu L$	水	补足反应体系 $50\mu L$ 的总体积

进行 PCR 检测时反应体系必须设置阳性对照、阴性对照和空白对照。阳性对照以标准的转基因大豆中提取的 DNA 作为模板；阴性对照以标准的非转基因大豆中提取的 DNA 作为模板；而空白对照用配制反应体系的实验用水代替模板。

标准的转基因大豆中内源基因和外源基因的 PCR 检测的参考反应条件见表 5-10，根据检测仪器的性能反应条件可作适当调整。

表 5-10　PCR 检测的参考反应条件

被扩增的基因	变性	扩增	循环次数	最后延伸
Lectin	94℃/5min	94℃/30s 54℃/40s 72℃/60s	40	72℃/7min
CaMV 35S NOS	94℃/5min	94℃/30s 54℃/40s 72℃/60s	40	72℃/7min
CP 4 EPSPS	94℃/5min	94℃/30s 60℃/40s 72℃/60s	40	72℃/7min

用 1×TAE（或 0.5×TBE）电泳缓冲液制备 2%琼脂糖凝胶（凝胶熔化后晾至 60℃时加入溴化乙锭，含量为 $0.5\mu g/mL$）。按比例将 $10\mu L$ 的 PCR 产物与上述缓冲液均匀混合，分别加入对应的凝胶孔中，同时加入 DNA 分子量标记物，选择电压 3～5mV 进行电泳，电泳时间为 20～40min。用凝胶成像系统进行观察分析并记录结果。

五、结果计算

1. 根据内源基因 *Lectin* 扩增情况来判断所提取的 DNA 的质量，必要时进行样品 DNA 的纯化或者重新提取。

2. 样品内源基因 *Lectin* 扩增为阳性，样品的外源基因 *CaMV 35S* 和 *NOS* 扩增为阳性，其相应的阳性对照、阴性对照和空白对照正确无误，可据此结果判定被检样品中含有 *CaMV 35S* 和 *NOS* 转基因成分。如果外源基因 *CP 4 EPSPS* 的扩增结果同样呈阳性，其相应的阳性对照、阴性对照和空白对照正确无误，则可以判定样品和从中提取 DNA 作为阳性对照标准转基因大豆相同。

3. 样品内源基因 *Lectin* 扩增为阳性，样品的外源基因 *CaMV 35S*、*NOS* 和 *CP 4 EP-SPS* 中仅有一个为阳性，则判定被检样品的结果可疑，需要进一步实验确证。

六、思考题

在定性 PCR 检测转基因大豆中转基因成分的实验方法基础上，如何定量地分析和检测转基因大豆中的转基因成分？

（李　铁）

第六章　保健食品中功能成分的检测

 **实验一**　大豆寡肽的含量测定

一、目的与要求
1. 掌握使用高效液相色谱法测定大豆寡肽的方法。
2. 学习利用梯度洗脱对样品进行分离检测。

二、实验原理
寡肽是指 10 个以下的氨基酸缩合成的肽。样品经制备、提取后，经高效液相色谱仪分析，可根据保留时间来定性，采用外标法以色谱峰面积定量。

三、仪器与试剂
1. 仪器

高效液相色谱仪，带紫外检测器和二元梯度泵系统；超声振荡器；微孔滤膜过滤器。

2. 试剂

(1) 三氟乙酸（TFA）

(2) 乙腈

(3) 超纯水

(4) 寡肽标准溶液　精密称取双甘肽、还原性谷胱甘肽和氧化性谷胱甘肽（纯度≥98.0%）各 20mg，置于 10mL 容量瓶中，加水至接近刻度，超声处理 30min，最后加水至刻度，摇匀，使每毫升溶液含各自对应的标准物质 2mg。

四、实验步骤
1. 样品的处理

(1) 液体样品　准确吸取 0.5~5.0mL 样品，用水稀释至 50mL。

(2) 固体、半固体样品　固体样品粉碎、磨细（过 80 目筛）、混匀，半固体样品混匀，称取 0.05~0.5g 样品（精确至 0.1mg），用水溶解并定容至 50mL 容量瓶中。

(3) 离心、过滤、收集样品　将上述样品溶液用超声振荡 20min 后，离心 15min。取上清液用 0.45μm 微孔滤膜过滤，收集滤液备用。

2. 色谱条件

(1) 色谱柱　Spherisorb ODS 柱，5mm×250mm，3μm。

(2) 流动相　流动相 A：0.1% 的三氟乙酸-超纯水；流动相 B：0.1% 的三氟乙酸-乙腈。

(3) 梯度洗脱条件

时间/min	0	10	20	30	35
流动相 A/%	100	30	40	80	100
流动相 B/%	0	70	60	20	0

（4）检测波长　225nm。

（5）流速　1.0mL/min。

（6）进样量　10μL。

（7）柱温　36℃。

3. 标准曲线的制作

分别取寡肽标准溶液 0.2mL、0.4mL、0.6mL、0.8mL、1.0mL（相当于各寡肽标准分别为 0.4mg、0.8mg、1.2mg、1.6mg、2.0mg）在色谱条件下进行 HPLC 分析，以峰面积-浓度作图，绘制标准曲线或回归方程。

4. 测定

将样品溶液注入高效液相色谱仪，确保样品溶液中双甘肽、还原性谷胱甘肽和氧化性谷胱甘肽的相应值均在标准曲线的线性范围内，从标准曲线查得样品液中双甘肽、还原性谷胱甘肽和氧化性谷胱甘肽的浓度。

五、结果计算

样品中各寡肽组分的含量分别按下式计算：

$$X_i = c_i \times \frac{V}{m} \tag{6-1}$$

式中，X_i 为试样中单一寡肽组分的含量，mg/kg 或 mg/L；c_i 为试样中单一寡肽组分的浓度（从标准曲线上查得），mg/L；V 为试样总的稀释体积，mL；m 为试样的体积或质量，mL 或 g。

六、注意事项

流动相在上机前应进行脱气处理。

七、思考题

1. 分析柱的颗粒度对结果的精密度和准确度有影响吗？

2. 要提高结果的准确性，在实验过程中需注意哪些细节？

（戚穗坚）

 **实验二 赖氨酸的测定**

一、目的与要求

1. 掌握使用分光光度法检测食品中赖氨酸的原理和方法。

2. 了解测定氨基酸的常用方法。

二、实验原理

用铜离子阻碍游离氨基酸的 α-氨基，使赖氨酸的 α-氨基可以自由地与 1-氟-2,4-二硝基苯（FDNB）反应，生成 ε-DNP-赖氨酸。经酸化和用二乙基醚提取，在波长 390nm 处有吸收峰，从而求出样品中游离赖氨酸的含量。

三、仪器与试剂

1. 仪器

分光光度计，1cm 的石英比色皿；离心机；水浴锅。

2. 试剂

（1）氯化铜溶液　称取 28.0g 无水氯化铜，用水稀释至 1000mL。

（2）磷酸三钠溶液　称取 68.5g 无水磷酸钠，用水稀释至 1000mL。

（3）硼酸盐缓冲液，pH＝9.1～9.2　称取 54.64g 带 10 个结晶水的四硼酸钠，用水稀释至 1000mL。

（4）磷酸铜悬浮液　搅拌下将 200mL 氯化铜溶液缓慢加入 400mL 磷酸三钠溶液中，将所得的悬浮液离心 5min（2000r/min），用硼酸盐缓冲液再悬浮沉淀，洗涤离心 3 次，把最后的沉淀悬浮在硼酸盐缓冲液中，并用缓冲液稀释至 1L。

（5）1-氟-2,4-二硝基苯（FDNB）溶液　吸取 FDNB 10mL 用甲醇稀释至 100mL。

（6）赖氨酸-HCl 标准溶液　称取一定量赖氨酸-HCl，配制成 200mg/L 的标准溶液。

（7）丙氨酸溶液　100g/L。

四、实验步骤

① 称取过 40 目筛的均匀试样 1.00g，置于 100mL 烧瓶中。另吸取赖氨酸-HCl 标准溶液 5mL（相当于 1mg 赖氨酸-HCl），连同试剂空白同时进行试验。

② 向各烧瓶中加入 25mL 磷酸铜悬浮液，再加 10％丙氨酸 1.0mL 振摇 15min，再加入 10％ FDNB 溶液 0.5mL，然后将烧瓶置沸水中加热 15min。

③ 取出烧瓶，马上加入 1mol/L 的 HCl 溶液 25mL，并不断摇动使之酸化和分散均匀。

④ 令烧瓶中的溶液冷却至室温，用水稀释至 100mL，取约 40mL 悬浮液进行离心；用 25mL 二乙基醚提取上清液 3 次，除去醚；并将溶液收集于有刻度试管中，于 65℃水浴中加热 15min，除去残留的醚；记录溶液的体积。

⑤ 吸取上述各处理液 10mL，分别与 95％乙醇溶液 10mL 混合，用滤纸过滤。

⑥ 用试剂空白调零，测定样液 A_{390}，与赖氨酸-HCl 标准溶液对照，求出样品中赖氨酸-HCl 的含量。

五、结果计算

样品中赖氨酸-HCl 的含量按下式计算。

$$X = \frac{A_{390}^{样品} - A_{390}^{空白}}{A_{390}^{标准} - A_{390}^{空白}} \times \frac{c_s}{m} \tag{6-2}$$

式中，X 为样品中赖氨酸-HCl 的含量，mg/L 或 mg/kg；c_s 为赖氨酸-HCl 标准溶液的浓度，mg/L；$A_{390}^{样品}$ 为样品在 390nm 波长下的吸光值；$A_{390}^{空白}$ 为空白在 390nm 波长下的吸光值；$A_{390}^{标准}$ 为赖氨酸-HCl 标准溶液在 390nm 波长下的吸光值；m 为试样的体积或质量，mL 或 g。

六、注意事项

1. 本法在 0～40mg/L 赖氨酸含量范围内呈良好线性关系。

2. 必须要同时进行试剂空白的实验，并做平行实验。

3. 加入磷酸铜悬浮液后的振摇要充分。

七、思考题

1. 实验中添加丙氨酸的目的是什么？

2. 为什么要使用二乙基醚提取酸化后的溶液？改用其他溶剂可以吗？

（戚穗坚）

实验三　牛磺酸的检测

Ⅰ. 高效液相色谱法测定食品中的牛磺酸

一、目的与要求
1. 学习利用衍生反应进行含量测定。
2. 掌握使用 HPLC 检测食品中牛磺酸含量的原理和方法。

二、实验原理
牛磺酸（taurine）是一种具有广泛生理功能的含硫 β-氨基酸，化学名称为 2-氨基乙基磺酸。牛磺酸是游离氨基酸，易溶于水、乙醇，难溶于乙醚，试样中的牛磺酸经水提取，固体样品再经 6% 磺基水杨酸脱蛋白，去除蛋白的干扰后，用衍生剂衍生，衍生物经 C_{18} 柱分离，于其最大吸收波长 330nm 处检测，根据保留时间和峰面积可进行定性定量。

三、仪器与试剂
1. 仪器
高效液相色谱仪（带紫外检测器）；离心机；超声波清洗器；微孔滤膜过滤器。

2. 试剂
(1) 邻苯二甲醛（OPA）
(2) 乙硫醇
(3) 硼酸
(4) 甲醇
(5) 乙腈
(6) 氢氧化钠
(7) 牛磺酸
(8) 60g/L 磺基水杨酸溶液　称取 6.0g 磺基水杨酸，加水溶解至 100mL。
(9) 0.4mol/L 硼酸钠缓冲液　称取 2.48g 硼酸和 1.41g 氢氧化钠，用水溶解定容至 100mL。
(10) 衍生剂　称取 0.1g OPA 用 10mL 甲醇溶解，加 0.1mL 乙硫醇，以 0.4mol/L 硼酸钠缓冲液定容至 100mL；当天配制当天使用。
(11) 牛磺酸标准溶液　精密称取 0.0500g 牛磺酸，用水溶解后移入 50mL 容量瓶中，并用水稀释至刻度，摇匀，使每毫升溶液含牛磺酸 1mg。
(12) 牛磺酸标准使用液　吸取牛磺酸标准溶液 1.0mL 于 50mL 容量瓶中，加水至刻度，得 0.020mg/mL 的牛磺酸标准使用液。

四、实验步骤
1. 样品的处理
(1) 液体样品　准确吸取 1.0mL 样品，用水稀释至 100mL，待衍生用。
(2) 奶粉　称取 1.0g 样品，用水定容至 25.0mL，吸取 3.0mL 于离心管中，再加 3.0mL 60g/L 磺基水杨酸溶液，离心 15min，吸取 2.0mL 上清液于 5mL 容量瓶中，滴加 1mol/L 氢氧化钠调 pH 至中性，用水定容至 5.0mL，待衍生用。

（3）谷类食品　称取 1.0g 样品，用水定容至 25.0mL，充分搅匀后，静置 5min，吸取 3.0mL 上清液于离心管中，再加 3.0mL 60g/L 磺基水杨酸溶液，离心 15min，吸取 2.0mL 上清液于 5mL 容量瓶中，滴加 1mol/L 氢氧化钠调 pH 至中性，用水定容至 5.0mL，待衍生用。

2. 色谱条件

（1）色谱柱　μ-Bondapak C_{18} 柱，3.9mm×300mm，10μm。

（2）流动相　甲醇-乙腈-水（体积比 1：1：8）。

（3）检测波长　330nm。

（4）流速　1mL/min。

3. 衍生反应及测定

吸取 2.5mL 上述定容液于 5mL 具塞离心管中，再准确加入 2.5mL 邻苯二甲醛（OPA）衍生剂，摇匀，反应 2min 后，经 0.45μm 的微孔滤膜过滤，马上进样 20μL 进行 HPLC 分析，测定峰面积，从标准曲线查得测定液中牛磺酸的含量。

4. 标准曲线

分别吸取牛磺酸标准使用液 0、0.5mL、1.0mL、1.5mL、2.0mL、2.5mL，加水至 2.5mL，再准确加入 2.5mL 衍生剂，摇匀，反应 2min 后，经 0.45μm 的微孔滤膜过滤，马上进样 20μL 进行 HPLC 分析，以峰面积-浓度作图，绘制标准曲线或回归方程。

五、结果计算

$$X = \frac{c \times V_2}{V_1 \times 1000} \tag{6-3}$$

式中，X 为试样中牛磺酸的含量，g/kg（L）；c 为测定液中牛磺酸的浓度（从标准曲线上查得），mg/mL；V_2 为试样总的稀释体积，mL；V_1 为试样的体积或质量，mL（g）。

六、注意事项

1. 本法的牛磺酸检出限为 20.0ng；检出浓度 80mg/kg（L）；线性范围 0～0.05mg。

2. 所有试样及标准从反应到进样的时间应保持一致，并控制在 5min 以内。

3. 参考 GB/T 5009.169—2003。

七、思考题

1. 为什么牛磺酸需要衍生后才进行检测？在什么情况下需要对待检测物质进行衍生化？

2. 就本实验而言，如果待测物质的出峰时间太早，该如何调节流动相的比例以推迟出峰时间？

Ⅱ. 荧光法测定食品中的牛磺酸

一、目的与要求

掌握荧光法测定食品中牛磺酸的方法。

二、实验原理

牛磺酸在 2-巯基乙醇的存在下，能与邻苯二甲醛缩合，产生蓝色荧光。该法选择性好、操作简便，样品经过前处理，能避免其他氨基酸的干扰，适合食品中牛磺酸含量的测定。

三、仪器与试剂

1. 仪器

荧光分光光度计（$\Delta\lambda_{ex}=5.0nm$，$\Delta\lambda_{em}=5.0nm$，1cm 石英荧光池）；离心机；色谱柱。

2. 试剂

（1）乙醇

（2）氯仿

（3）邻苯二甲醛乙醇溶液 10g/L，存放于暗处。

（4）2-巯基乙醇溶液 5g/L，存放于暗处。

（5）缓冲溶液 用2mol/L氢氧化钠调节0.05mol/L四硼酸钠至pH=9.5。

（6）阳离子交换树脂 AG50WX8，200～400目，H^+型，10mm×30mm。

（7）牛磺酸标准溶液 精密称取0.0500g牛磺酸，用水溶解后移入50mL容量瓶中，并用水稀释至刻度，摇匀，使每毫升溶液含牛磺酸1mg。

（8）牛磺酸标准使用液 吸取牛磺酸标准溶液5.0mL于50mL容量瓶中，加水至刻度，得0.100mg/mL的牛磺酸标准使用液。

四、实验步骤

1. 样品的处理

取样品溶液10mL，以70%乙醇制成匀浆，离心10min（3000r/min），沉淀以乙醇洗一次，合并乙醇液，加95%乙醇至醇浓度为80%，静置，沉淀，得无脂上清液。马上取3mL上清液与8mL氯仿混合，猛烈搅拌3min，离心（2000r/min），用吸管分离无脂水相（含游离氨基酸提取物）；调节样液的pH至1.5，过阳离子交换树脂进行分离，用适量蒸馏水洗提，中和流出液。洗脱液中含有牛磺酸。

2. 测定

将10g/L邻苯二甲醛乙醇溶液0.5mL加入到30mL缓冲溶液中，再加入5g/L的2-巯基乙醇溶液0.5mL。取该溶液2mL，加入牛磺酸标准溶液1mL，混合，用荧光分光光度计读取荧光强度读数。

五、结果计算

在激发波长$\lambda_{ex}=340nm$、发射波长$\lambda_{em}=455nm$处测得荧光强度F，同时测定试剂空白的F值，按下式计算，结果保留两位有效数字。

$$\Delta F = F_{溶液} - F_{空白} \qquad (6-4)$$

根据F值由标准曲线求出牛磺酸的含量。

六、注意事项

在2-巯基乙醇存在下，牛磺酸与邻苯二甲醛缩合，产生蓝色荧光。此缩合物有两个激发波长$\lambda_{max,ex}=340nm$和$\lambda_{ex}=375nm$，荧光峰波长$\lambda_{em}=455nm$，试剂空白在$\lambda_{ex}=340nm$处无荧光发射，因此测定牛磺酸时选用激发波长$\lambda_{ex}=340nm$、发射波长$\lambda_{em}=455nm$。

七、思考题

GB/T 5009.169—2003中还规定记载了使用薄层色谱法测定牛磺酸的含量，试与本法比较优缺点。

（戚穗坚）

 **实验四** 大豆低聚糖中水苏糖和棉子糖的检测

一、目的与要求

1. 掌握高效液相色谱法检测大豆低聚糖中水苏糖和棉子糖含量的方法。

2. 了解保健品中大豆低聚糖的质量要求。

二、实验原理

低聚糖又称寡糖（oligosaccharide；oligosaccharides；oligose），是大豆中所含可溶性碳水化合物的总称，其主要成分为水苏糖、棉子糖和蔗糖，其中水苏糖和棉子糖为有效成分。样品经80%乙醇溶解后，经0.45μm滤膜过滤，采用反相键合相色谱测定，根据色谱峰保留时间定性，峰面积或峰高定量，可检测大豆低聚糖中水苏糖和棉子糖各自的含量。

三、仪器与试剂

1. 仪器

高效液相色谱仪：带示差折光检测器（RID）；天平：分度值0.0001g。

2. 试剂

（1）水　符合GB/T 6682一级水要求。

（2）乙腈

（3）80%乙醇溶液　量取800mL无水乙醇加水稀释至1000mL。

（4）标准溶液　分别称取水苏糖和棉子糖标准品（含量≥98%）各1.000g置于100mL容量瓶中，用80%乙醇溶液溶解并稀释至刻度，摇匀。每毫升溶液分别含水苏糖、棉子糖10mg。经0.45μm滤膜过滤，滤液供HPLC分析用。

四、实验步骤

1. 样品的处理

称取样品约1g，精确到0.001g，加80%乙醇溶液溶解并稀释定容至100mL，混匀，经0.45μm滤膜过滤，滤液供HPLC用。

2. 色谱条件

（1）色谱柱　Kromasil 100氨基柱，25cm×4.6mm。

（2）流动相　乙腈-水（体积比8:2）。

（3）检测器　示差折光检测器（RID）。

（4）流速　1.0mL/min。

（5）色谱柱温度　30℃。

（6）检测器温度　30℃。

（7）进样量　10μL。

3. 标准曲线

分别吸取标准溶液1μL、2μL、3μL、4μL、5μL（相当于水苏糖和棉子糖质量各为10μg、20μg、30μg、40μg、50μg）注入高效液相色谱仪分析，测定各组分色谱峰面积（或峰高），以标准糖质量相对应的峰面积（或峰高）作图，绘制标准曲线或回归方程。

4. 样品测定

在相同的色谱分析条件下，吸取10μL试样溶液，进行HPLC分析，测定各组分色谱峰

面积（或峰高），从标准曲线查得测定液中水苏糖和棉子糖各自的含量。

五、结果计算

水苏糖和棉子糖的各自含量按下式计算，结果保留两位有效数字。

$$X = \frac{m_1 \times V}{V_1 \times m \times 1000} \tag{6-5}$$

式中，X 为试样中水苏糖（或棉子糖）的含量，g/kg；m_1 为试样中水苏糖（或棉子糖）的质量（从标准曲线上查得），μg；m 为试样质量，g；V_1 为试样的进样体积，μL；V 为试样溶液总体积，μL。

六、注意事项

1. 本法对水苏糖（或棉子糖）的检出限为 1.0g/kg。

2. 用 HPLC 分离低聚糖，使用较多的是氨基柱。在使用氨基柱分离糖时，一些还原糖容易与固定相的氨基发生化学反应，产生席夫碱，因此氨基柱的使用寿命短，并且要求使用纯度高的乙腈。

3. 使用氨基柱需要较长的系统平衡时间，一般要 5h 以上。

4. 参考 GB/T 22491—2008。

七、思考题

1. 如果改变流动相中乙腈和水的体积比，会出现什么情况？比如说，乙腈和水的体积比是 6：4 或者是 4：6，分别会出现什么情况？

2. 如果不使用氨基柱，还可以使用什么柱子对低聚糖进行分离检测？

（戚穗坚）

实验五　海水鱼中功能性油脂成分 EPA 和 DHA 的检测

一、目的与要求

1. 学习气相色谱法测定海洋鱼油中 EPA 和 DHA 的方法和原理。
2. 熟悉鱼油的提取、皂化和甲酯化的操作技术。
3. 掌握用气相色谱法分析海洋鱼油中 EPA 和 DHA 的测定技术。

二、实验原理

抽提出样品内的脂肪，经甲酯化反应后，以气相色谱、火焰离子化检测器定量测定样品中的 DHA 以及 EPA 含量。

三、仪器与试剂

1. 仪器

气相色谱仪，具 FID 检测器。

2. 试剂

(1) 氯仿-甲醇（2：10）

(2) 生理盐水（8g/L）

(3) 三氟化硼-甲醇溶液（150g/L）

(4) 氢氧化钾的甲醇溶液　0.5mol/L，2.8g 氢氧化钾溶于 100mL 甲醇中。

(5) 正己烷（分析纯，重蒸）

(6) 无水硫酸钠

四、实验步骤

1. 脂肪的提取

鱼体用蒸馏水冲洗干净，晾干，去除骨骼，捣碎匀浆，称取 5.0g 置锥形瓶中，加入 50mL 氯仿-甲醇混合液，振荡，静置浸提 24h，混合物过滤入 125mL 分液漏斗，用 10mL 氯仿-甲醇混合液洗涤，移去滤纸，往漏斗内加入 12mL 生理盐水，振荡，静置澄清，收集下层澄清液，蒸发至溶液清亮，得到鱼油。

2. 样品的甲酯化

将约 0.5g 鱼油置于 10mL 具塞比色管中，加入 5mL 0.5mol/L 氢氧化钾的甲醇溶液，在 65℃ 水浴 30min，直至油滴消失；加入 15％三氟化硼-甲醇溶液 2mL，振摇 5min，冷却至室温，加入 5mL 正己烷，振摇 2min，用滴管吸出有机层（约 5mL），移至另一装有无水硫酸钠的漏斗中振摇 1min 脱水，静置分层，吸取上清液用于气相色谱分析。

3. 测定

(1) 色谱条件　色谱柱：FFAP 石英毛细管柱，60m×0.25mm×0.25μm。进样口温度：270℃；检测器（FID）温度：280℃。色谱柱升温程序：130℃保持1min；130～170℃，升温速率 6.5℃/min；170～215℃，升温速率 2.75℃/min；215℃，保持12min；215～230℃；升温速率4℃/min；230℃，保持3min，检测结束。

氮气：500kPa；空气：50kPa；氢气：50kPa；尾吹：200kPa。进样方式：分流方式进样，分流比50：1，进样量1μL。

(2) 上机测定　吸取经甲酯化的样液 1.0μL 进样，在上述色谱条件下测定试样的响应值（峰高或峰面积），以保留时间定性，归一化法定量。

五、结果计算

将色谱峰与 GB/T 22223—2008 附录 B 中的标准质谱图的保留时间进行对照定性；用归一化法进行定量计算，求得 EPA 和 DHA 在总脂肪酸中的相对百分含量。

六、注意事项

1. 样品脂肪酸的提取可用酸水解法、氯仿-甲醇法、超声波萃取法、索氏提取法等。对水产品样品脂肪的提取建议采用氯仿-甲醇法。

2. 鱼油甲酯化过程中，有条件的实验室，可采取氮气保护的措施来防止 DHA 双键的变化。

3. 标准质谱图可采用 GB/T 22223—2008 附录 B 中的脂肪酸甲酯保留时间，其中 EPA、DHA 的保留时间为 44.869min、46.089min，相对保留时间为 4.74min、4.87min。

七、思考题

1. 采用不同的脂肪提取方法对脂肪酸的测定有什么影响？

2. 脂肪酸甲酯化的方法有哪些？

3. 本实验采用归一化法定量，如果采用内标法或外标法，则哪种方法的计算结果更准确？请说明理由。

（蒋志红）

 **实验六** 食品中大豆异黄酮的检测

一、目的与要求

1. 掌握使用 HPLC 检测食品中大豆异黄酮含量的原理和方法。

2. 了解分析中使用的梯度洗脱程序和作用。

二、实验原理

大豆异黄酮包括大豆苷、大豆黄苷、染料木苷、大豆素、大豆黄素和染料木素。样品经制备、提取、过滤后，经高效液相色谱仪分析，根据保留时间可定性，以外标法定量。

三、仪器与试剂

1. 仪器

高效液相色谱仪（带紫外检测器）；离心机；超声波振荡器；分析天平：感量 0.01mg；酸度计：精度 0.02pH；微孔滤膜过滤器。

2. 试剂

（1）二甲基亚砜（DMSO）

（2）磷酸水溶液 用磷酸调节 pH 至 3.0，经 0.45μm 的微孔滤膜过滤。

（3）甲醇

（4）乙腈

（5）大豆异黄酮标准贮备溶液 精密称取大豆苷（daidzin）、大豆黄苷（glycitin）、染料木苷（genistin）、大豆素（daidzein）、大豆黄素（glycitein）和染料木素（genistein）（纯度≥98.0%）各 4mg，分别置于 10mL 容量瓶中，加入 DMSO 至接近刻度，超声处理30min，最后加 DMSO 至刻度，摇匀，使每升溶液各含对应的标准物质 400mg。

（6）大豆异黄酮混合标准使用溶液 精密吸取大豆苷、大豆黄苷、染料木苷、大豆素、大豆黄素和染料木素 6 种标准贮备溶液各 0.2mL、0.4mL、0.6mL、0.8mL、1.0mL 于五个 10mL 容量瓶中，加等体积水（加水量分别为 1.2mL、2.4mL、3.6mL、4.8mL、6.0mL），用 50% DMSO 定容，分别得到 8.0mg/L、16.0mg/L、24.0mg/L、32.0mg/L、40.0mg/L 的混合标准使用液。

四、实验步骤

1. 样品的处理

（1）液体样品 准确吸取 0.5～5.0mL 样品，用 80%甲醇溶液稀释至 50mL。

（2）固体、半固体样品 固体样品粉碎、磨细（过 80 目筛）、混匀，半固体样品混匀，称取 0.05～0.5g 样品（精确至 0.1mg），用 80%甲醇溶液溶解并定容至 50mL 容量瓶中。

（3）滤液准备 将上述样品溶液用超声振荡 20min，用 80%甲醇溶液定容，摇匀。取样品溶液离心 15min（转速大于 8000r/min）。取上清液用 0.45μm 的微孔滤膜过滤，收集滤液备用。

2. 色谱条件

（1）色谱柱 C$_{18}$柱，4.6mm×250mm，5μm。

（2）流动相 流动相 A：乙腈；流动相 B：磷酸水溶液（pH＝3.0）。

（3）梯度洗脱条件

时间/min	0	10	23	30	50	55	56	60
流动相 A/%	12	18	24	30	30	80	12	12
流动相 B/%	88	82	76	70	70	20	88	88

（4）检测波长　260nm。

（5）流速　1.0mL/min。

（6）进样量　10μL。

（7）柱温　30℃。

3. 标准曲线

将大豆异黄酮混合标准使用溶液（浓度分别为 8.0mg/L、16.0mg/L、24.0mg/L、32.0mg/L、40.0mg/L）在色谱条件下进行 HPLC 分析，以峰面积-浓度作图，绘制标准曲线或做回归方程。

4. 测定

将样品溶液注入高效液相色谱仪，确保样品溶液中大豆苷、大豆黄苷、染料木苷、大豆素、大豆黄素和染料木素的相应值均在标准曲线的线性范围内，从标准曲线查得样品液中大豆苷、大豆黄苷、染料木苷、大豆素、大豆黄素和染料木素的浓度。

五、结果计算

$$X_i = c_i \times \frac{V}{m} \times \frac{1000}{1000} \tag{6-6}$$

式中，X_i 为试样中大豆异黄酮单一组分的含量，mg/L 或 mg/kg；c_i 为试样中大豆异黄酮单一组分的浓度（从标准曲线上查得），mg/L；V 为试样总的稀释体积，mL；m 为试样的体积或质量，mL 或 g。

样品中大豆异黄酮总含量按下式计算：

$$X = X_1 + X_2 + X_3 + X_4 + X_5 + X_6 \tag{6-7}$$

式中，X 为试样中大豆异黄酮总含量，mg/kg 或 mg/L；X_1 为试样中大豆苷的含量，mg/kg 或 mg/L；X_2 为试样中大豆黄苷的含量，mg/kg 或 mg/L；X_3 为试样中染料木苷的含量，mg/kg 或 mg/L；X_4 为试样中大豆素的含量，mg/kg 或 mg/L；X_5 为试样中大豆黄素的含量，mg/kg 或 mg/L；X_6 为试样中染料木素的含量，mg/kg 或 mg/L。

六、注意事项

1. 该法对固体、半固体样品中的大豆苷、大豆黄苷、染料木苷、大豆素、大豆黄素和染料木素组分的检出限均为 5mg/kg；对液体样品的大豆苷、大豆黄苷、染料木苷、大豆素、大豆黄素和染料木素组分的检出限均为 0.2mg/L。

2. 实验中使用的水为符合 GB/T 6682 规定的一级水。

七、思考题

1. 梯度洗脱有什么优点？一般在什么情况下使用？

2. 本实验中，流动相的酸碱度对物质的分离有什么影响？

（戚穗坚）

实验七　双歧杆菌活菌数目的检测

一、目的与要求

1. 掌握双歧杆菌的分离、培养及活菌数目检测的一般方法。

2. 了解双歧杆菌的形态和生长特性。

二、实验原理

双歧杆菌是专性厌氧菌，对氧非常敏感，因此，双歧杆菌的分离培养及活菌计数等操作的关键是提供无氧和低氧化还原电势的环境。本实验采用亨盖特厌氧滚管方法培养双歧杆菌，加入刃天青指示剂。刃天青是一种氧化还原指示剂，在无氧条件下呈无色，微量氧气中呈红色，大量氧气时呈蓝色。双歧杆菌具有较高的半乳糖苷酶活性，可以分解 5-溴-4-氯-3-吲哚-β-D-半乳糖苷（简称 XGal），生成蓝色产物。加入 XGal 的改良 MRS 琼脂对双歧杆菌具有良好的鉴别性，能够明显地区分双歧杆菌（蓝色菌落）与乳酸菌（白色菌落）。

三、仪器与试剂

1. 仪器

恒温培养箱；恒温水浴锅；超净工作台；显微镜；灭菌装置；振荡器；厌氧管。

铜柱除氧系统：是一个内部装有铜丝或铜屑的硬质玻璃管（40~400mm），两端呈漏斗状，外壁绕有加热带，与变压器相连以控制电压、稳定铜柱的温度。铜柱两端连接胶管，一端连接气钢瓶，另一端连接出气管口。通常从气钢瓶出来的气体如 N_2、CO_2 和 H_2 等含有 O_2，通过温度约 360℃的铜柱时，Cu 和气体中的微量的 O_2 化合生成 CuO，清除气体中的 O_2。同时，铜柱也由明亮的黄色变为黑色。当向氧化态的铜柱通入 H_2 时，H_2 与 CuO 中的氧结合形成 H_2O，而 CuO 又被还原成 Cu，铜柱恢复明亮的黄色。因此铜柱可以反复使用，不断起到除氧的作用。

2. 试剂

高纯氮；刃天青；XGal（5-溴-4-氯-3-吲哚-β-D-半乳糖苷）；加入 XGal 的改良 MRS 培养基；革兰染液。

四、实验步骤

1. 预还原培养基及稀释用生理盐水

先将配制好的培养基及稀释用生理盐水煮沸除氧，然后马上分装到厌氧管中（琼脂培养基装 4.5~5.0mL，稀释用生理盐水装 9mL），并插入通 N_2 气的长针头以除去 O_2。同时，若培养基内加入的刃天青由蓝变红，最后变为无色，则说明试管内已成为无氧状态，盖上丁烯胶塞及螺盖灭菌备用即可。

2. 菌种分离

① 取 7 支已装有 9mL 预处理好的生理盐水的厌氧管，分别用记号笔标明 10^{-1}、10^{-2}、10^{-3}、10^{-4}、10^{-5}、10^{-6}、10^{-7}。

② 在无菌条件下，用无菌注射器吸取 1mL 混合均匀的液体样品，加入装有生理盐水的厌氧管中，振荡，混匀，制成 10^{-1} 稀释液；用无菌注射器吸取 1mL 10^{-1} 稀释液至另一装有生理盐水的厌氧管中，制成 10^{-2} 稀释液，依此进行 10 倍系列稀释至 10^{-7}，选取三个适宜稀释度进行滚管计数（使活菌数在 30~300 之间）。

③ 将装有预还原固体培养基的厌氧管置 50~55℃恒温水浴中备用。

④ 用无菌注射器吸取三个适宜梯度稀释液各 0.1mL，分别注入上述备用管中，然后将其平放于盛有冰水的瓷盘中迅速滚动，试管内壁即刻可形成凝固层。

⑤ 挑取典型双歧杆菌形态的蓝色菌落，涂片镜检，做好标记与记录。

⑥ 将试管固定于试管架上，打开胶塞，迅速将准备好的接种针小心插入管中，选取标记的菌落轻轻挑取，转移至液体管内，加塞，37℃恒温培养 24h 或待培养液浑浊后检查已分离培养物的纯度，观察其形态及纯度。如尚未获得纯培养物，需再次稀释滚管后挑取菌落，直至获得纯培养物为止。

3. 镜检

挑取特征性菌落涂片，革兰染色后镜检，观察菌体形态。

五、结果计算

计数：液体纯培养物经系列稀释后，按上述滚管法培养，按下式计算每克或每毫升样品中含有的双歧杆菌数量（以 cfu 计数），结果记入表 6-1 中。

$$N = 0.1\text{mL 试管计数的实际平均值} \times 10 \times \text{稀释倍数} \qquad (6\text{-}8)$$

表 6-1　双歧杆菌活菌数目计数

稀释度												
菌落数	1	2	3	平均	1	2	3	平均	1	2	3	平均
每毫升活菌数												

六、注意事项

1. 注意无菌操作，保持手和试管的清洁，每次接种前需用酒精棉球对厌氧管盖进行擦拭。

2. 滚管时要把握好滚管的温度和速度，否则不能将培养基均匀铺满厌氧管内管壁，同时要反复快速滚，不要停顿，直到其凝固。注意滚动期间一定要保持水平。固体培养基要从管底到螺帽口均匀贴壁，防止螺口处和管底堆积培养基。

3. 用注射器吸取菌悬液注入固体培养基后切勿振荡。

七、思考题

1. 要使滚管计数准确，哪些是关键步骤？

2. 双歧杆菌的特征性形态是什么？与乳酸杆菌有什么主要区别特征？

（戚穗坚）

第七章　掺伪食品的检测

食品掺伪是指人为地、有目的地向食品中加入一些非固有的成分，以增加其重量或体积，而降低成本；或改变某种质量，以低劣的色、香、味来迎合消费者心理的行为。食品掺伪主要包括掺假、掺杂和伪造，这三者之间没有明显的界限。食品掺伪检验的任务是对食品进行卫生检验和质量监督，使之符合食品质量和卫生标准，保证食品的质量，确保食品的食用安全。

 **实验一　奶粉掺伪的检测**

Ⅰ．掺入尿素

一、目的与要求

由于大部分乳品厂家对原料乳实行"按质论价"时往往以蛋白质为主要检测指标，部分不法奶商往往会在鲜奶中加尿素以此来提高蛋白质含量，因此需要掌握能够快速检测奶粉中掺入尿素的方法。

二、方法与原理

1. 检验方法

格里斯试剂法。

2. 原理

尿素与亚硝酸盐在酸性溶液中发生反应生成二氧化碳气体逸出，而亚硝酸盐可与格里斯试剂发生偶氮反应生成紫红色染料，掺尿素就会影响该反应的发生。

$$2NO_2^- + CO(NH_2)_2 + 2H^+ \longrightarrow CO_2 + 2N_2 + 3H_2O$$

三、实验试剂

（1）格里斯试剂的配制　称取 89g 酒石酸、10g 对氨基苯磺酸和 1g α-萘胺，在研钵中研细混匀后装入棕色瓶备用。

（2）浓硫酸

（3）0.05％亚硝酸钠溶液　称取 50mg 亚硝酸钠溶解于 100mL 蒸馏水中，置棕色瓶保存备用。

四、操作方法

取被检乳样 3mL 放入大试管中，加入 0.05％亚硝酸钠溶液 0.5mL，加入浓硫酸 1mL，将胶塞盖紧摇匀，待泡沫消失后向试管中加入约 0.1g 格里斯试剂。充分摇匀，待 25min 后观察结果。

五、判定结论

紫红色为不含尿素合格乳；不变色则为含尿素异常乳。

六、说明

本法灵敏度为 0.01%，因此被检乳样最少不能低于 2.5mL。本试验最好与正常牛奶做对照试验，其结果会更为准确。

Ⅱ. 掺入淀粉、豆浆、面粉类物质

一、目的与要求

淀粉、豆浆、面粉类物质会增加奶的重量和提高密度，这类物质在浓缩工艺中常常会发生焦管现象，故必须严把质量关。

二、实验原理

碘遇淀粉变为蓝色。

三、试剂配制

淀粉试剂：10g 碘与 40g 碘化钾溶解于 500mL 蒸馏水中。

四、操作方法及判定

取奶样 3mL 于试管中，加入 1 滴淀粉试剂摇匀后观察现象。有淀粉存在时，奶样呈现蓝色。

五、说明

该实验使用加热煮沸试验后冷却的奶样，则灵敏度更高。

Ⅲ. 掺入乳清粉

一、目的与要求

乳清粉中的乳清蛋白极低，一般为百分之十几，不超过百分之三十，因此要能快速有效地检测出奶粉中的乳清粉，避免低质量的奶粉。

二、实验原理和方法

由于乳清粉的脂肪含量一般都不大于 1.2%，蛋白质含量不大于 12%，乳糖含量则不小于 75%，因此，可借助乳成分分析仪来快速测定乳清粉的理化指标。

在鲜奶密度不变的情况下，其脂肪含量每下降 0.1 个百分点，蛋白质含量相应下降 0.05 个百分点，鲜奶的乳清粉掺假率都在 3% 以上。

有些掺了乳清粉的鲜奶脂肪含量甚至还会出现低于蛋白质含量的现象，此时再测鲜奶中的乳糖含量，如果乳糖含量 ≥4.80%，则可判定该原料乳中掺有乳清粉。

Ⅳ. 测水解动物蛋白粉

一、目的与要求

部分奶农为了掺水还要不使蛋白质含量降低，同时也能够提高干物质的含量而向生鲜奶中加水解蛋白粉，因此要能够测出奶粉中的水解蛋白粉。

二、实验原理

用硝酸汞沉淀方法除去乳酪蛋白，但水解蛋白不会被除去，并与饱和的苦味酸溶液产生沉淀反应。

① 加入 5% 硝酸汞试剂即可使乳中蛋白质变性凝聚，通过过滤操作可以除去，但水解蛋白为低聚肽类，硝酸汞试剂与其不发生沉淀反应，通过该步骤即可实现乳中固有蛋白质与人为蛋白质成分分离。

② 因苦味酸试剂具有比硝酸汞试剂更强的沉淀作用，其与低聚肽中的碱性基团（氨基）可形成难溶的有机盐类沉淀，故使出现浑浊，当水解蛋白粉在奶样中含量高于1‰时，此操作步骤则会较快出现浅黄色沉淀析出的现象。

三、实验试剂

（1）除蛋白质试剂　硝酸汞14g，加入100mL蒸馏水，加浓硝酸2.5mL，加热助溶，待试剂全部溶解后加蒸馏水至500mL。

（2）饱和苦味酸　称取苦味酸3g，加蒸馏水200mL。

四、操作方法

取5mL乳样，加除蛋白试剂5mL混合均匀，过滤，沿滤液试管壁慢慢加入饱和苦味酸溶液约0.6mL形成环状接触面。

五、结果判定

清亮，不含水解动物蛋白，则为合格乳；白色，环状含水解动物蛋白，则为异常乳。

六、说明

1. 水解蛋白粉是用废皮革、毛发等下脚料加工提炼而成，不能食用，而且其中的重金属含量以及亚硝酸盐等致癌物质的含量较高，长期食用含有水解蛋白粉的牛奶或奶粉，会对人体造成极大的伤害。

2. 原料乳中掺有水解动物蛋白粉越多，该试验的白色环状愈明显。

3. 该试验的最低检出量为0.05‰。

4. 该试验使用长时间（>10h）冷冻后的奶样做，则试验白色环状现象不太明显，其原因有待于进一步研究探讨。

（杨继国）

实验二　蜂蜜中掺假的检测

蜂蜜及其产品的掺假是食品类掺假活动中较为严重的现象之一。蜂蜜中常见的掺假物有饴糖、蔗糖、转化糖、糊精、食盐等。

一、蜂蜜中掺蔗糖

人为地将蔗糖熬成浆状掺入蜂蜜中出售是最常见的掺假现象，其特点是产品色泽鲜艳明亮，多为浅黄色，味淡，回味短，有一种糖浆味。

1. 蒽酮比色法

（1）样品测定　取蜜样 1g 于烧杯中，加水 50mL，混匀。吸取此稀释蜜样 5mL 于 100mL 容量瓶中，加水 3mL，再加 4mL 浓度为 2mol/L 的 KOH 溶液，混匀后，于沸水中加热 5min，冷却后用水定容至刻度。取此稀释液 1mL 于试管中，加水 1mL、蒽酮试剂 6mL，混匀，置沸水浴中 3.5min 后，迅速冷却。用 1cm 比色皿于波长 635nm 下比色测吸光度，用正常蜂蜜做对照试验（调零）。

（2）标准曲线制作　取蔗糖标准使用液（100mg/mL）0.0、0.2mL、0.4mL、0.6mL、0.8mL、1.0mL 分别于试管中，各加水补足至 2mL，如上法显色测吸光度，绘制标准曲线。

（3）结果计算

$$\text{蜂蜜中蔗糖含量}(\%) = \frac{m_1 \times V_1 \times V_3}{V_2 \times V_4 \times m \times 1000 \times 1000} \times 100 \qquad (7\text{-}1)$$

式中，m_1 为由标准曲线查得的蔗糖含量，μg；V_1 为第一次稀释体积（50mL）；V_2 为吸取稀释蜜样体积（5mL）；V_3 为第二次稀释定容体积（100mL）；V_4 为显色时吸取的检液体积（1mL）；m 为称取的蜂蜜样品质量，g。

（4）判别　正常蜂蜜中蔗糖含量约为 5％以下，个别品种可能达 8％，通过对比可判别蜂蜜中是否掺加有蔗糖。本法灵敏度高，可检测样品中掺 0.5％蔗糖的含量。试验时，蒽酮试剂必须现配现用：取蒽酮试剂 0.4g 溶于 H_2SO_4（87＋16）溶液中。

2. 硝酸银快速试验法

取蜜样 2 份（各 1g）分别置于两支试管中，各加水 4mL，混匀。其中 A 试管加 2％ $AgNO_3$ 溶液 2 滴，B 试管加 1％ $AgNO_3$ 溶液 2 滴，观察有无白色絮状物产生。

判别：A 管如有白色絮状物产生，蔗糖含量疑为 1％以上；B 管如有白色絮状物产生，蔗糖含量疑为 4％以上。

二、蜂蜜中掺人工转化糖

蔗糖在稀酸作用下可转化为含葡萄糖和果糖的糖浆，俗称转化糖浆或果葡糖浆。掺有人工转化糖浆的蜂蜜稀薄、黏度小，波美度大，可通过检测 Cl^- 的存在予以判别。

试验方法：取 1g 蜜样于试管中，加水 5mL 混匀后，加 1～2 滴 5％$AgNO_3$ 指示剂，如呈白浊状，疑掺有人工转化糖（与正常蜂蜜对照）。

三、蜂蜜中掺饴糖

试验方法：取蜂蜜 2mL 于试管中，加水 5mL，混匀，然后缓缓滴加 95％乙醇数滴，观察有无白色絮状物产生。

判别：若出现白色絮状物疑为掺加饴糖，若呈浑浊状则说明正常（与正常蜂蜜对比）。

四、蜂蜜中掺淀粉类物质

蜂蜜中如掺加有米汤、糊精及淀粉类物质，外观浑浊不透明，蜜味淡薄，用水稀释后溶液浑浊不清。

试验方法：取蜂蜜 2g 于试管中，加水 10mL，加热至沸后冷却，加 0.1mol/L 碘液 2 滴，观察颜色变化，同时做正常蜂蜜对比试验。

判别：如有蓝色、蓝紫色或红色出现，疑为掺有淀粉或糊精类物质。

五、蜂蜜中掺羧甲基纤维素钠

羧甲基纤维素钠（CMC-Na）是一种增稠剂，掺加入蜂蜜后，蜂蜜颜色变深，黏稠度变大。

试验方法：取蜂蜜 10g 于烧杯中，加入 95％酒精 20mL，充分搅拌均匀，即有白色絮状物析出，取白色絮状物 2g 于另一烧杯中，加热水 100mL，搅拌均匀，冷却后备用。

取上述备检液 30mL 于锥形瓶中，加盐酸 3mL，观察有无白色沉淀产生。

另取上述备检液 50mL 于另一锥形瓶中，加 1％$CuSO_4$ 溶液 100mL，观察有无浅蓝色绒毛状沉淀产生。

判别：若上述两项试验均呈阳性，则被检蜂蜜疑掺有羧甲基纤维素钠。

六、有毒蜂蜜的鉴别

有毒蜂蜜是指在蜜源植物较少的情况下，蜜蜂因采集有毒植物的花蜜或分泌物而酿成的蜜。据介绍，有毒蜜源主要是卫矛科雷公藤属植物，含有剧毒的雷公藤碱（一种生物碱），食用后可引起中毒。

由有毒蜂蜜引起的食物中毒，潜伏期一般 1～3 天，最短 1～5h，最长可达 5 天。初期症状有恶心、呕吐、腹痛、腹泻等消化道症状，伴随有低热、乏力、头晕、四肢麻木等现象。轻者仅口苦、口干、唇舌发麻、食欲不振。重者除腹泻、便血、发热以外，还出现肝损害症状，或有尿频、血尿、蛋白尿等肾损害症状。心脏受累时则出现心率减缓、心律不齐等，严重者可能由于呼吸中枢和循环中枢衰竭而死亡。

有毒蜂蜜的色泽常呈棕色或褐色，或具有苦涩味。

试验方法如下所述。

方法一：取待测蜂蜜加氨水使呈碱性，加氯仿振摇、过滤，然后在滤液中加入 1％盐酸液使其酸化，振摇，分出水层，加氨水使呈碱性，再加氯仿振摇提取，分出氯仿，挥发至干得残渣。

取少许残渣加入硫酸 3 滴、对二甲氨基苯甲醛结晶数粒，在水浴中加热 5min，冷却，加入乙醇 0.5mL，如呈现紫色，则说明该待检蜂蜜中含有雷公藤碱。

方法二：取可疑蜂蜜置于烧杯中，加入氯仿浸渍并用玻璃棒搅拌，流经无水硫酸钠过滤。吸取滤液 1mL 于试管中，加 5％三氯化锑氯仿溶液 5 滴，如呈现红色说明含有雷公藤碱，疑为有毒蜂蜜。

七、思考题

1. 了解蜂蜜的质量标准及其主要理化指标。

2. 了解每种识别掺假方法的原理。

3. 学习感官鉴别与理化方法识别掺假的方法。

（杨继国）

 **实验三** 油脂掺伪的检测

Ⅰ．食用油掺入非食用油的检验

一、掺入桐油的检验

1. 目的与要求

桐油是一种工业用油，因其含有的桐子酸（9,11,13-十八碳三烯酸）甘油酯是一种有毒、有害物质，绝对不准食用，否则就会引起严重中毒。但是由于桐油干燥，无异味，色泽好，价格低，且与食用植物油（豆油，花生油）的感官性状极其相似，就会出现个别商贩以此来代替食用油，所以要进一步加强宣传工业油不能食用，同时加强食用植物油的管理以避免此类事件的发生。

2. 实验方法

（1）亚硝酸法　取油样 5～10mL 滴于试管中，加 2mL 石油醚，使油溶解，必要时过滤，加亚硝酸钠结晶少许，加 1mL 5mol/L 硫酸，振摇后放置 1～2h，如为纯净食用油，仅发生红褐色氮氧化物气体，油液仍然澄清，如果食用油中混有约 1％桐油时，则油液呈白色浑浊；约含 2.5％桐油时，出现白色絮状物；含量大于 5％时，则出现白色絮状团块，初呈白色，放置后变为黄色。

（2）苦味酸法　取 1mL 油样于试管中，加入 3mL 饱和苦味酸溶液。若油层显红色，表示有桐油存在。本检验法按桐油掺杂量的增加，颜色从黄橙到深红，色调明显，可配成标准系列比色定量。

二、掺入蓖麻油的检验

1. 目的与要求

蓖麻毒素是一种抑制核糖体的毒性蛋白，来源于植物蓖麻的种子，属剧毒性生物毒素，是迄今为止已知最毒的天然物质之一，此项检测具有潜在的军事意义，蓖麻毒素已被列入禁化武公约化学品，与沙林和芥子气等并列。

2. 方法

取少量混匀试样于镍蒸发皿中，加氢氧化钾一小块，慢慢加热使其熔融，如有辛醇气味，表明有蓖麻油存在。或将上述熔融物加水溶解，然后加过量的氯化镁溶液，使脂肪酸沉淀，过滤，用稀盐酸将滤液调成酸性，如有结晶析出，表明有蓖麻油存在。

三、掺入矿物油的检验

1. 方法一：皂化法

取 1mL 样品置于锥形瓶中，加入 1mL 氢氧化钾溶液及 25mL 乙醇，连接空气冷凝管，回流皂化 5min。皂化时应振摇，使加热均匀。皂化后加 25mL 沸水，摇匀。如浑浊或有油样物析出，表示有不能皂化的矿物油存在。

2. 方法二：荧光法

矿物油具有荧光反应，而植物油均无荧光，所以可用荧光法检出。矿物油呈天青色

荧光。

Ⅱ. 大豆油中掺伪棕榈油的检测

一、目的与要求

采用气相色谱法对采集的大豆油和棕榈油进行检测和分析,探索大豆油和棕榈油脂肪酸的含量特性和变化规律。

二、实验原理

1. 定性分析

将模拟的掺伪大豆油的脂肪酸组成数据与两种植物油脂肪酸组成的特征数据进行比较,按其变化趋势,对掺伪进行定性分析。

2. 定量分析

由大豆油模拟样品的特征脂肪酸含量,按下式计算其中的棕榈油掺伪量。

$$X = (A-C)/(A-B) \times 100\% \tag{7-2}$$

式中,A 为大豆油中某脂肪酸指标的含量,%;B 为棕榈油中某脂肪酸指标的含量,%;C 为样品中某脂肪酸指标的含量,%;X 为棕榈油的掺伪量。

三、仪器与试剂

1. 仪器

Agilent6890E 气相色谱仪及化学工作站。

2. 试剂

四级大豆油(市售);棕榈油;脂肪酸甲酯标准品;乙醚-石油醚混合溶液(体积比为2∶3);0.5mol/L 氢氧化钾-甲醇溶液;其他试剂均为分析纯。

四、实验步骤

① 取 0.1g 油脂样品于 10mL 试管中,加乙醚-石油醚混合溶液 2mL。

② 振摇溶解后加入 0.5mol/L 氢氧化钾-甲醇溶液 1mL,振摇 30s。

③ 加水至近管口,静置 5min,取上层溶液进气相色谱仪测定。色谱条件为:色谱柱HP-NNOwax 30m×0.32mm×0.5μm 毛细管柱;柱温 220℃,汽化室温度 250℃,FID 检测器温度 260℃,氮气流速 5mL/min,分流比 30∶1,进样量 1μL。以保留时间定性,面积归一化法定量。

五、结果与讨论

1. 大豆油的脂肪酸组成与特征模型分析

72 份纯品大豆油的脂肪酸组成及含量见表 7-1。由表 7-1 可知,$C_{18:2}$、$C_{18:1}+C_{18:2}$、$C_{18:1}+C_{18:2}+C_{18:3}$、$C_{18:2}+C_{18:3}$ 的相对标准偏差(RSD)较小,分别为 5.14%、2.05%、1.00%、5.54%,其中 $C_{18:3}$ 的含量为 4.55%～12.00%,变化幅度较大,这可能与大豆原料的品种、种植地、气候条件以及收获期等因素有关。

大豆油脂肪酸组成的相关性分析结果见表 7-2。由表 7-2 可知,在组成大豆油的诸多脂肪酸中,$C_{18:1}$ 的含量与 $C_{18:2}$ 的含量间呈显著负相关,相关系数达到 -0.901;$C_{18:1}+C_{18:3}$ 与 $C_{18:2}$ 呈极显著负相关,相关系数达到 -0.956;$C_{18:0}$ 和 $C_{18:1}+C_{18:2}$ 间的相关系数仅为 -0.007,不呈显著相关。

表 7-1 72 份大豆油样品的脂肪酸组成及其相对含量　　　　　　单位：%

项目	$C_{14:0}$	$C_{16:0}$	$C_{18:0}$	$C_{18:1}$	$C_{18:2}$	$C_{18:3}$	$C_{22:0}$	$C_{18:1}+C_{18:2}$	$C_{18:1}+C_{18:3}$	$C_{18:1}+C_{18:2}+C_{18:3}$	$C_{18:2}+C_{18:3}$
平均值	0.05	10.34	3.38	22.06	55.63	8.31	0.21	77.70	30.37	86.01	63.94
RSD	18.63	9.03	15.98	16.23	5.14	16.20	24.33	2.05	9.58	1.00	5.54
最小值	0.03	8.22	2.48	15.89	44.85	4.55	0.10	72.85	24.65	84.01	51.66
最大值	0.07	12.42	5.69	35.92	61.93	12.00	0.37	82.04	42.73	87.94	70.19

表 7-2 大豆油脂肪酸组成间的相关系数

项目	$C_{14:0}$	$C_{16:0}$	$C_{18:0}$	$C_{18:1}$	$C_{18:2}$	$C_{18:3}$	$C_{22:0}$	$C_{18:1}+C_{18:2}$	$C_{18:1}+C_{18:3}$
$C_{16:0}$	0.468								
$C_{18:0}$	−0.370	−0.467							
$C_{18:1}$	−0.260	−0.156	0.014						
$C_{18:2}$	0.121	−0.069	−0.022	−0.901					
$C_{18:3}$	0.243	0.066	−0.107	−0.640	0.332				
$C_{22:0}$	0.356	0.076	0.263	−0.035	−0.038	−0.044			
$C_{18:1}+C_{18:2}$	−0.367	−0.475	−0.007	0.630	−0.232	−0.842	−0.146		
$C_{18:1}+C_{18:3}$	−0.208	−0.162	−0.032	−0.935	−0.956	−0.325	−0.063	0.386	
$C_{18:1}+C_{18:2}+C_{18:3}$	−0.301	−0.779	−0.181	0.167	0.090	−0.004	−0.341	0.536	0.207

　　统计分析计算表明，$C_{18:2}$ 含量的统计值为 55.6%±0.7%；不饱和脂肪酸总量 $C_{18:1}$＋$C_{18:2}$＋$C_{18:3}$ 值最稳定，统计值为 86.0%±0.2%，也即饱和度的值在 14% 左右；$C_{18:1}$＋$C_{18:2}$ 值较稳定，统计值为 77.7%±0.4%。根据相关性分析和统计分析结果，用此 3 项值作为大豆油脂肪酸组成的特征模型指标。

　　2. 棕榈油的脂肪酸组成与相关性分析

　　70 份纯品棕榈油的脂肪酸组成及含量见表 7-3。由表 7-3 可知，脂肪酸含量平均值大于 1% 的有棕榈酸（$C_{16:0}$）、硬脂酸（$C_{18:0}$）、油酸（$C_{18:1}$）和亚油酸（$C_{18:2}$）共 4 种，其中以棕榈酸和油酸含量较高，分别达 33.54%～66.90%、22.23%～45.14%，平均值分别为 43.40% 和 40.99%，亚油酸次之，平均值为 10.72%。含量低于 1% 的脂肪酸为亚麻酸（$C_{18:3}$）；不饱和脂肪酸总计约 52.08%。

表 7-3 70 份棕榈油样品的脂肪酸组成及其相对含量　　　　　　单位：%

项目	$C_{16:0}$	$C_{18:0}$	$C_{18:1}$	$C_{18:2}$	$C_{18:3}$	$C_{18:1}+C_{18:2}$	$C_{18:1}+C_{18:2}+C_{18:3}$
平均值	43.40	4.18	40.99	10.72	0.36	51.71	52.08
RSD	15.76	11.33	12.85	16.12	7.21	13.27	13.20
最小值	33.54	3.11	22.23	5.40	0.29	27.62	28.02
最大值	66.90	5.39	45.14	12.73	0.42	56.91	57.24

　　棕榈油脂肪酸组成的相关性分析结果见表 7-4。由表 7-4 可知，在组成棕榈油的诸多脂肪酸中，$C_{16:0}$ 与 $C_{18:1}$ 之间呈显著负相关，相关系数达到 −0.94，$C_{18:1}$ 与 $C_{18:2}$ 之间呈显著正相关，相关系数达到 0.90，$C_{18:1}$ 与 $C_{18:3}$ 无显著相关性，相关系数仅为 0.03。统计分析计算表明，$C_{18:2}$ 含量的统计值为 10.7%±1.7%；不饱和脂肪酸 $C_{18:1}$＋$C_{18:2}$＋$C_{18:3}$ 值最稳定，统计值为 52.1%±6.9%，也即饱和度值在 48% 左右；$C_{18:1}$＋$C_{18:2}$ 值较稳定，统计值为 51.7%±6.9%。故以此 3 项值作为棕榈油脂肪酸组成的特征模型指标。

　　3. 大豆油中掺伪棕榈油的模式识别

　　大豆油中掺伪棕榈油后，脂肪酸组成有变化，理论上的变化趋势见表 7-5。

表 7-4　棕榈油脂肪酸组成间的相关系数

项　目	$C_{16:0}$	$C_{18:0}$	$C_{18:1}$	$C_{18:2}$	$C_{18:3}$	$C_{18:1}+C_{18:2}$
$C_{18:0}$	0.46					
$C_{18:1}$	-0.94	-0.59				
$C_{18:2}$	-0.78	-0.64	0.90			
$C_{18:3}$	0.05	-0.05	0.03	0.13		
$C_{18:1}+C_{18:2}$	-0.92	-0.62	0.99	0.94	0.06	1.00
$C_{18:1}+C_{18:2}+C_{18:3}$	-0.92	-0.61	0.99	0.94	0.06	1.00

表 7-5　大豆油中掺入棕榈油后脂肪酸含量的变化

项　目	$C_{16:0}$	$C_{18:0}$	$C_{18:1}$	$C_{18:2}$	$C_{18:3}$
大豆油中的平均值/%	10.34	3.38	22.06	55.63	8.31
棕榈油中的平均值/%	43.40	4.18	40.99	10.72	0.36
掺伪后理论的变化趋势	上升	基本恒定	上升	下降	基本恒定

由表 7-5 可知，大豆油中掺伪后理论的变化趋势为上升、基本恒定、上升、下降和基本恒定。大豆油中掺伪棕榈油后，棕榈酸和油酸含量明显上升，而亚油酸含量明显下降，硬脂酸和亚麻酸含量基本恒定。如果测试样品中棕榈酸、油酸、亚油酸、硬脂酸、亚麻酸含量与掺伪理论变化趋势有很大差异，特别是棕榈酸、油酸、亚油酸与掺伪后理论的变化趋势不符，即可排除大豆油中掺入棕榈油的可能；对于各脂肪酸含量变化显著，且与理论变化趋势一致的样品，则可初步认定其存在掺伪棕榈油，掺伪量需进一步进行定量分析。

4. 大豆油中掺伪棕榈油的多元定量分析

取大豆油和棕榈油各 10 份，按 4 份 8：2、3 份 7：3、3 份 6：4 的比例随机取样并混合后做模拟验证实验，分别以 $C_{18:2}$、$C_{18:1}+C_{18:2}$、$C_{18:1}+C_{18:2}+C_{18:3}$ 3 项指标计算掺伪量，并以其平均值作为掺伪分析结果。结果见表 7-6。

表 7-6　10 份模拟掺伪大豆油样品的多元定量分析结果

样品	实际掺伪量/%	计算掺伪量/%			平均计算掺伪量/%	SD	RSD/%
		$C_{18:2}$	$C_{18:1}+C_{18:2}$	$C_{18:1}+C_{18:2}+C_{18:3}$			
1	20.0	20.6	20.8	22.1	21.2	0.81	3.85
2	20.0	21.3	19.6	20.6	20.5	0.85	4.17
3	20.0	18.9	20.4	19.4	19.6	0.76	3.90
4	20.0	22.8	22.7	22.3	22.6	0.26	1.17
5	30.0	28.9	28.6	28.4	28.6	0.25	0.88
6	30.0	32.1	29.7	32.2	31.3	1.42	4.52
7	30.0	30.2	32.4	30.6	31.1	1.16	3.75
8	40.0	40.5	40.3	40.0	40.3	0.25	0.62
9	40.0	42.8	41.8	42.8	42.5	0.58	1.36
10	40.0	41.6	40.4	41.7	41.2	0.72	1.75

由表 7-6 可见，10 份模拟样品定量分析结果的 RSD 均小于 5%，将计算得到的掺伪量和实际掺伪量做成对双样本的均值分析，在显著性水平 $\alpha=0.05$ 时，$t(=2.091)<t_{临界}$（$=2.262$），说明模拟样品的实际掺伪量与由测定数据计算出的掺伪量之间不存在显著性差异。表明以 $C_{18:2}$、$C_{18:1}+C_{18:2}$、$C_{18:1}+C_{18:2}+C_{18:3}$ 3 项指标计算掺伪量的方法对大豆油中掺伪棕榈油的分析是可行的。

5. 结论

通过对 72 份大豆油和 70 份棕榈油的气相色谱检测研究，初步建立了大豆油和棕榈油脂肪酸组成的特征模型。大豆油的 $C_{18:2}$ 含量在所有脂肪酸中变异最小，统计值为 55.6％±0.7％；不饱和脂肪酸总量 $C_{18:1}+C_{18:2}+C_{18:3}$ 值最稳定，统计值为 86.0％±0.2％，也即饱和度值在 14％左右；$C_{18:1}+C_{18:2}$ 值较稳定，统计值为 77.7％±0.4％。棕榈油的 $C_{18:2}$ 含量统计值为 10.7％±1.7％；不饱和脂肪酸总量 $C_{18:1}+C_{18:2}+C_{18:3}$ 值最稳定，统计值为 52.1％±6.9％；$C_{18:1}+C_{18:2}$ 值较稳定，统计值为 51.7％±6.9％。就大豆油和棕榈油两种油脂的脂肪酸组成而言，$C_{18:2}$ 含量在所有脂肪酸中变异较小，$C_{18:1}+C_{18:2}+C_{18:3}$ 值最稳定，$C_{18:1}+C_{18:2}$ 值较稳定，这 3 项指标可以作为大豆油中掺伪棕榈油检测分析的多元定量计算依据。

Ⅲ．山茶油掺假的检测

一、目的与要求

以气相色谱法对掺假山茶油进行定性鉴别，本方法亦适用于掺入了一种或几种其他植物油（菜籽油、大豆油、棕榈油）后的山茶油定性鉴别。

二、实验原理

1. 测定原理

样品中的各种脂肪酸甘油酯经氢氧化钾-甲醇溶液进行酯交换反应生成脂肪酸甲酯后，以气相色谱法对各脂肪酸甲酯进行分离测定，利用各脂肪酸甲酯的标准品进行定性，以直接面积归一化法确定各脂肪酸的百分含量。

2. 鉴别原理

不同的植物油具有各自特殊的脂肪酸组成和含量，根据脂肪酸组成及含量的差异进行掺假山茶油的定性鉴别。

三、仪器与试剂

1. 仪器

气相色谱仪：配有氢火焰检测器；天平：感量 0.1mg 和 0.01g。

2. 试剂与材料

（1）实验用水　应符合 GB/T 6682 三级水标准。除另有规定外，所有试剂均为分析纯。

（2）甲醇　含水量不超过 0.5％（质量分数）。

（3）正庚烷或正己烷

（4）氢氧化钾-甲醇溶液　约 2mol/L，称取氢氧化钾 11.2g，用甲醇溶解并定容至 100mL。

（5）脂肪酸甲酯标准混合溶液　脂肪酸甲酯包括软脂酸（即棕榈酸 $C_{16:0}$）、硬脂酸（$C_{18:0}$）、油酸（$C_{18:1}$）、亚油酸（$C_{18:2}$）、亚麻酸（$C_{18:3}$）、花生酸（$C_{20:0}$）、花生一烯酸（$C_{20:1}$）、山嵛酸（$C_{22:0}$）、芥酸（$C_{22:1}$）的甲酯标准品，纯度≥99.0％，分别称取以上各脂肪酸甲酯标准品 0.1g（精确到 0.0001g）于同一容量瓶中，以正庚烷或正己烷定容至 10mL。

四、实验步骤

1. 色谱条件

（1）色谱柱　毛细管柱，30m×0.25mm×0.25μm，柱内膜涂布 50％苯基-50％二甲基聚硅氧烷；或等效色谱柱。

(2) 检测器　氢火焰检测器，检测器温度250℃。

(3) 载气流速　氮气：1.0mL/min，空气：300mL/min，氢气：30mL/min。

(4) 柱温　240℃。

(5) 气化室温度　250℃。

(6) 分流比　1：30。

2. 分析步骤

(1) 脂肪酸甲酯标准混合溶液的测定　以微量进样器直接取脂肪酸甲酯标准混合溶液1μL进气相色谱仪分析。

(2) 样品预处理-脂肪酸甲酯的制备　称取0.5～1.0g（精确到0.01g）样品置于20mL具塞试管中，加入10mL正庚烷或正己烷溶解油脂，再加入0.5mL氢氧化钾-甲醇溶液，摇匀，静置30min澄清后，上层溶液用于气相色谱仪测定。

(3) 样品的测定　以微量进样器直接取0.5μL样液进气相色谱仪分析，以脂肪酸甲酯标准混合溶液各组分保留时间定性、直接面积归一化法计算样品中各脂肪酸组成的百分含量。

五、结果计算

1. 脂肪酸含量 $X_i\%$ 按下式进行计算，用脂肪酸甲酯的质量百分比表示。

$$X_i\% = A_i \times 100/\sum A \tag{7-3}$$

式中，$X_i\%$ 为脂肪酸的百分含量；A_i 为脂肪酸甲酯的响应峰面积；$\sum A$ 为各脂肪酸甲酯响应峰面积的总和。

2. 掺假山茶油的定性判定

待测样品的脂肪酸组成中如果有一项或一项以上的脂肪酸含量符合表7-7要求，则该样品判定为掺假山茶油定性鉴别结果为阳性；如待测样品的脂肪酸含量均不符合表7-7要求，则该样品判定为掺假山茶油定性鉴别结果为阴性，同时注明掺假判定限。

表7-7　掺假山茶油定性鉴别的脂肪酸指标

脂肪酸组成	棕榈酸($C_{16:0}$)	油酸($C_{18:1}$)	亚麻酸($C_{18:3}$)	芥酸($C_{22:1}$)
脂肪酸含量要求/%	>10	<74	>0.60	>0.50

六、注意事项

本实验山茶油掺假的掺假判定限为10%。

七、思考题

1. 了解食用油中掺入非食用油的危害及其检测方法。

2. 掌握气相色谱法对油脂脂肪酸组成的分析。

（杨继国）

第八章　综合训练实验

 **实验一**　食用植物油品质检验

实际的油脂品质分析中，常用某种"特征值"表示油脂的品质。这些值可以直接反映出油脂的组成以及氧化程度等性质。"特征值"主要有皂化值、碘值、酸价、过氧化值等。根据油品贮放中"特征值"的变化与否，又有恒值和变值之分，恒值主要显示油脂的组成，如皂化值；变值则可显示出油品性质的变化，如过氧化值和酸价等。

一、油脂色泽的测定

1. 目的与要求

色泽的深浅是植物油的重要质量指标之一，测定油脂的色泽可了解油脂精制程度及判断其品质。我国植物油国家标准中对不同种类、等级的植物油色泽是以罗维朋比色计进行测定的，并制定了相应的指标。

2. 实验原理

在同一光源下，由透过已知光程的液态油脂样品的光的颜色与透过标准玻璃色片的光的颜色进行匹配，用罗维朋色值表示其测定结果。

3. 实验仪器

常用实验室仪器，特别是以下仪器：色度计，照明室，F（BS684）型和F/C型通用罗维朋比色计，AF905/E、AF900/C及E型比色计，色片支架，比色皿托架、玻璃比色皿。

4. 实验步骤

① 检测应在光线柔和的环境中进行，尤其是色度计不能面向窗口放置或被阳光直射。如果样品在室温下不完全是液体，可将样品进行加热，使其温度超过熔点10℃左右。玻璃比色皿必须保持洁净和干燥。如有必要，测定前可预热玻璃比色皿，以确保测定过程中样品无结晶析出。

② 将液体样品倒入玻璃比色皿中，使之具有足够的光程以便于颜色的辨认在指定的范围内。

③ 把装有油样的玻璃比色皿放在照明室内，使其靠近观察筒。

④ 关闭照明室的盖子，立刻利用色片支架测定样品的色泽值。为了得到一个近似的匹配，开始使用的黄色片与红色片的罗维朋的比值为10∶1，然后进行校正，测定过程中不必总是保持上述这个比值，必要时可以使用最小值的蓝色片或中性色片（两者不能同时使用），直到得到精确的颜色匹配。使用中，蓝色值不应超过9.0，中性色值不应超过3.0。

5. 实验结果

结果表示如下。

① 红值、黄值，若匹配需要还可使用蓝值或中性色值。

② 所使用玻璃比色皿的光程。只能使用标准玻璃比色皿的尺寸，不能用某一尺寸的玻璃比色皿测得的数值来计算其他尺寸玻璃比色皿的颜色值。

6. 注意事项

① 为避免眼睛疲劳，每观察比色 30s 后，操作者的眼睛必须离开目镜。

② 测定时油样必须是干净、透明的液体。

③ 本测定必须由训练有素的操作者完成，取其平均值作为测定结果。

二、酸价的测定（GB/T 5530—2005）

酸价是指中和 1g 油脂中的游离脂肪酸所需氢氧化钾的质量（mg）。酸价是反映油脂酸败的主要指标，测定油脂酸价可以评定油脂品质的好坏和储藏方法是否恰当，并能为油脂碱炼工艺提供需要的加碱量。我国食用植物油都有国家标准的酸价规定。

1. 测定原理与方法

用中性乙醇和乙醚混合溶剂溶解油样，然后用碱标准溶液滴定其中的游离脂肪酸，根据油样质量和消耗碱液的量计算出油脂酸价。

① 称取混匀试样 3~5g 注入锥形瓶中，加入混合溶剂 50mL，摇动使试样溶解，再加三滴酚酞指示剂，用 0.1mol/L 碱液滴定至出现微红色，在 30s 内不消失，记下消耗的碱液体积（V，mL）。

② 结果计算

$$油脂酸价 = \frac{V \times c \times 56.1}{m} \tag{8-1}$$

式中，油脂酸价（以 KOH 计），mg/g；V 为滴定消耗的氢氧化钾溶液体积，mL；c 为 KOH 溶液浓度，mol/L；m 为试样质量，g；56.1 为 KOH 的摩尔质量，g/mol。

2. 注意事项

① 测定蓖麻油时，只用中性乙醇而不用混合溶剂。

② 测定深色油的酸价，可减少试样用量，或适当增加混合溶剂的用量，以百里酚酞或麝香草酚酞作指示剂，以使测定终点的变色明显。

③ 滴定过程中如出现浑浊或分层，表明由碱液带进水过多，乙醇量不足以使乙醚与碱溶液互溶。一旦出现此现象，可补加 95% 的乙醇，促使均一相体系的形成。

三、碘价的测定（GB/T 5532—2008）

碘价（亦称碘值）即是 100g 油脂所吸收的氯化碘或溴化碘换算为碘的质量（g）。油脂中含有的不饱和脂肪酸能在双键处与卤素起加成反应。碘价越高，说明油脂中脂肪酸的双键愈多，愈不饱和、不稳定，容易氧化和分解。因此，碘价的大小在一定范围内反映了油脂的不饱和程度。测定碘价，可以了解油脂脂肪酸的组成是否正常，以及有无掺杂等。

测定碘价时，经常不用游离的卤素而是用它的化合物（氯化碘、溴化碘、次碘酸等）作为试剂。在一定的反应条件下，能迅速地定量饱和双键，而不发生取代反应。最常用的是氯化碘-乙酸溶液法（韦氏法）。

1. 测定原理

在溶剂中溶解试样并加入 Wijs 试剂（韦氏碘液），氯化碘则与油脂中的不饱和脂肪酸发生加成反应：

$$CH_3 - \cdots CH = CH - \cdots COOH + ICl = CH_3 - \cdots CH - CH - \cdots COOH$$
$$\qquad\qquad\qquad\qquad\qquad\qquad\qquad\qquad\qquad\quad | \qquad |$$
$$\qquad\qquad\qquad\qquad\qquad\qquad\qquad\qquad\qquad\quad I \qquad Cl$$

再加入过量的碘化钾与剩余的氯化碘作用,以析出碘:

$$KI + ICl =\!=\!= KCl + I_2$$

析出的碘用硫代硫酸钠标准溶液进行滴定:

$$I_2 + 2Na_2S_2O_3 =\!=\!= Na_2S_4O_6 + 2NaI$$

同时做空白试验进行对照,从而计算试样加成的氯化碘(以碘计)的量,求出碘价。

2. 试剂

除非另有说明,本标准所选用试剂均为分析纯,水应符合 GB/T 6682 中三级水的要求。

(1) 碘化钾溶液(KI) 100g/L,不含碘酸盐或游离碘。

(2) 淀粉溶液 将 5g 可溶性淀粉在 30mL 水中混合,加入 1000mL 沸水,并煮沸 3min,然后冷却。

(3) 硫代硫酸钠标准溶液 $c(Na_2S_2O_3 \cdot 5H_2O) = 0.1mol/L$,标定后 7 天内使用。

(4) 溶剂 将环己烷和冰醋酸等体积混合。

(5) 韦氏试剂 含一氯化碘的乙酸溶液。

3. 仪器

除实验室常规仪器外,还包括下列仪器设备。

玻璃称量皿:与试样量配套并可置入锥形瓶中。容量为 500mL 的具塞锥形瓶:完全干燥。分析天平:分度值 0.001g。

4. 油样用量

碘价数值与试样用量见表 8-1。

表 8-1 油样用量与碘价数值(IV)的关系

油脂碘价	油样用量范围/g	油脂碘价	油样用量范围/g
20 以下	1.2000～1.2200	100～120	0.2300～0.2500
20～40	0.7000～0.7200	120～140	0.1900～0.2100
40～60	0.4700～0.4900	140～160	0.1700～0.1900
60～80	0.3500～0.3700	160～180	0.1500～0.1700
80～100	0.2800～0.3000	180～200	0.1400～0.1600

5. 实验步骤

试样的质量根据估计的碘价而异(碘价高,油样少;碘价低,油样多),一般在 0.25g 左右。将称好的试样放入 500mL 锥形瓶中,加入 20mL 溶剂(环己烷和冰醋酸等体积混合液)溶解试样,准确加入 25.00mL Wijs 试剂,盖好塞子,摇匀后放于暗处 30min 以上(碘价低于 150 的样品,应放 1h;碘价高于 150 的样品,应放 2h)。反应时间结束后,加入 20mL 碘化钾溶液和 150mL 水。用 $Na_2S_2O_3$ 标准溶液滴定至黄色接近消失,加几滴淀粉指示剂继续滴定至剧烈摇动后蓝色刚好消失。在相同条件下,同时做一空白试验。

6. 结果计算

$$碘价 = \frac{(V_2 - V_1) \times c \times 0.1269}{m} \times 100 \tag{8-2}$$

式中,V_1 为试样消耗的 $Na_2S_2O_3$ 溶液体积,mL;V_2 为空白试验消耗的 $Na_2S_2O_3$ 溶液体积,mL;c 为 $Na_2S_2O_3$ 溶液的浓度,mol/L;m 为试样的质量,g;0.1269 为 $1/2I_2$ 的毫摩质量,g/mmol。

7. 说明及注意事项

① 光线和水分对氯化碘起作用,影响很大,要求所用仪器必须清洁、干燥,碘液试剂

必须用棕色瓶盛装且放于暗处。

② 加入碘液的速度、放置作用时间和温度要与空白试验相一致。

四、过氧化值的测定（GB/T 5538—2005/ISO 3960:2001）

过氧化物是油脂在氧化过程中的中间产物，很容易分解产生挥发性和非挥发性脂肪酸、醛、酮等，具有特殊的臭味和发苦的滋味，以致影响油脂的感官性质和食用价值。

1. 测定原理

试样溶解在乙酸和异辛烷溶液中，与碘化钾溶液反应后，用硫代硫酸钠标准溶液滴定析出的碘。

2. 试剂

除非另有说明，仅使用确认为分析纯的试剂，所有试剂和水中不得含有溶解氧。

（1）水　应符合 GB/T 6682 中三级水的要求。

（2）冰醋酸　用纯净、干燥的惰性气体（二氧化碳或氮气）气流清除氧。

（3）异辛烷　用纯净、干燥的惰性气体（二氧化碳或氮气）气流清除氧。

（4）乙酸与异辛烷混合液（体积比 60∶40）　将 3 份冰醋酸与 2 份异辛烷混合。

（5）碘化钾饱和溶液　新配制且不得含有游离碘和碘酸盐。

（6）硫代硫酸钠溶液　0.1mol/L，使用前标定。

（7）硫代硫酸钠溶液　0.01mol/L，使用前标定。

（8）淀粉溶液　5g/L。

3. 仪器

使用的所有器皿不得含有还原性或氧化性物质。磨砂玻璃表面不得涂油。

实验室常用仪器以及锥形瓶（250ml）和带磨口玻璃塞。

4. 油样称取量

见表 8-2。

表 8-2　油样称取量与过氧化值的关系

估计的过氧化值/mmol	所需油样/g	估计的过氧化值/mmol	所需油样/g
0~12	5.0~2.0	30~50	0.8~0.5
12~20	2.0~1.2	50~90	0.5~0.3
20~30	1.2~0.8		

5. 实验步骤

① 将 50mL 乙酸-异辛烷溶液加入锥形瓶中，盖上塞子摇动至样品溶解。

② 加入 0.5mL 饱和碘化钾溶液，盖上塞子使其反应，时间为 1min±1s，在此期间摇动锥形瓶至少 3 次，然后立即加入 30mL 蒸馏水。

③ 用硫代硫酸钠溶液滴定上述溶液。应逐渐地、不间断地滴加滴定液，同时伴随有力的搅动，直到黄色几乎消失。

④ 添加约 0.5mL 淀粉溶液，继续滴定，临近终点时，不断摇动使所有的碘从溶剂层释放出来，逐滴添加滴定液，至蓝色消失，即为终点。

6. 结果计算

过氧化值按公式（8-3）计算。

$$过氧化值 = \frac{(V-V_0) \times c}{m} \times 1000 \qquad (8-3)$$

式中，V 为试样消耗的 $Na_2S_2O_3$ 溶液体积，mL；V_0 为空白试验消耗的 $Na_2S_2O_3$ 溶液体积，mL；c 为 $Na_2S_2O_3$ 溶液的浓度，mol/L；m 为试样的质量，g。

7. 注意事项

① 加入碘化钾后，静置时间长短以及加水量的多少对测定结果均有影响。

② 过氧化值过低时，可改用 0.005mol/L 硫代硫酸钠标准溶液进行滴定。

③ 设置空白实验。

五、皂化价的测定

皂化价是指中和 1g 油脂中所含全部游离脂肪酸和结合脂肪酸（甘油酯）所需氢氧化钾的质量（mg）。皂化价的大小与油脂中甘油酯的平均相对分子质量有密切关系。甘油酯或脂肪酸的平均相对分子质量越大，皂化价越小。若油脂内含有不皂化物、一甘油酯和二甘油酯，将使油脂皂化价降低；而含有游离脂肪酸将使皂化价增高。由于各种植物油的脂肪酸组成不同，故其皂化价也不相同。因此，测定油脂皂化价结合其他检验项目，可对油脂的种类和纯度等质量进行鉴定。我国植物油国家标准中对皂化价有规定。

1. 测定原理

试样用有机试剂溶解后，加入热水使皂化物溶解，用盐酸标准溶液滴定。

2. 试剂

除非另有说明，仅使用分析纯试剂。

（1）水　应符合 GB/T 6682 中三级水的要求。

（2）丙酮水溶液　量取 20mL 水加入至 980mL 丙酮中，摇匀。临分析前，每 100mL 中加入 0.5mL 1% 溴酚蓝溶液，滴加盐酸溶液或氢氧化钾溶液调节至溶液呈黄色。

（3）盐酸标准溶液　$c(HCl)=0.01$mol/L，按 GB/T 601 规定的方法配制与标定。

（4）氢氧化钠溶液　$c(NaOH)=0.01$mol/L，按 GB/T 601 规定的方法配制与标定。

（5）指示剂　1% 溴酚蓝溶液。

3. 仪器设备

具塞锥形瓶：250mL；微量滴定管：5mL 或 10mL，分度值 0.02mL；量筒：50mL；移液管：1mL；恒温水浴锅；天平：分度值 0.01g。

4. 操作步骤

① 称取按 GB/T 15687 制备的样品 40g，精确至 0.01g，置于具塞锥形瓶中，加入 1mL 水，将锥形瓶置于沸水浴中，充分摇匀。

② 加入 50mL 丙酮水溶液，在水浴中加热后，充分振摇，静置后分为两层。

③ 用微量滴定管趁热逐滴加入 0.01mol/L 盐酸溶液，每滴一滴振摇数次，滴至溶液由蓝色变为黄色。

④ 重新加热、振摇、滴定至上层呈黄色不褪色，记下消耗盐酸标准溶液的总体积。

⑤ 同时做空白试验。

5. 结果计算

试样的含皂量按下式计算。

$$皂化价 = 100 \times \frac{(V-V_0) \times c \times 0.304}{m} \tag{8-4}$$

式中，V 为滴定试样消耗的盐酸溶液体积，mL；V_0 为滴定空白消耗的盐酸溶液体积，mL；c 为 HCl 溶液的浓度，mol/L；m 为试样质量，g；0.304 为每毫摩尔油酸钠的质量，

g/mmol。

6. 说明

双试验结果允许差不超过 0.01%，求其平均数，即为测定结果。测定结果取小数点后第二位。

六、羰基价的测定

1. 目的与要求

油脂氧化所生成的过氧化物，进一步分解为含羰基的化合物。一般油脂随贮藏时间的延长和不良条件的影响，其羰基价的数值都呈不断增高的趋势，它和油脂的酸败劣变紧密相关。因为多数羰基化合物都具有挥发性，且其气味最接近于油脂自动氧化的酸败臭，因此，用羰基价来评价油脂中氧化产物的含量和酸败劣变的程度，具有较好的灵敏度和准确性。

2. 总羰基价的测定原理

油脂中的羰基化合物和 2,4-二硝基苯肼反应生成腙，在碱性条件下生成醌离子，呈葡萄酒红色，在波长 440nm 处具有最大的吸收，由此可计算出油样中的总羰基值。其反应式如下。

3. 测定步骤

精密称取约 0.025～0.500g 试样置于 25mL 容量瓶中，加苯溶解试样并稀释至刻度。吸取 5.0mL，置于 25mL 具塞试管中，加 3mL 三氯乙酸溶液及 5mL 2,4-二硝基苯肼溶液，仔细振摇混匀，在 60℃ 水浴中加热 30min，冷却后，沿试管壁慢慢加入 10mL 氢氧化钾-乙醇溶液，使成为二液层，塞好，剧烈振摇混匀，放置 10min。以 1cm 比色杯，用试剂空白调节零点，于波长 440nm 处测吸光度。

4. 结果计算

$$X = \frac{A}{854 \times m \times V_2/V_1} \times 1000 \tag{8-5}$$

式中，X 为试样的羰基价，mmol/kg；A 为测定时样液吸光度；m 为试样质量，g；V_1 为试样稀释后的总体积，mL；V_2 为测定用试样稀释液的体积，mL；854 为各种醛的毫摩尔吸光系数的平均值。

结果保留三位有效数字。

5. 注意事项

①. 所用仪器必须洁净、干燥。

② 所用试剂若含有干扰试验的物质时，必须精制后才能用于试验。

③ 空白试验的吸收值（在波长 440nm 处，以水作对照）超过 0.20 时，试验所用试剂的纯度不够理想。

七、思考题

1. 油脂中游离脂肪酸与酸价有何关系？测定酸价时加入乙醇有何目的？

2. 哪些指标可以表明油脂的特点？它们表明了油脂哪方面的特点？

3. 本实验中使用了哪几种滴定法？它们各有什么特点？影响准确度和精密度的有哪些因素？

4. 你对本实验有什么体会？

（杨继国）

 **实验二　麦芽质量指标的测定**

一、目的与要求

1. 通过对麦芽主要质量指标的测定，以达到综合应用各种分析方法的目的，综合训练食品分析的基本技能，掌握食品分析的基本原理和方法。

2. 根据实验任务学会选择正确的分析方法以及学会合理安排实验的顺序和实验时间。

3. 正确应用直接干燥法、碘量法、凯氏定氮法、茚三酮比色法及折光法、密度法等基本方法，学会正确分析实验影响因素。

二、实验原理及相关知识

1. 实验任务

麦芽是麦芽厂和啤酒厂麦芽车间的产品，同时又是酿造啤酒的主要原料，麦芽的质量直接影响啤酒的质量。而麦芽质的好坏主要由糖化力、蛋白溶解度及 α-氨基氮等指标决定。本实验根据麦芽的主要质量指标，要求分析下列项目：①麦芽糖化力；②麦芽粗蛋白的含量；③麦芽蛋白溶解度；④麦芽 α-氨基氮含量。

2. 实验原理

（1）麦芽糖化力　麦芽糖化力是指麦芽中淀粉酶水解淀粉成为含有醛基的单糖或双糖的能力。它是麦芽质量的主要指标之一，质量要求良好的淡色麦芽糖化力为 250WK 以上，次品为 150WK 以下。麦芽糖化力的测定常用碘量法，其原理是麦芽中淀粉酶解成含有自由醛基的单糖或双糖后，醛糖在碱性碘液中定量氧化为相反的羧酸，剩余的碘酸化后，以淀粉作指示剂，用硫代硫酸钠滴定，同时做空白试验，从而计算麦芽糖化力。

（2）麦芽蛋白溶解度（氮溶指数）　麦芽蛋白溶解度是指协定法麦芽汁的可溶性氮与总氮之比的百分率，比值愈大，说明蛋白质分解愈完全。麦芽质量要求为：蛋白溶解度＞41%为优；38%～41%为良好；35%～38%为满意；＜35%为一般。常用凯氏定氮法，分别用麦芽粉样和协定法麦芽汁样与浓硫酸和催化剂共同加热消化，使蛋白质分解，产生的氨与硫酸结合生成硫酸铵，留在消化液中，然后加碱蒸馏使氮游离，用硼酸吸收后，再用盐酸标准溶液滴定，根据标准酸的消耗量可计算出麦芽总氮和可溶性氮。

（3）麦芽 α-氨基氮含量　麦芽 α-氨基氮含量是极为重要的质量指标。部颁标准规定良好的麦芽每 100g 无水麦芽含 α-氨基氮（mg）为 135～150，大于 150 为优，小于 120 为不佳。在啤酒行业中常有茚三酮比色法和 EBC（欧洲啤酒协会）2,4,6-三硝基苯磺酸测定法（简称 TNBS 法），推荐使用茚三酮比色法。茚三酮为一氧化剂，它能使 α-氨基酸脱羧氧化，生成 CO_2、氨和比原来氨基酸少一个碳原子的醛，还原茚三酮再与氨和未还原茚三酮反应，生成蓝紫色缩合物，产生的颜色（深浅）与游离 α-氨基氮含量成正比，在波长 570nm 处有最大的吸收值，可用比色法测定。

3. 实验方案设计提示

①根据样品测定项目设计实验方案。

②选择样品提取和预处理方法，以及根据误差要求和实际需要选择恰当的天平仪器和玻璃量具。

③方案设计时可以参考相关知识，或其他资料。

④ 本实验为 2 个单元，需根据实验任务以及实验室提供的仪器和试剂合理安排实验实施方案。

三、仪器与试剂

1. 实验室提供的仪器和试剂

（1）仪器　鼓风恒温干燥箱；各种分析天平；干燥器；称量皿；凯氏消化装置（见图 8-1）；改良式凯氏定氮蒸馏器（见图 8-2）；恒温水浴锅及电动搅拌器；搪瓷杯或硬质烧杯；分光光度计；阿贝折光仪；密度计。

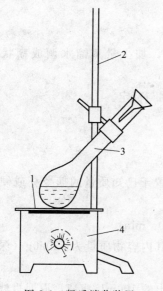

图 8-1　凯氏消化装置

1—垫；2—支架；3—凯
氏烧瓶；4—电炉

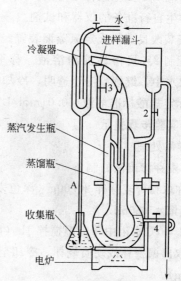

图 8-2　改良式微量定氮蒸馏装置

（2）试剂

① 测蛋白质各种试剂　同第三章实验七。

② 测糖化力试剂

a. 硫代硫酸钠标准溶液（0.1mol/L）。称取 12.5g $Na_2S_2O_3 \cdot 5H_2O$ 于 250mL 烧杯中，用新煮沸且已放冷的蒸馏水溶解后，移入 500mL 棕色瓶中，加入 0.1g Na_2CO_3，用上述蒸馏水稀释至 500mL，摇匀，放暗处 7～14 天后，按 GB 601 配制与标定。

b. pH 4.3 乙酸-乙酸钠缓冲溶液。称取 30g 分析纯乙酸用蒸馏水稀释至 1000mL，另称取 34g 分析纯乙酸钠（$CH_3COONa \cdot 3H_2O$）溶于蒸馏水中并稀释至 500mL。将两溶液混合，其 pH 为 4.3±0.1。

c. 氢氧化钠溶液（1mol/L）。称取 40g 氢氧化钠，用水溶解至 1000mL。

d. 硫酸溶液（1mol/L）。量取 28mL 浓硫酸，缓缓倒入适量水中并稀释至 1000mL，冷却，摇匀。

e. 碘溶液（0.1mol/L）。称取 13g 碘及 35g 碘化钾，溶于 100mL 水中并稀释至 1000mL，摇匀，保存于棕色具塞瓶中。

f. 可溶性淀粉。分析纯。

③ 测 α-氨基酸试剂

a. 茚三酮显色剂。称取 100g 磷酸氢二钠（$Na_2HPO_4 \cdot 12H_2O$）、60g 磷酸二氢钾（KH_2PO_4）、50g 水合茚三酮和 3g 果糖，用水溶解后稀释至 1000mL（此溶液在低温下用棕色瓶可保存 2 周，pH 应为 6.6～6.8）。

b. 碘酸钾稀释液。称取 2g 碘酸钾溶于 600mL 水中，再加入 95%乙醇 400mL，混匀。

c. 甘氨酸标准溶液。准确称取干燥的甘氨酸 0.2000g 于烧杯中，先用少量水溶解后，定量转入 100mL 容量瓶中，用蒸馏水稀释至标线，摇匀，0℃贮藏。临用时按要求稀释，此液为 200mg/L α-氨基酸标准溶液。

2. 学生自行准备的仪器和试剂

① 安装改良式凯氏定氮蒸馏装置。如图 8-2 所示。

② 配制 2%可溶性淀粉溶液。称取 2g 可溶性淀粉，加少量蒸馏水调成糊状，倾入 100mL 沸水中，继续煮沸至透明，冷却。

③ 标定盐酸标准溶液（0.01mol/L）。按 GB 601 配制与标定。

四、实验步骤提示

1. 样品处理

（1）麦芽渗出液的制备

① 称取粉碎麦芽样 20.00g（深色麦芽为 40.00g），置于已知质量的搪瓷杯或硬质烧杯中，加蒸馏水 480mL。

② 于 40℃水浴中，恒温搅拌 1h（搅拌机转速为 1000r/min）。

③ 取出搪瓷杯或硬质烧杯，冷却至室温，补充水使其内容物质量为 520.0g（深色麦芽为 540.0g）。

④ 搅拌均匀后，以双层干燥滤纸过滤，弃去最初滤出的 100mL 滤液，返回重滤，重滤后，滤液为麦芽渗出液，供分析糖化力用。

（2）协定法麦芽汁的制备

① 称取粉碎麦芽样 50.0g 放入已知质量的糖化杯中，加入 200mL 蒸馏水（一般为 46～47℃），使混合后恰好达到 45℃保温 30min。

② 以每分钟升温 1℃的速度升温，在 25min 内升至 70℃，此时于杯内加入 100mL 70℃的水。

③ 在 70℃保温 1h 后冲洗搅拌器，取出糖化杯，在 10～15min 内急速冷却到室温。

④ 擦干杯外壁水分，补加水准确地使其内容物质量为 450g。

⑤ 搅拌均匀后，以双层干燥滤纸过滤，最初滤出的 100mL 滤液返回重滤，重滤后的溶液为协定法麦芽汁，供分析相对密度、可溶性固形物、可溶性氮以及 α-氨基氮等用。

2. 测定方法

（1）碘量法测定麦芽糖化力

① 操作步骤

a. 麦芽糖化液的制备。量取 2%可溶性淀粉溶液 100mL，置于 200mL 容量瓶中，加 10mL 乙酸-乙酸钠缓冲溶液，摇匀，在 20℃水浴中保温 20min。准确加入 5.00mL 麦芽浸出液，摇匀，在 20℃水浴中准确保温 30min，立即加入 1mol/L 氢氧化钠溶液 4mL，振荡，以终止酶的活动，用水定容至刻度。

b. 空白试验的制备。量取 2%可溶性淀粉溶液 100mL，置于 200mL 容量瓶中，在 20℃

水浴中保温 20min 后，加入 1mol/L 氢氧化钠溶液 2.35mL，摇匀，加入 5.00mL 麦芽浸出液，用水定容至刻度。

c. 碘量法定糖。吸取麦芽糖化液和空白试验液各 50.00mL，分别置于 250mL 碘量瓶中，各加入 0.1mol/L 碘溶液 25.00mL、1mol/L 氢氧化钠溶液 3mL，摇匀，盖好，静置 15min。加 1mol/L 硫酸溶液 4.5mL，立即用 0.1mol/L 硫代硫酸钠溶液滴定至蓝色消失为终点。

d. 实验记录表。见表 8-3。

表 8-3　数据记录表

项目	糖化液			空白液		
次数	1	2	3	1	2	3
取样体积/mL						
滴定消耗 $Na_2S_2O_3$ 体积/mL						
平均值/mL	$V=$			$V_0=$		

② 结果计算。麦芽糖化力是以 100g 无水麦芽在 20℃、pH 4.3 条件下分解可溶性淀粉 30min 产生 1g 麦芽糖为 1 个维柯（WK）糖化力单位。

$$麦芽糖化力（WK）=\frac{(V_0-V)\times c\times 34.2}{1-M}\times 100 \tag{8-6}$$

式中，V_0 为空白液消耗 $Na_2S_2O_3$ 标准溶液的体积，mL；V 为麦芽糖化液消耗 $Na_2S_2O_3$ 标准溶液的体积，mL；c 为 $Na_2S_2O_3$ 标准溶液的摩尔浓度，mol/L；M 为麦芽水分含量，%；34.2 为换算系数（20g 麦芽样的转换系数，浓色麦芽应将 34.2 改为 17.1）。

（2）麦芽粗蛋白含量的测定

① 测定步骤

a. 消化。称取麦芽粉碎样约 1.5g（精确到 0.001g），移入干燥的 500mL 凯氏烧瓶中，其余步骤按第三章实验七操作。消化装置见图 8-1。

b. 蒸馏。本实验建议采用改良式微量定氮蒸馏装置，可按图 8-2 安装进行蒸馏和吸收。蒸馏操作步骤如下。

ⓐ 量取 20mL 2% 硼酸溶液于收集瓶（锥形瓶）中，加混合指示剂 2～3 滴，接于游离氨馏出管 A 处，并使管口插入液面下（不宜太深）。

ⓑ 打开开关 1，使冷水进入冷凝器部分。

ⓒ 打开开关 2，使冷水进入蒸汽发生瓶内，当液面升至 3～4cm 时将开关 2 关闭。

ⓓ 打开开关 3，取消化稀释液 5.00mL 从漏斗处放入蒸馏瓶内，加入 40% 氢氧化钠 8mL 左右。再用少量蒸馏水洗净漏斗（少量多次），并使流入蒸馏瓶内。随即关闭开关 3。

ⓔ 加热蒸馏，待蒸馏约 10min 后（以蒸馏液沸腾时算起），将馏出管提出液面再蒸馏 1～2min，直至氮全部馏出（可用红色石蕊试纸检查至馏出液不使试纸变蓝色为止），用少量水洗涤馏出管外部，洗涤水一并收集于收集瓶。

c. 滴定。用已标定的 0.01mol/L 盐酸标准溶液滴定收集的馏出液至灰色为终点。

d. 数据记录表。见表 8-4。

表 8-4　数据记录表

样品名称	样品质量(体积)/g(mL)	滴定消耗盐酸标准溶液/mL			
		第一次	第二次	第三次	平均值

e. 残液排出与洗涤

ⓐ 用洗耳球插入馏出管内将空气压入蒸馏瓶，经开关 4 排出反复多次即可将残液排净。（或在蒸馏结束时立即打开开关 2 使冷水进入蒸汽发生瓶内产生真空而将残液抽出）。

ⓑ 打开开关 3，从漏斗注入冷水洗涤蒸馏瓶，关闭开关 3，按上述操作反复多次即可洗净。

ⓒ 打开开关 2，让冷却水进入蒸汽发生瓶内，同时打开开关 4 将水排出，待瓶洗净后关闭开关 1、2，并将洗水全部倒出后关闭开关 4。

② 计算公式

$$X_1 = \frac{(V_1 - V_0) \times c \times 0.014}{m(1 - M)} \times \frac{100}{5} \times 100 \tag{8-7}$$

$$X_2 = X_1 \times 6.25$$

式中，X_1 为 100g 无水麦芽总氮的质量分数，%；X_2 为麦芽蛋白质的质量分数，%；V_1 为碎麦芽样消耗盐酸标准溶液的体积，mL；V_0 为空白试剂消耗盐酸标准溶液的体积，mL；c 为盐酸标准溶液的浓度，mol/L；0.014 为 1mL 盐酸标准溶液（$c_{HCl} = 1mol/L$）相当于氮的质量，g；6.25 为氮换算为蛋白质的系数；m 为样品质量（或体积），g（或 mL）；M 为麦芽样品中水分的含量，%。

（3）麦芽蛋白溶解度测定

① 步骤。分别测麦芽总氮和麦汁可溶性氮，麦芽总氮按"（2）麦芽粗蛋白含量的测定"进行操作；麦汁可溶性氮的测定为：吸取协定法麦芽汁 25.00mL，置于 500mL 凯氏烧瓶中，其余步骤按"（2）麦芽粗蛋白含量的测定"进行操作。

② 结果计算

a. 可溶性氮含量计算

$$X_3 = \frac{(V_2 - V_0) \times c \times 0.014 E_2}{B \times d} \times \frac{100}{25} \times \frac{100}{5} \tag{8-8}$$

式中，X_3 为麦芽可溶性氮的质量分数，%；V_2 为协定法麦芽汁样消耗盐酸标准溶液的体积，mL；B 为麦芽汁中可溶性固形物含量，%；d 为麦芽汁在 20℃/20℃时的相对密度；E_2 为无水麦芽浸出率，%；式中其余符号的意义同式（8-7）。

b. 蛋白溶解度计算

$$NSI = \frac{X_3}{X_1} \times 100 \tag{8-9}$$

式中，NSI 为蛋白溶解度（氮溶指数），%；X_3 为麦芽可溶性氮的质量分数，%；X_1 为麦芽总氮的质量分数，%。

（4）茚三酮比色法测定 α-氨基氮含量

① 测定步骤

a. 绘制标准曲线。准确吸取 $200\mu g/mL$ 的甘氨酸标准溶液 0.0、0.5mL、1.0mL、1.5mL、2.5mL、3.0mL（相当于 0、$100\mu g$、$300\mu g$、$400\mu g$、$500\mu g$、$600\mu g$ 甘氨酸），分别置于 25mL 容量瓶或比色管中，各加水补充至 4.0mL，然后加入茚三酮显色剂 1.00mL，混合均匀，于沸水浴中加热 16min，取出迅速冷至室温，加 5.00mL 碘酸钾稀释溶液，并加水至标线，摇匀。静置 15min 后，于 570nm 波长下，用 1cm 比色皿，以试剂空白为参比液，测定其余各溶液的吸光度，以标准氨基酸含量（μg）为横坐标，与其对应的吸光度为纵坐标，绘制标准曲线。

b. 样品测定。吸取适量的协定法麦芽汁（使浓度为 $100\sim300\mu g/mL$ α-氨基酸），按标准曲线制作步骤，在相同条件下测定吸光度，用吸光度在标准曲线上查得对应的氨基酸质量（μg）。

② 结果计算

$$X = \frac{m}{m_1 \times 1000} \times 100 \tag{8-10}$$

式中，X 为每 100g 麦芽中 α-氨基氮的含量，mg/100g；m 为测定用麦汁中 α-氨基酸的含量，μg；m_1 为测定的样品溶液相当于样品的质量，g。

五、实验结果分析

见表 8-5。

表 8-5　实验结果分析

分析项目	分析方法	分析结果	结　论

六、注意事项

1. 麦芽糖化液的制备中，加氢氧化钠溶液后溶液应呈碱性，pH 为 9.4～10.6，可用 pH 试纸检验。

2. 本实验中用 $Na_2S_2O_3$ 标准溶液的制备、标定及注意问题参考分析化学有关部分。

3. 茚三酮与氨基酸反应非常灵敏，痕量的氨基酸也能给结果带来很大误差，故操作中要十分注意，如容器必须仔细洗净，洗净后只能接触其外部表面，移液管不能用嘴吸等。

4. 茚三酮与氨基酸显色反应要求在 pH 6.7 的条件下加热进行，果糖作为还原性发色剂，碘酸钾在稀溶液中使茚三酮保持氧化态，以阻止副反应。

5. 麦芽汁消化液蒸馏时加碱量要充足，蒸馏装置不能漏气。

七、思考题

1. 试比较茚三酮比色法与甲醛滴定法定量氨基酸，各有什么优缺点？

2. 怎样测定麦芽汁密度？请自行设计方案。

3. 测定糖化力时，空白试验液的制备为什么要先加氢氧化钠后加麦芽浸出液？

4. 你对本实验有什么体会，简述影响实验结果的因素有哪些？

（杨继国）

实验三　牛乳的品质测定

一、目的与要求

1. 学习实际样品的分析方法，通过对牛乳主要特性的分析，包括试样的初步感官鉴定、针对牛乳掺假测试方法的选择和应用、其他牛乳重要指标参数的理化测定及数据处理等内容，综合训练食品分析的基本技能。

2. 掌握鉴别牛乳品质好坏的基本检验方法。

二、实验原理及相关知识

1. 牛乳掺假

在食品中掺入与原产品相比价值低、质量劣的物质的行为称为掺假。掺假不仅是一种经济上的欺诈行为，严重损害消费者的利益，而且有些掺假活动，由于加入的是不能食用或者对人体有毒有害的物质，还会造成损害消费者的身体健康。我国食品安全相关法规规定："禁止生产经营掺假、掺杂、伪造，影响营养、卫生的"食品和"用非食品原料加工的，加入非食品用化学物质的或者将非食品当作食品的"食品。

牛乳是一种大众化食品饮料，掺假的现象时有发生。有些掺假通过感官检查就可以判断出来，但不少的掺假则应通过物理的和化学的方法才能做出判断。

（1）牛乳的感官指标　鲜牛乳为白色或稍带微黄色；呈均匀的胶态流体，无沉淀、凝块及机械杂质，无黏稠和浓厚的现象；有鲜乳特有的乳香味，无其他任何异味；滋味可口而稍甜，有鲜乳特有的醇香味，无其他任何异味。

（2）乳中掺水　往牛乳中掺水是一种简便易行、十分普遍的掺假行为，其后果是导致牛乳的浓度降低、重量增加而谋利。

① 全乳相对密度检测。正常牛乳的相对密度值（20℃/20℃）为 1.028～1.032。可通过测定牛乳的相对密度值来判断牛乳是否加水。如测出的相对密度值低于 1.028（20℃/20℃），则该牛乳有掺假的可能。相对密度值的测定方法见第二章实验一。

② 乳清相对密度检测。由于牛乳的相对密度值受乳脂含量的影响，如果牛乳既掺水又脱脂，则可能全乳的相对密度值不发生太大的变化。所以检测牛乳的密度变化，最好是检测乳清的相对密度值，正常乳清的相对密度为 1.027～1.030。

试验方法为：取牛乳样品 200mL 置锥形瓶内，加 20％醋酸溶液 4mL，于 40℃水浴中加热至出现酪蛋白凝固，置室温冷却后，用两层纱布夹一层滤纸抽滤，滤液（即乳清）用乳稠计测量相对密度（乳稠度）。

（3）乳中掺淀粉或米汁　为了提高牛乳的稠度和非脂固体的含量，往往在牛乳中加入淀粉或糊精，也有的直接加入米汁，对这类掺假可用碘-淀粉反应检出。

试验方法为：吸取乳样 5mL 于试管中，加 20％醋酸 0.5mL，混匀，过滤，滤液收集于另一干净试管中，加热煮沸，滴加 2％碘液 5 滴，同时做正常乳清试验，观察颜色。

判别：呈现蓝色或蓝青色为掺淀粉、米汁；呈红紫色为掺糊精。

（4）乳中掺豆浆　在牛乳中掺入价格低廉得多的豆浆，也是一种较为普遍的掺假行为。根据豆浆中含有皂角素，可在碱性中呈黄色反应，及与碘呈绿色反应而判别。

① 一般试验方法。吸取乳样 5mL 于试管中，加乙醇-乙醚（1＋1）混合液 5mL，加 25％ KOH 溶液 10mL，混匀，10min 后观察。同时做正常乳对比试验。

判别：呈微黄色疑为掺 10％以上豆浆。

② 碘反应法。吸取乳样 10mL 于试管中，加 2％碘液 0.5mL，混匀。观察颜色，同时做正常乳试验并对比。

判别：呈浅绿色为掺豆浆，最低可检出 5％豆浆。正常乳为橙黄色。

（5）乳中掺碱液 为了掩盖牛乳酸败现象，降低牛乳的酸度，防止因酸败而发生凝结现象，向牛乳中加碱（Na_2CO_3 或 $NaHCO_3$）的作法也是可能发生的。加碱后的牛乳，不仅破坏滋味，而且对人体健康可能造成损害。

试验方法如下所述。

① 溴麝香草酚蓝指示剂法。吸取牛乳 5mL 于试管中，将试管保持倾斜位置，沿管壁小心滴入 5 滴 0.04％溴麝香草酚蓝乙醇溶液，将试管轻轻转动 2～3 转，使其更好地相互接触，但切勿使其互相混合。然后将试管垂直放置，2min 后，根据两溶液界面环层的颜色特征，并参阅表 8-6 判定牛乳中的含碱量，同时做正常乳试验。

判别：参见表 8-6。

表 8-6　牛乳中掺碱量判别

界面环层颜色特征	牛乳中含 Na_2CO_3 浓度/%	界面环层颜色特征	牛乳中含 Na_2CO_3 浓度/%
黄色	0	青绿色	0.50
黄绿色	0.03	淡蓝色	0.70
淡绿色	0.05	蓝色	1.00
绿色	0.10	深蓝色	1.50
深绿色	0.30		

② 灰分碱度滴定法。取牛乳 20mL 于瓷坩埚中，于沸水浴上蒸发至干，置电炉上炭化，然后移入高温电炉（550℃）内灰化完全，冷却。加热水 30mL 溶解，溶液转移至锥形瓶中，加 0.1％甲基橙指示剂 3 滴，用 0.1000mol/LHCl 滴定至橙黄色，记录消耗体积（同时做正常乳试验），用下式计算乳中含碱量。

$$X=\frac{V_1 \times c \times 0.053}{V \times 1.03} \times 100 \tag{8-11}$$

式中，X 为乳中含碱量（以 Na_2CO_3 质量分数计），g/100g；c 为盐酸标准溶液浓度，mol/L；V_1 为滴定时耗用盐酸标准溶液的体积，mL；V 为样品乳的体积，mL；0.053 为 1mmol 盐酸相当于 Na_2CO_3 的质量，g；1.03 为牛乳的平均相对密度。

判别：正常牛乳灰分碱度（以 Na_2CO_3 计）为 0.01％～0.012％，超过此值为掺入碱。

（6）乳中掺石灰水、食盐 牛乳中掺入石灰水、食盐等物质，其目的都在于增加牛乳中非脂固体的含量和重量，可根据呈色反应判别。

试验方法如下所述。

① 硫酸钙沉淀法。取乳样 5mL 于蒸发皿中，加 1％Na_2SO_4 溶液、1％玫瑰红酸钠和 1％$BaCl_2$ 溶液各一滴，混匀。观察颜色变化，同时做正常乳对比试验。

判别：如呈白土样沉淀疑为掺石灰水，可检出 100mg/kg。正常乳为红色浑浊。

② 铬酸银试纸法。试纸制备：将滤纸条（5cm×1cm）浸入 1％$AgNO_3$ 溶液中，取出于

烘箱 40℃烘干，再浸入 5‰K_2CrO_4 液中，取出于烘箱 40℃烘干，备用。取乳样于白瓷皿中，浸入试纸，观察颜色变化，同时做正常乳试验。

判别：如 15s 内试纸由砖红色变为黄色则疑为掺食盐，乳中 Cl^- 含量大于 0.14‰；正常乳中 Cl^- 含量为 0.09‰～0.12‰。

（7）牛乳中掺蔗糖　正常牛乳中不含蔗糖。牛乳掺水后相对密度降低，掺入蔗糖可以提高非脂固形物含量。可用苯二酚法及蒽酮法判别。

试验方法如下所述。

① 间苯二酚显色法。取乳样 10mL 于试管中，加浓 HCl 2mL，混匀，加间苯二酚 0.1g，混匀，置水浴（80℃）中加热 3min 后观察颜色变化。同时做正常乳试验。

判别：呈红色为掺蔗糖，可检出 0.2‰含量。

② 蒽酮显色法。取乳样 10mL 于试管中，加蒽酮试剂［取 0.1g 蒽酮溶于稀 H_2SO_4 溶液（3+1）100mL 中，临用前配］2mL，混匀，5min 内观察颜色变化。同时做正常乳试验。

判别：呈绿色为掺蔗糖。

2. 牛乳中总脂肪含量的测定

采用巴布科克法，即利用硫酸溶解牛乳中的非脂成分，将牛奶中的酪蛋白钙盐变成可溶性的重硫酸酪蛋白化合物，使脂肪球被破坏，脂肪游离出来，再经加热和离心，促使脂肪完全分离，直接读取脂肪层的数值，便可计算出被测乳的含脂率。

过程的主要反应如下：

$$NH_2 \cdot R(COOH)_6 + H_2SO_4 \longrightarrow H_2SO_4 \cdot NH_2 \cdot R(COOH)_6$$

3. 牛乳中抗生素残留的测定

乳牛牧场经常应用抗生素治疗乳牛出现的各种疾病，尤其是乳牛的乳房炎，有时通过抗生素直接注射到乳牛的乳房部位进行治疗，所以凡经抗生素注射的乳牛，其牛乳中在一定时期内仍残存着抗生素，对抗生素过敏的人群饮用后会有过敏反应，也会使某些菌株对抗生素产生抗药性。因此，检测牛乳中抗生素残留已经成为一项常规的牛乳检验项目。TTC（氯化三苯四氮唑）作为一种较简易的牛乳中抗生素残留的检测方法已经被广泛应用。

4. 牛乳中大肠杆菌数的测定

大肠杆菌广泛地存在于人类和温血动物的肠道中，并能够在 44.5℃的条件下发酵乳糖产生酸和气体，经由 IMVC（I：吲哚试验，M：甲基红试验，V：VP 试验，C：柠檬酸实验）生化试验检测为＋＋－－或－＋－－的革兰阴性杆菌。因此，在牛乳中大肠杆菌的计数作为一项牛乳的污染指标来体现卫生状况，以及推断牛乳被肠道致病菌污染的程度。

三、仪器设备与试剂及材料

1. 仪器设备

巴布科克乳脂瓶 0～8％（见图 8-3）；乳脂离心机；牛乳吸管：17.6mL；量杯：20mL；冰箱：－20～4℃，2～5℃；恒温培养箱：（36±1）℃；恒温水浴锅：（36±1）℃，（44.5±1）℃，（79±1）℃；托盘扭力天平：0～100g，精度 0.01g；天平：精度 0.1g；无菌吸管：1mL（具 0.01mL 刻度），10mL（具 0.1mL 刻度）；无菌试管：16mm×160mm；温度计：100℃；匀质器；振荡器；无菌锥形瓶：容量 500mL；无菌培养皿：直径 90mm；pH 计或精密 pH 试纸；菌落计数器或 Petrifilm™（3M 公司产品）自动判读仪；紫外灯：波长 360～366nm，功率≤6W。

2. 试剂及材料

（1）硫酸　相对密度为 d_4^{20} 1.820～1.825。

（2）消毒鲜牛乳（市售）。

（3）蜡笔。

（4）菌种　嗜热乳酸链球菌。

（5）脱脂乳　经 113℃ 灭菌 20min。

（6）4% 2,3,5-氯化三苯四氮唑（TTC）水溶液。

（7）月桂基磺酸盐胰蛋白胨（LST）肉汤　胰蛋白胨或胰酪胨（20.0g），氯化钠（5.0g），乳糖（5.0g），磷酸氢二钾（2.75g），磷酸二氢钾（2.75g）和月桂基硫酸钠（0.1g）溶解于 1000mL 蒸馏水中，调节 pH 至 6.8±0.2，分装到有倒立小发酵管的试管，每管 10mL，121℃ 高压灭菌 15min。

（8）EC 肉汤　胰蛋白胨或胰酪胨（20.0g），3 号胆盐或混合胆盐（1.5g），乳糖

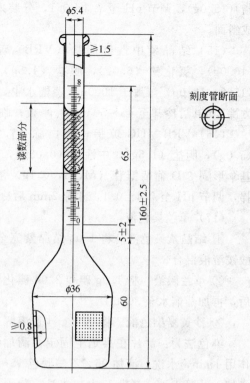

图 8-3　巴布科克乳脂瓶

（5.0g），磷酸氢二钾（4.0g），磷酸二氢钾（1.5g）和氯化钠（5.0g）溶解于 1000mL 蒸馏水中，调节 pH 至 6.9±0.1，分装到有倒立小发酵管的试管，每管 8mL，121℃ 高压灭菌 15min。

（9）蛋白胨水　加热搅拌溶解胰蛋白胨或胰酪胨（10.0g）于 1000mL 蒸馏水中，分装试管，每管 5mL，121℃ 高压灭菌 15min。

（10）缓冲葡萄糖蛋白胨水　称取磷酸氢二钾（5g）、多胨（7g）、葡萄糖（5g），溶解于 1000mL 蒸馏水中，调 pH 到 7.0，分装试管，每管 1mL，121℃ 高压灭菌 15min。

（11）Korser 氏柠檬酸盐肉汤　磷酸氢铵钠（1.5g），磷酸二氢钾（1.0g），硫酸镁（$MgSO_4 \cdot 7H_2O$，0.2g），柠檬酸钠（含 $2H_2O$，3.0g）溶解于 1000mL 蒸馏水中，调节 pH 至 6.7±0.2，分装试管，每管 10mL，121℃ 高压灭菌 15min。

（12）磷酸盐缓冲液　磷酸二氢钾（34.0g）溶解于 500mL 蒸馏水中，用 1mol/L 氢氧化钠溶液调节 pH 至 7.2，用蒸馏水稀释至 1000mL 后于 2～5℃ 下贮存；取 1.25mL 贮存溶液用蒸馏水稀释至 1000mL 后分装适当试管中，121℃ 高压灭菌 15min。

（13）伊红美蓝琼脂（EMB）　1000mL 蒸馏水中煮沸溶解蛋白胨（10.0g）、磷酸氢二钾（2.0g）和琼脂（15.0g），加蒸馏水补足后分装于锥形中，每只 100mL 或 200mL，调节 pH 至 7.1±0.2，高压灭菌。取 100mL 制得的琼脂混合物，融化后加 5mL 灭菌的 20% 乳糖溶液、2mL 的 2% 伊红 γ 水溶液和 1.3mL 的 0.5% 美蓝水溶液，摇匀，冷却至 45～50℃ 后倾注平板。

（14）营养琼脂斜面　1000mL 蒸馏水中煮沸溶解牛肉膏（3.0g）、蛋白胨（5.0g）和琼

脂（15.0g），调节 pH 至 7.3±0.1，分装入适当试管中，121℃高压灭菌 15min，灭菌后摆成斜面。

（15）结晶紫中性红胆盐（VRB）琼脂　蛋白胨（7.0g），酵母膏（3.0g），乳糖（10.0g），氯化钠（5.0g），胆盐（1.5g），中性红（0.03g），结晶紫（0.002g）和琼脂（15.0~18.0g）溶解于 1000mL 蒸馏水中，静置几分钟，充分搅拌，调节 pH 至 7.4±0.1，煮沸 2min 后冷却至 45~50℃倾注平板；临用时制备，不得超过 3h。

（16）VRB-MUG 琼脂　蛋白胨（7.0g），酵母膏（3.0g），乳糖（10.0g），氯化钠（5.0g），胆盐（1.5g），中性红（0.03g），结晶紫（0.002g），琼脂（15.0~18.0g）和 4-甲基伞形酮-β-D-葡萄糖苷（MUG，0.1g）溶解于 1000mL 蒸馏水中，静置几分钟，充分搅拌，调节 pH 至 7.4±0.1，煮沸 2min 后冷却至 45~50℃使用。

（17）革兰染色液

① 结晶紫染色液。将 1.0g 结晶紫完全溶解于 20mL 95％乙醇中，然后与 80mL 1％草酸铵溶液混合。

② 革兰碘液。将 1.0g 碘和 2.0g 碘化钾混合，加入少许蒸馏水充分振摇，待完全溶解后，再加蒸馏水至 300mL。

③ 沙黄复染色液。将 0.25g 沙黄溶解于 10mL 95％乙醇中，然后用 90mL 蒸馏水稀释。

染色法为：涂片在火焰上固定，滴加结晶紫染色液，染 1min，水洗；滴加革兰碘液，作用 1min，水洗；滴加 95％乙醇脱色 15~30s，直至染色液被洗掉，不要过分脱色，水洗；滴加沙黄复染液，复染 1min，水洗，待干，镜检。

（18）Kovacs 靛基质试剂　对二甲氨基苯甲醛（5.0g）溶于 75mL 戊醇中，然后缓慢加入 25mL 浓盐酸。

（19）甲基红指示剂　甲基红（0.5g）溶于 300mL 95％的乙醇中，加水稀释至 500mL。

（20）VP 试剂　甲液：α-萘酚（5.0g）溶于 100mL 无水乙醇；乙液：蒸馏水溶解氢氧化钾（40.0g）并稀释成 100mL 溶液。

（21）无菌生理盐水　氯化钠（8.5g）溶于 1000mL 蒸馏水中，121℃高压杀菌 15min。

（22）1mol/L 氢氧化钠溶液　氢氧化钠（40.0g）溶于 1000mL 蒸馏水中。

（23）1mol/L 盐酸溶液　用蒸馏水稀释 90mL 浓盐酸至 1000mL。

（24）Petrifilm™大肠菌群/大肠杆菌测试片

四、实验步骤和结果判定

1. 牛乳掺假（参考 GB/T 5409—1985）

牛乳掺假实验具体测试步骤和结果判定请参考本实验的"二、实验原理及相关知识"。

2. 牛乳中总脂肪含量的测定

① 用牛乳吸管吸取均匀的牛乳 17.6mL 注入巴布科克乳脂瓶中（注意吸管应提起，不能塞住乳脂瓶口）。

② 量取硫酸 17.5mL，沿瓶颈缓慢流入瓶内，手持瓶颈回旋摇动 2~3min 使硫酸与牛乳充分混合，至溶液呈均匀棕黑色，不可有块粒存在。

③ 将乳脂瓶放入离心机，以 1000r/min 的转速离心 5min。

④ 取出，加入 80℃的热水，使瓶内液体至瓶颈基部，再离心 2min 取出，再加入 80℃热水至液面接近 2 或 5 刻度处，再离心 1min。

⑤ 取出，置于 55~60℃水浴中水浴 5min（水浴的水面必须高于乳脂瓶中的脂肪层），

取出后立即读取脂肪层最高与最低点所占的格数，即为样品含脂肪的质量百分率。

⑥ 将测定结果记录于表8-7。

表8-7　测定结果记录表

样品名称	编号	上刻度	下刻度	结果/%	平均值/%

⑦ 注意事项

a. 每组按编号取两个乳脂瓶进行测定。放入离心机时，必须对称放置。

b. 硫酸的浓度和用量必须严格按照规定配备和添加，沿瓶壁慢慢加入，回旋摇动，使充分混合，否则易使脂肪层产生黑色块粒。

c. 平行试验误差不要过大，若脂肪层有黑色块，不能用平均值表示结果。

3. 牛乳中抗生素残留的测定（参考 GB/T 4789.27—2003）

（1）菌液制备　将菌种移种脱脂乳，经（36±1）℃培养 15h 后，用灭菌脱脂乳 1∶1 稀释待用。

（2）取 9mL 待检样品，置于 16mL×160mL 试管内，80℃水浴加热 5min 后冷却至 37℃以下，加菌液 1mL，经（36±1）℃水浴培养 2h，加入 0.3mL TTC，（36±1）℃水浴继续培养 30min，观察如为阳性，再于水浴中培养 30min 作第二次观察，每个样品作两份。

（3）另外再作阴性和阳性对照各一份，阳性对照管用无抗生素牛乳 8mL 加抗生素、菌液和 TTC，阴性对照管用无抗生素牛乳 9mL 加菌液和 TTC。

（4）判定方法　准确培养 30min 观察结果，如为阳性，再继续培养 30min 作第二次观察。观察时要迅速，避免光照过久造成影响。如果牛乳中有抗生素存在，则检测样品中虽加入菌液培养液，但因细菌的繁殖受到抑制，指示剂 TTC 不还原、不显色。反之，如果牛乳中没有抗生素存在，加入菌液培养液即有细菌加快繁殖，TTC 被还原而显红色。因此，检测的牛乳样品结果呈本色时为阳性，呈红色时为阴性（表8-8）。表8-9 所列为各种抗生素检测的灵敏度。

表8-8　显色状态判定标准

显色状态	判断
牛乳原色	阳性
微红色	可疑
桃红色-红色	阴性

表8-9　各种抗生素检测的灵敏度

抗生素名称	最低检出量
青霉素	0.004 单位
链霉素	0.5 单位
庆大霉素	0.4 单位
卡那霉素	5 单位

4. 牛乳中大肠杆菌数的测定（参考 GB/T 4789.38—2008）

（1）大肠杆菌 MPN（最可能数，most probable number）计数法——基于泊松分布的一种间接计数方法

① 样品稀释。以无菌吸管吸取 25mL 牛乳样品置盛有 225mL 磷酸盐缓冲液的无菌锥形瓶（瓶内预置适量玻璃珠）中，充分振摇，制成 1：10 的样品匀液。用 1mol/L 氢氧化钠和 1mol/L 盐酸溶液调控 pH 在 6.5～7.5。用 1mL 无菌吸管或微量移液器吸取 1mL 1：10 的样品匀液，沿管壁缓慢注入盛有 9mL 磷酸盐缓冲液的无菌试管中（注意：无菌吸管或移液器的尖端不要触及稀释液液面），振摇试管混合均匀，制得 1：100 的样品匀液。根据对牛乳样品污染程度的估计，重复以上操作，依次制成 10 倍递增系列样品匀液。注意：每递增稀释一次，换用一支无菌吸管或微量移液器；从制备样品匀液到样品接种完毕，全过程不得超过 15min。

② 初发酵试验。每个样品，选择 3 个适宜的连续稀释度的样品匀液。每个稀释度接种 3 管月桂基磺酸盐胰蛋白胨（LST）肉汤，每管接种 1mL。（36±1）℃下培养（24±2）h，观察小发酵管内是否有气体产生，如未有气体产生则继续培养（48±2）h。记录 24～48h 产生气体的 LST 肉汤管数。如所有 LST 肉汤管均无气体产生，即可报告大肠杆菌 MPN 结果；如有气体产生就进行复发酵试验。

③ 复发酵试验。用接种环分别从培养（48±2）h 内发酵产气的 LST 肉汤管中取培养液 1 环，移种于已提前预温至 45℃ 的 EC 肉汤管中，放入有盖的（44.5±0.2）℃水浴箱内。水浴的水面应高于肉汤培养基液面，培养（24±2）h，检查小发酵管内是否有气体，如未有气体产生则继续培养至（48±2）h。记录 24～48h 产生气体的 EC 肉汤管数。如所有 EC 肉汤管均无气体产生，即可报告大肠杆菌 MPN 结果；如有气体产生则进行 EMB 平板培养。

④ 伊红美蓝琼脂（EMB）平板分离培养。轻轻振摇各产气管，用接种环取培养物划线分别接种于 EMB 平板，（36±1）℃下培养 18～24h，检验平板上有无黑色、中心有光泽或无光泽的典型菌落。

⑤ 营养琼脂斜面或平板培养。从平板上挑选 5 个典型菌落，如无典型菌落则挑取可疑菌落。用接种针接触菌落中心部位，移种至营养琼脂斜面或平板上，（36±1）℃下培养 18～24h。取培养物进行革兰染色和生化试验。

⑥ 生化试验

a. 靛基质试验。将培养物接种蛋白胨水，（36±1）℃下培养（24±2）h，加 Kovacs 靛基质试剂 0.2～0.3mL，上层出现红色为靛基质阳性反应。

b. MR-VP 试验。将培养物接种 MR-VP 培养基，（36±1）℃下培养（48±2）h，移取培养物 1mL 至 13mm×100mm 试管中，加 5% α-萘酚乙醇溶液 0.6mL、40% 氢氧化钠溶液 0.2mL 和少许肌酸结晶，振摇试管后静置 2h，如出现伊红色则为 VP 试验阳性。将 MR-VP 培养液再培养 48h，滴加 5 滴甲基红指示剂。培养物变红色，为甲基红阳性反应，若变黄色则为阴性反应。

c. 柠檬酸盐试验。将培养物接种 Korser 氏柠檬酸盐肉汤，（36±1）℃下培养（96±2）h，记录有无细菌生长。

大肠杆菌的生化检验结果判定如表 8-10 所示。

⑦ 大肠杆菌 MPN 计数报告。大肠杆菌为革兰阴性无芽孢杆菌，发酵乳糖、产酸、产气，IMVC 生化试验结果为＋＋－－或－＋－－。只要有 1 个菌落判定为大肠杆菌，其所代表的 LST 肉汤管即为大肠杆菌阳性。依据 LST 肉汤阳性管数查 MPN 表（表 8-11），报告每克（或每毫升）牛乳样品中大肠杆菌 MPN 值。

表 8-10　大肠杆菌与非大肠杆菌的生化鉴别

靛基质(I)	甲基红(MR)	VP 测试(VP)	柠檬酸盐(C)	判定(型别)
＋	＋	－	－	典型大肠杆菌
－	＋	－	－	非典型大肠杆菌
＋	＋	－	＋	典型中间型
－	＋	－	＋	非典型中间型
－	－	＋	＋	典型产气肠杆菌
＋	－	＋	＋	非典型产气肠杆菌

注：如出现表中所列以外的生化反应类型，表明培养物可能不纯，应重新划线分离，必要时作重复试验。

表 8-11　大肠杆菌 MPN 计数报告

阳性管数			MPN	95% 置信区间		阳性管数			MPN	95% 置信区间	
0.10	0.01	0.001		下限	上限	0.10	0.01	0.001		下限	上限
0	0	0	＜3.0	—	9.5	2	2	0	21	4.5	42
0	0	1	3.0	0.15	9.6	2	2	1	28	8.7	94
0	1	0	3.0	0.15	11	2	2	2	35	8.7	94
0	1	1	6.1	1.2	18	2	3	0	29	8.7	94
0	2	0	6.2	1.2	18	2	3	1	36	8.7	94
0	3	0	9.4	3.6	38	3	0	0	23	4.6	94
1	0	0	3.6	0.17	18	3	0	1	38	8.7	110
1	0	1	7.2	1.3	18	3	0	2	64	17	180
1	0	2	11	3.6	38	3	1	0	43	9	180
1	1	0	7.4	1.3	20	3	1	1	75	17	200
1	1	1	11	3.6	38	3	1	2	120	37	420
1	2	0	11	3.6	42	3	2	0	160	40	420
1	2	1	15	4.5	42	3	2	1	93	18	420
1	3	0	16	4.5	42	3	2	2	150	37	420
2	0	0	9.2	1.4	38	3	2	3	210	40	430
2	0	1	14	3.6	42	3	3	0	290	90	1000
2	0	2	20	4.5	42	3	3	0	240	42	1000
2	1	0	15	3.7	42	3	3	1	460	90	2000
2	1	1	20	4.5	42	3	3	2	1100	180	4100
2	1	2	27	8.7	94	3	3	3	＞1100	420	—

注：本表采用了 3 个稀释度 [0.10、0.01 和 0.001（g 或 mL）]，每个稀释度接种三管。实际试验采用的稀释度如与上述不同，所得 MPN 结果应作相应调整，例如 3 个稀释度改用 1.00、0.10 和 0.01（g 或 mL），表内的 MPN 值应相应降低 10 倍；3 个稀释度改用 0.01、0.001 和 0.0001（g 或 mL），表内的 MPN 值应相应增高 10 倍。

（2）大肠杆菌 VRB-MUG 平板计数法

① 样品稀释。按"4.（1）①"的样品稀释方法进行。

② 检验。选取 2～3 个适宜的连续稀释的样品匀液，每个稀释度分别取 1mL 注入两个无菌平皿。另取 1mL 稀释液注入无菌平皿作为空白对照样。将（45±0.5）℃的 VRB 琼脂 10～15mL 倾注于每个平皿中。小心旋转平皿，将培养基与样品匀液充分混合均匀。待琼脂凝固后，再加 3～4mL VRB-MUG 琼脂覆盖平板表层。凝固后翻转平板，（36±1）℃下培养 18～24h。选择菌落数 10～100 的平板，暗室中 360～366nm 波长紫外光照射下，计数平板上浅蓝色荧光的菌落。检验时用已知 MUG 阳性菌株（例如：大肠杆菌 ATCC 25922）和产

气肠杆菌（例如：ATCC 13048）做阳性和阴性对照。

③ 大肠杆菌平板计数报告。两个平板上发荧光的菌落数的平均值乘以稀释的倍数，报告每克（或毫升）样品中大肠杆菌数，以 cfu/g（cfu/mL）表示。

(3) 大肠杆菌 Petrifilm™ 测试片计数法

① 样品稀释。按 4（1）①的样品稀释方法进行。

② 检验。选取 2～3 个适宜的连续稀释度的样品匀液，每个稀释度接种两张测试片。将测试片置于平坦的实验台面，揭开上层膜，用吸管吸取样品匀液 1mL 垂直滴加在测试片的中央位置，将上层膜缓慢盖上，避免起泡和上层膜直接落下，将压板（平面向下）放置在上层膜中央处，轻轻地压下，使样品匀液均匀地覆盖于圆形的培养膜表面。切勿扭转压板，拿起压板，静置至少 1min 以使培养基凝固。将测试片的透明表面向上置于培养箱中，堆叠片数不超过 20 片，（36±1）℃下培养（48±2）h。

③ 判读。可用肉眼观察，或用菌落计数器、放大镜、Petrifilm™ 自动判读仪等计数。蓝色有气泡出现的菌落确认为大肠杆菌，不论蓝色的深浅，部分呈蓝色有气泡的菌落也被判定为大肠杆菌。圆形培养基边缘及边缘以外的菌落不计数。当测试片出现大量气泡、不明显的小菌落，培养区呈现蓝色时，需要进一步稀释样品均液，重新检验。

④ 大肠杆菌测试片计数报告。选择菌落数 15～150 之间的稀释度，两个测试片的菌落数的平均值乘以稀释的倍数，报告每克（或毫升）样品中大肠杆菌数，以 cfu/g（cfu/mL）表示。如果所有稀释度测试片上的菌落数都小于 15，计数最低稀释度测试片上的平均菌落数乘以稀释的倍数报告；如果所有测试片上均无菌落生长，以"小于 1 乘以最低稀释的倍数"报告；如果所有稀释度测试片上的菌落数都大于 150，计数最高稀释度测试片上的平均菌落数乘以稀释的倍数报告。计数菌落数大于 150 个的测试片时，也计数 1～2 个有代表性的方格区域内的菌落数，换算成大方格内的菌落数后乘以 20，即为测试片上估算的菌落数（圆形生长面积为 20cm²）。

五、思考题

1. 充分掌握和理解测定步骤和注意事项。

2. 一般鲜牛乳的 d_4^{20} 平均为 1.030，测定时，吸取 17.6mL 牛乳，其脂肪的相对密度平均为 0.9，乳脂瓶的 8 个刻度的容积为 1.6mL，试计算每一刻度表示的脂肪含量？

3. 根据牛乳掺假的实验结果，分析影响实验的因素，探讨实验的经验或教训。

（李 铁）

参 考 文 献

[1] GB/T 23788—2009 保健食品中大豆异黄酮的测定方法——高效液相色谱法.

[2] GB/T 5009.169—2003 食品中牛磺酸的测定.

[3] GB/T 22491—2008 大豆低聚糖.

[4] 冯秀燕, 计成. 高效液相色谱法进行寡肽分离测定的研究. 中国饲料, 2001, 20: 25-27.

[5] 张水华. 食品分析. 北京: 中国轻工业出版社, 2009.

[6] GB/T 14883.2—1994 食品中放射性物质检验.

[7] GB/T 4789.34—2008 食品卫生微生物学检验 双歧杆菌检验.

[8] 赵士权, 查河霞, 林明珠. 离子色谱法测定水发食品中吊白块残留量. 中国卫生检验杂志, 2007, 17: 1787-1789.

[9] 何照范, 张迪清. 保健食品化学及其检测技术. 北京: 中国轻工业出版社, 1998.

[10] 中华人民共和国国家标准. 食品卫生检验方法 理化部分 (一) (二). 北京: 中国标准出版社, 2004.

[11] 张英. 食品理化与微生物检测实验. 北京: 中国轻工业出版社, 2004.

[12] 许牡丹, 毛跟年. 食品安全性与分析检测. 北京: 化学工业出版社, 2003.

[13] 王秉栋. 食品卫生检验手册. 上海: 上海科学技术出版社, 2003.

[14] 王肇慈. 粮油食品品质分析. 第2版. 北京: 中国轻工业出版社, 2000.

[15] GB 5009.33—2010 食品中亚硝酸盐与硝酸盐的测定.

[16] SN/T 2096—2008 食品中丙烯酰胺的检测方法: 同位素内标法.

[17] 农业部1025号公告-26—2008 动物源食品中氯霉素残留检测: 酶联免疫吸附法.

参 考 文 献